Quitte ou double

De la même auteure aux Éditions Rouge

Sang pour sang, 2010

Mordue au jeu, 2011

Luxure et rédemption, 2010

Plaisir et déchéance, 2011

Quitte ou double

Traduit de l'américain
par Sophie Pertus

éditions
Rouge

L'édition originale de cet ouvrage est parue chez Penguin Group
sous le titre *Bit the Jackpot*

Publié par Éditions Rouge
LES PUBLICATIONS MODUS VIVENDI INC.
55, rue Jean-Talon Ouest, 2e étage
Montréal (Québec) H2R 2W8
CANADA

www.groupemodus.com

Éditeur : Marc Alain
Révision : Sophie Leray
Illustration de la couverture : Michel Zappy

ISBN 978-2-92385-502-8

Dépôt légal – Bibliothèque et Archives nationales du Québec, 2011
Dépôt légal – Bibliothèque et Archives Canada, 2011

Cet ouvrage est une œuvre de fiction. Toute ressemblance avec des personnes ou des faits réels n'est que pure coïncidence.

Nous reconnaissons l'aide financière du gouvernement du Canada par l'entremise du Fonds du livre du Canada pour nos activités d'édition.

Gouvernement du Québec – Programme de crédit d'impôt pour l'édition de livres – Gestion SODEC

Imprimé au Canada

Un

— Eh bien, ce n'est pas la grippe.

Brittany Baldizzi regarda sa généraliste revenir dans la pièce en glissant ses cheveux derrière son oreille. Plus que perplexe, elle restait assise au bord de la table d'examen.

— Un ulcère, alors ? avança-t-elle. Cela fait des semaines que j'ai des nausées horribles.

— Non plus, répondit le Dr Hopkins en souriant. Vous êtes enceinte.

— Pardon ?

Il sembla à Brittany que tout blanchissait autour d'elle. Ses oreilles se mirent à bourdonner.

— Enceinte ? répéta-t-elle. Mais je ne peux pas être enceinte ! Non. Impossible.

— Vous n'avez pas eu de rapports sexuels ? demanda le médecin avec un haussement d'épaules contrit.

— Non. Aucun.

Mais comment avait-elle pu se retrouver enceinte ?

Le Dr Hopkins haussa les sourcils d'un air interrogateur.

— Vraiment aucun ?

Bon, d'accord. Ce n'était pas tout à fait vrai.

— Hm. Pratiquement. Un seul au cours des six derniers mois.

Et cela ne comptait pas puisque c'était avec Jean-Baptiste Corbin, qui était un vampire.

— Il suffit d'une fois.

Normalement, oui. Avec un homme normal. Un mortel.

— Mais..., protesta Brittany en se grattant la tête. Il ne peut pas avoir d'enfants.

Enfin, elle ne croyait pas. Il ne lui avait jamais dit qu'il ne pouvait pas procréer. Mais il n'avait pas non plus suggéré qu'ils se protègent.

— Je suis désolée que cela vous fasse un tel choc, mais, à l'évidence, il peut avoir des enfants – parce que vous êtes enceinte, cela ne fait aucun doute.

— Ah. Eh bien, je ne savais pas.

Que les vampires produisaient des spermatozoïdes.

Sauf que son beau-frère lui avait juré ses grands dieux que son père biologique à elle était un vampire, non ? Mais elle n'avait pas fait le rapprochement quand Jean-Baptiste et elle avaient parlé, cette nuit-là.

Du reste, pour être tout à fait honnête, la conversation n'avait pas été leur principale préoccupation quand Jean-Baptiste était entré dans sa chambre, par la fenêtre, pour lui demander du sang. Elle lui avait donné et son sang et son corps – et il lui avait donné un bébé.

Merde.

Il aurait été gentil de la prévenir du risque, quand même.

— Tu es *quoi ?* lui demanda sa sœur, Alexia, en la regardant fixement.

Brittany se laissa tomber dans le canapé de cuir avec un petit grognement de dépit. Cet air d'incrédulité horrifiée qu'elle lisait sur le visage d'Alexia devait être exactement celui qu'elle avait affiché dans le cabinet du médecin.

— Tu as bien entendu. Je suis enceinte. Et, avant que tu me poses la question, je te précise que j'ai demandé au médecin de faire le test deux fois.

— Oh. Eh bien. Merde. Si je m'attendais à ça…, murmura sa sœur en se passant les deux mains dans les cheveux. Un bébé. Tu vas être maman. Ouah. O.K. Eh bien, c'est génial. Enfin, je crois. Non, j'en suis sûre. Un bébé, c'est toujours une bonne nouvelle. N'empêche que c'est la première fois depuis qu'Ethan m'a transformée que je regrette d'être vampire, merde. Je ne vais pas avoir une relation très normale avec mon neveu ou ma nièce, hein ? Enfin, tu sais que, si tu es heureuse, je le suis aussi.

Brittany sentit les larmes lui monter aux yeux. Alexia était un peu comme une mère, pour elle, depuis que la leur était morte d'une overdose quand elle avait treize ans. Et elle avait parfois du mal à se faire à l'idée que sa sœur était désormais une vampire, mariée avec un très, très vieux vampire, et qu'elle vivait dans son casino de Las Vegas. Alexia menait une vie vraiment très différente de son existence tranquille de dentiste d'un quartier tranquille de la périphérie de la ville.

Qui s'était fait mettre enceinte par un vampire français.

Oh, mon Dieu…

— Oui, je suis heureuse pour le bébé, Alexia. Mais j'ai la trouille.

Celle-ci se leva de son fauteuil et s'approcha d'elle.

— Oh, ma chérie, il ne faut pas, assura-t-elle en la serrant dans ses bras, ce qui la réconforta un peu.

Elle avait beau mesurer près d'une vingtaine de centimètres de plus qu'elle, se faire dorloter par sa sœur lui faisait toujours du bien.

— Ça va aller, lui promit son aînée. Nous t'aiderons.

— L'aider à quoi ? Qu'est-ce qui ne va pas ? s'enquit le mari d'Alexia, Ethan Carrick, actuel président de la Nation vampire en sortant de leur chambre en pantalon de pyjama, torse nu.

— Je t'ai réveillé, Ethan ? Je suis désolée.

Brittany n'avait pas réussi à attendre une minute après 18 heures – ce qui était très tôt pour les vampires qui vivaient la nuit. Elle avait un trop grand besoin d'entendre Alexia lui assurer que cela allait bien se passer.

— Pas de problème. Qu'est-ce qu'il y a, Brit ?

— Elle est enceinte, lui apprit Alexia.

— Ah.

Il ouvrit la bouche et la referma, avant de bredouiller :

— Alors… euh… félicitations. C'est formidable. Un bébé. Je suis sûr que tu vas faire une excellente mère.

— Absolument, confirma Alexia avec vigueur en lui tapotant le genou. Ce bébé a bien de la chance.

Si Brittany s'était toujours imaginée mère de plusieurs enfants et qu'elle attendait ce moment avec impatience, il ne lui était jamais venu à l'esprit qu'elle pourrait faire un bébé toute seule, sans un homme dans sa vie. Sans compter qu'elle était un peu inquiète de la qualité du sperme d'un vampire de plus de deux cents ans. Il ne devait pas être de première fraîcheur.

— J'ai toujours voulu avoir un bébé, répondit-elle. Je suis certaine que, une fois que le choc sera passé, je serai folle de joie. Mais je suis encore un peu sous le coup de la surprise. C'est tout à fait... inattendu.

— Je ne savais même pas que tu sortais avec quelqu'un, avoua Alexia. Qui est le père ? Tu crois qu'il voudra avoir une place dans la vie de l'enfant ?

Oups. Elle avait omis un petit détail, non ? Brittany s'écarta d'Alexia et baissa les yeux. Elle voulut parler, mais pas un son ne sortit de sa bouche. Elle avait trop peur qu'Alexia pète les plombs en apprenant la situation.

— Je n'en sais rien, mais je pense que non, répondit-elle. Je ne l'ai pas revu depuis la nuit que nous avons passée ensemble il y a huit semaines, avoua Brittany en regardant sa sœur dans les yeux et en espérant qu'elle devine ce qu'il en était sans qu'elle ait à le formuler tout haut.

Alexia la fixa à son tour. Soudain, elle fit un bond sur le canapé, comme si elle avait reçu une décharge électrique. Et elle resta bouche bée, à secouer la tête.

— Brit... oh, non ! Ne me dis pas que... Ne me dis pas que c'est Jean-Baptiste Corbin le père !

— Eh si, murmura-t-elle.

Elle se sentait idiote. Pourquoi, mais pourquoi avait-elle couché avec ce crétin arrogant, beau et charmant ?

Parce qu'il était arrogant, beau et charmant, justement. Et parce que c'était trop bon.

— Si, quoi ? C'est le bébé de Corbin ? insista Alexia comme si elle espérait avoir mal compris.

— Oui ! C'est le bébé de Jean-Baptiste.

— Le Français t'a mise enceinte ? intervint Ethan scandalisé. Il n'a pas mis de préservatif ?

La question était un peu personnelle, tout de même.

— Ethan, protesta Alexia en lui jetant un regard noir. Cela ne nous regarde pas vraiment.

— Si, insista-t-il. Les vampires ne sont pas censés coucher avec des mortelles sans protection. Si les risques de fécondation sont moins élevés que dans le cas d'un coït avec un humain, il y a tout de même un risque. Il est vraiment irresponsable de s'accoupler avec une mortelle et de la mettre enceinte d'un enfant à moitié vampire et à moitié mortel.

Fécondation… coït… s'accoupler… Franchement, il ne pouvait pas employer des mots un peu plus sexy ?

En tout cas, il n'était pas question qu'elle confirme à son beau-frère, qui était du genre à toujours appliquer la règle au pied de la lettre, que Jean-Baptiste n'avait pas mis de préservatif. Et encore moins à quelle vitesse ils avaient abandonné leur conversation sur les recherches scientifiques de Jean-Baptiste pour se sauter dessus. Ils n'avaient pas eu le temps de dire ouf – et moins encore de chercher un préservatif.

— Jean-Baptiste et moi avons sans doute été irresponsables, concéda-t-elle, mais, au point où nous en sommes, cela ne compte plus, Ethan. Je vais avoir un bébé. Toute seule, apparemment, puisque je ne l'ai pas vu depuis que nous avons conçu cet enfant.

Enfin, elle croyait l'avoir vu la nuit où elle avait été si malade, qu'il était venu, qu'il l'avait ramassée dans la salle de bains et l'avait mise au lit, mais Alexia lui avait affirmé qu'elle avait dû rêver.

— Et je ne sais pas où le joindre, ajouta-t-elle.

Elle serait mortifiée d'avoir à lui dire en face qu'elle était enceinte de lui, certes, mais il lui était désagréable de songer qu'il n'allait pas être au courant. Quoi qu'il décide de faire en apprenant sa future paternité, cela convenait à Brittany – il pouvait s'impliquer ou pas, comme bon lui semblerait. Cependant, qu'il puisse faire ce choix lui-même lui paraissait la moindre des choses.

D'accord, mais comment le prévenir si elle ne le trouvait pas ?

Un peu nauséeuse, elle se massa le ventre en se mordillant la lèvre d'un air inquiet. Il lui fallut un instant pour se rendre compte qu'Ethan et Alexia ne disaient rien. En levant les yeux, elle vit qu'ils se regardaient. Ils étaient en pleine télépathie vampire et l'excluaient de leur conversation, devina-t-elle.

— Si vous êtes en train de parler de moi, arrêtez, leur enjoignit-elle. C'est trop désagréable.

Alexia lâcha un juron.

— Ethan, dit-elle presque menaçante, laisse-moi m'occuper de ça.

— Je n'ai pas besoin qu'on « s'occupe de ça », contra Brittany légèrement agacée. Qu'est-ce que vous me cachez ?

— Je t'en prie, débrouille-toi, repartit Ethan avec un grand geste galant de la main. J'ai toute confiance en toi, Alexia. Je sais que tu feras pour le mieux.

C'était à se demander s'ils remarquaient seulement sa présence.

— De quoi parlez-vous, tous les deux ?

— Brit..., commença sa sœur en tripotant les pointes de ses longs cheveux blonds. Jean-Baptiste est à Vegas, si tu veux lui parler.

— C'est vrai ? demanda-t-elle avec soudain une énorme boule dans la gorge.

Elle avait du mal à avaler. Elle avait l'estomac noué.

— Depuis combien de temps ? voulut-elle savoir.

Pourquoi ne l'avait-il pas prévenue ?

— Hm, je ne sais pas trop, fit Alexia en se mordillant l'ongle, signe manifeste qu'elle mentait.

D'ailleurs, elle sembla décider de dire la vérité.

— Eh bien, avoua-t-elle, je crois qu'il est à peu près tout le temps ici parce qu'il y est obligé. En fait, il me semble qu'il n'est jamais parti. Il... euh... il vit ici.

Brittany eut honte des larmes qui lui montèrent aux yeux. Alors personne ne lui avait dit que Jean-Baptiste habitait à Vegas. Pas même le principal intéressé. Super. Ils n'étaient donc rien l'un pour l'autre. Rien qu'une aventure d'un soir plutôt gênante. Deux petites minutes dans les deux cents ans de vie de Jean-Baptiste. Évidemment, il ne l'avait pas mise en haut de sa liste de gens à voir quand il sortait de chez lui. Elle ne savait même pas ce qui lui avait fait croire qu'il vivait ailleurs. Elle avait dû prendre ses désirs pour des réalités. C'était une façon de justifier sa disparition de ces huit dernières semaines.

D'ordinaire, elle était beaucoup plus rationnelle en ce qui concernait les hommes. Elle avait toujours aimé vivre l'instant présent, s'amuser, rencontrer des gens, faire l'amour pour le plaisir physique. Jamais elle n'avait éprouvé cette étrange mélancolie, ce désir nostalgique d'un homme avec lequel elle ne sortait même pas, qu'elle ne connaissait pas vraiment et qui, manifestement, ne s'intéressait pas à elle. Admettre qu'il lui était arrivé à l'occasion d'avoir des aventures d'un soir ne la gênait nullement. Elle était toujours repartie en sifflotant, sans regret.

Mais, là, c'était différent. Elle ignorait pourquoi. Une chose était certaine, en tout cas : c'était très désagréable.

Et elle était enceinte.

— Où est-il ? demanda-t-elle en clignant des paupières.

Il fallait qu'elle le retrouve, qu'elle lui annonce la nouvelle, puis qu'elle retourne dans son coin et reprenne sa vie en main.

Ethan se racla la gorge.

— Je pense qu'il se trouve au vingt-quatrième étage, à l'heure qu'il est.

— Ici ? À l'Ava ?

Jean-Baptiste ? Dans le casino d'Ethan ? Pendant qu'ils étaient en train de parler de lui ? La nausée de Brittany redoubla.

— Oui.

— Oh ! je vais être malade.

Elle eut tout juste le temps de se précipiter dans la salle de bains, mais pas de refermer la porte. Quand elle se redressa, en s'essuyant les yeux et la bouche, elle s'efforça d'ignorer les regards horrifiés de sa sœur et de son beau-frère. Puis elle rejeta ses cheveux en arrière et inspira à fond, une main sur le ventre.

Elle avait un vampire français un peu trop fertile à voir.

Deux

Jean-Baptiste Corbin regardait le paysage urbain de Las Vegas, agité par sa détention. Cela faisait près de quatre décennies qu'il vivait ici et jamais le joug de son assignation à résidence ne lui avait autant pesé. Il n'y avait pas de raison particulière à cela, si ce n'est qu'il avait envie de quitter le désert, de voler par-dessus les mers et les montagnes et d'aller respirer l'air frais de Paris à la fin octobre.

On frappa à la porte de la suite qu'il occupait depuis deux semaines qu'il surveillait le sevrage de Rick Columbia du sang drogué dont il était devenu dépendant. Mais il ne fit pas un mouvement pour aller ouvrir. Il restait les yeux rivés devant lui, comme si la vue de la ville pouvait lui apporter des réponses.

— Voilà quelqu'un, marmonna Rick.

Jean-Baptiste se retourna et le vit affalé sur le divan, les yeux fermés, les jambes étendues devant lui. Une cigarette pendait à ses lèvres. Il avait les joues pâles, le teint cireux. Sa poitrine se soulevait laborieusement au rythme de sa respiration. Il n'était pas agréable de le voir ainsi dans les affres du manque. Cependant, Jean-Baptiste estimait que le plus dur de la souffrance physique était passé. Mentalement, en revanche, rien n'était jamais sûr. La dépendance livrait une guerre sans merci à ses victimes. La bataille n'était jamais complètement gagnée – d'autant qu'il n'était pas certain que Rick veuille réellement se libérer de sa toxicomanie.

On frappa à nouveau, plus fort.

— Vous ne voulez pas ouvrir ? demanda Rick d'un ton irrité. Ce doit être Kelsey.

Jean-Baptiste ignorait quelles étaient exactement les relations entre Rick et la secrétaire d'Ethan Carrick, mais les visites de cette dernière avaient généralement un effet positif sur son patient. Toutefois, ce n'était pas Kelsey qui avait frappé.

— C'est un mortel, répondit-il. Je le sens.

Il alla tout de même ouvrir en réprimant un soupir. Il avait du travail et plus il passait de jours ainsi, coincé dans le casino de Carrick, mi-gardien de prison mi-médecin de Rick malgré lui, plus ses recherches prenaient de retard.

Ce fut Brittany Baldizzi qu'il découvrit sur le seuil. Stupéfait, il ne put que s'écrier :

— Brittany ! En voilà, une surprise.

— Bonjour, Jean-Baptiste.

Elle avait les joues rosies par la gêne et évitait de le regarder dans les yeux.

— Comment te sens-tu ? s'enquit-il. Tu es remise de ta grippe ?

À la vérité, elle n'avait pas l'air très en forme. Elle avait mauvaise mine et semblait avoir maigri, nota Jean-Baptiste avec une inquiétude mêlée d'un sentiment de culpabilité. Il aurait dû retourner la voir pour s'assurer qu'elle allait bien. Cependant, un peu mal à l'aise des sentiments qu'elle lui inspirait, il l'avait évitée. Encore une fois. Comme après la nuit où il avait couché avec elle.

— Comment sais-tu que j'ai eu la grippe ? demanda-t-elle d'un air étonné.

— Je t'ai vue. Je suis venu chez toi un soir, quand tu n'étais pas bien.

La nuit où il l'avait entendue l'appeler mentalement, où il l'avait sentie souffrir. Sans réfléchir, il était allé directement chez elle et l'avait trouvée dans la salle de bains, malade. Il aurait juré qu'elle n'avait pas de fièvre, mais il avait dû se tromper si elle ne se souvenait même pas de l'avoir vu.

Elle ouvrit de grands yeux stupéfaits.

— C'est vrai ? Tu es venu ? Je croyais…

— Quoi ?

— Je croyais que j'avais rêvé.

Cette femme magnifique avec laquelle il avait fait l'amour pensait avoir rêvé de lui ? Il en fut plus heureux qu'il n'aurait dû.

— Non, non. J'étais bien là. Je t'ai mise au lit.

— Ah. Eh bien, merci.

— Je t'en prie. Tu veux entrer ? lui proposa-t-il soudain en se rappelant ses bonnes manières. Tu viens voir Rick ?

Elle secoua la tête.

— Non. À vrai dire, je ne connais pas Rick. C'est toi que j'aimerais voir une minute. En privé.

Il ne voyait pas ce dont elle pouvait vouloir lui parler, mais elle paraissait tellement y tenir qu'il n'hésita pas. Du reste, il avait un faible certain pour Brittany. Et elle l'attirait depuis la nuit de leur rencontre, quand elle l'avait pris pour un tueur en série.

— Certainement. Allons dans l'autre pièce, proposa-t-il.

C'était une chambre. Pas l'idéal, autrement dit, pour recevoir une femme qui lui plaisait autant et à qui il avait fait l'amour, impulsivement, dans un moment de faiblesse. Cela n'avait pas duré très longtemps, mais ç'avait été merveilleux, follement érotique. En présence d'un lit, il allait forcément y songer. Sauf que la seule autre option était la salle de bains et qu'il était resté trop XIXe pour parler avec elle à côté des toilettes.

Il lui proposa de s'asseoir dans le fauteuil de daim gris à côté du lit, mais elle fit non de la tête.

— Qu'est-ce qu'il y a ? lui demanda-t-il sans pouvoir résister à la tentation de repousser ses cheveux de son front.

Elle n'avait vraiment pas l'air bien, songea-t-il de plus en plus soucieux.

— Jean-Baptiste… je suis enceinte, balbutia-t-elle en le regardant un instant dans les yeux avant de baisser la tête.

— *Pardon ?*

Elle avait parlé si vite qu'il avait dû mal comprendre.

De nouveau, elle plongea son regard sombre qu'il trouvait si séduisant dans le sien.

— Je suis enceinte. Je vais avoir un bébé.

Ce n'était pas très agréable à entendre. D'accord, il ne lui avait pas parlé depuis la nuit où ils avaient fait l'amour, sauf quand elle avait été malade, mais il avait été assez bête pour croire qu'elle éprouvait la même chose que lui – que, elle aussi, leur rencontre l'avait bouleversée. Lui, il n'avait pas regardé une autre femme depuis huit semaines, alors qu'elle était déjà tombée dans les bras, dans le lit d'un autre. Il n'était pas inoubliable, apparemment.

— Ah. Cela explique les vomissements.

Comme à chaque fois qu'il était contrarié, son accent français devenait plus fort.

— Les nausées matinales, c'est ça ? ajouta-t-il. Eh bien je te souhaite d'être très heureuse.

Elle pâlit et fronça les sourcils.

— C'est tout ce que tu as à dire ?

Il se mit à se balancer d'un pied sur l'autre, mal à l'aise. Vu la situation, il ne voyait pas qu'ajouter.

— Prends soin de toi, fit-il tout de même poliment.

— Hein !

Les larmes qui se mirent soudain à couler sur les joues de Brittany flanquèrent une trouille bleue à Jean-Baptiste.

— Qu'est-ce qu'il y a ? Tu n'as pas envie d'avoir un bébé ?

Et, d'abord, pourquoi était-ce lui qui était là, au comble de la gêne, à lui tapoter bêtement le bras ? Où était le père de l'enfant ?

— Si, j'en ai envie, moi. Et je pensais bien faire en venant te prévenir que *tu* allais avoir un bébé, mais on dirait que je perds on temps. Que tu t'en fiches pas mal !

Jean-Baptiste l'écouta, puis se répéta mentalement sa tirade. Voulait-elle dire…

— C'est *moi* le père ?

— Pff. Évidemment ! s'exclama-t-elle en s'essuyant le visage. Qui veux-tu que ce soit ? Tu es le seul homme avec qui j'aie couché depuis six mois.

Ah, voilà qui était mieux. Au moins, elle ne l'avait pas trouvé si piètre amant qu'elle ait éprouvé le besoin d'aller voir ailleurs. Toutefois, cela signifiait également…

— *Mon Dieu* ! Tu vas avoir un bébé ? Notre bébé ?

— C'est ce que j'essaie de te faire comprendre.

Jean-Baptiste avait besoin de s'asseoir. Il avait aussi besoin d'un verre. Il fallait qu'il réfléchisse à tout cela. Seigneur. Un bébé ? Une petite créature sans défense, mortelle, qui pleurait ? Qui aurait la moitié de ses gènes et la moitié de ceux de Brittany ? Cela semblait impossible. Ils n'avaient couché ensemble qu'une fois. Sauf qu'il n'avait songé ni à mettre un préservatif ni à se retirer au moment crucial. Au contraire. Il avait pris un plaisir inouï à exploser tout au fond de Brittany. Ce souvenir suffit d'ailleurs à réveiller son désir inopportunément.

— Tu en es certaine ?

— Oui, Jean-Baptiste, j'en suis certaine, confirma-t-elle en soupirant.

— Il faut dire que nous ne nous sommes pas protégés, convint-il en s'efforçant de faire le lien entre la situation et ce qui était arrivé.

— Non. Mais je ne savais pas que tu étais fertile, souligna-t-elle.

Il fronça les yeux, vexé.

— Bien sûr que je suis fertile ! Je reste un homme et, chez moi, tout fonctionne normalement, non ? De ce point de vue, je suis semblable aux mortels.

Brittany ne put se retenir de sourire. Blessé dans son orgueil viril, scandalisé, Jean-Baptiste faisait plus français que jamais.

— Oh, oui, assura-t-elle, tout fonctionne normalement.

Mieux que cela, même. En cinq minutes, il lui avait donné plus de plaisir que certains hommes en six mois de relation. Elle n'était pas près de l'oublier.

— Absolument, répondit-il en hochant la tête.

Brittany n'aurait su dire comment il prenait la nouvelle. Il n'avait pas l'air en colère, en tout cas. Surpris, certes, mais c'était tout. Oh, ce qu'il était mignon. Elle avait presque oublié combien il était irrésistible avec ses cheveux couleur de caramel et ses yeux d'un vert profond.

— D'ailleurs, ajouta-t-il en se frottant le menton, je te dois des excuses. Tout est de ma faute et j'en accepte l'entière responsabilité. Je vais t'épouser.

D'un coup, Brittany ne le trouva plus craquant du tout.

— Quoi !

Elle avait imaginé toutes les réactions possibles, sauf celle-ci. Il avait fumé la moquette, s'il croyait qu'elle allait l'épouser uniquement parce qu'il l'avait mise enceinte. Et puis qu'est-ce que c'était que cette demande en mariage ? Non mais, franchement...

— C'est la meilleure solution, insista-t-il en hochant la tête comme si tout était réglé. Nous allons nous marier et engager une nurse pour s'occuper du bébé.

Hm. Il était au courant qu'on n'était plus au XIXe siècle ?

— En quoi est-ce la meilleure solution, de nous marier ? Nous nous connaissons à peine, fit-elle valoir.

Prise d'une nouvelle vague de nausée, elle se mit à respirer à petits coups rapides.

— Moi, je n'ai pas envie de t'épouser, ajouta-t-elle.

— Quoi ? s'écria-t-il, outré. Tu es prête à faire de mon enfant un bâtard ?

— Nous sommes à Vegas. Tout le monde s'en fiche.

Brittany recula d'un pas. Jean-Baptiste était si près d'elle qu'elle en avait le tournis.

— Ma mère était strip-teaseuse, enfin !

Il fit la grimace. Ah, cela ne lui plaisait pas ? songea-t-elle, vexée. Eh bien, tant pis pour lui.

— Je ne sais même pas qui était mon père, poursuivit-elle.

Ma mère a trompé son mari avec un inconnu. Alexia et moi n'avons pas le même géniteur.

Affolée, elle n'arrêtait plus de parler. Sortir avec Jean-Baptiste, ou, au moins, entretenir des relations amicales avec le père de son enfant, c'était tentant. L'épouser, en revanche ? Sûrement pas ! Qu'avaient-ils en commun ?

Le petit amas de cellules qui se développait en elle en ce moment même ne suffisait pas.

— Brittany…

Soudain, il se frappa le front.

— Nous avons oublié une chose, reprit-il. Ton père est un vampire.

— Et alors ?

— Alors, tu es à moitié vampire et moi complètement. Cet enfant que tu portes l'est donc aux trois quarts.

— Et alors ? répéta-t-elle, nerveuse.

La mine de Jean-Baptiste l'inquiétait. Son regard s'était assombri et il fronçait les sourcils; il semblait réfléchir à toute vitesse.

— Alors, à ma connaissance, il n'y a jamais eu d'enfant aux trois quarts vampire. Jamais.

Voilà qui n'annonçait rien de bon.

— Pourquoi ?

— Parce que les vampires ne sont pas censés procréer. Cela peut arriver, certes, quand l'un d'eux s'accouple par inadvertance avec une mortelle porteuse du gène récessif du vampirisme, ce qui permet la conception. Mais, par chance, ces cas sont rares. Le fruit de cette union est un Impur mortel. Mais jamais un vampire n'a eu de relation avec une Impure comme toi, ou alors, si c'est arrivé, ils n'ont pas eu d'enfant. Sans doute parce qu'elle n'avait pas hérité du gène. Toi, si, manifestement, et moi aussi. Ce qui signifie que le gène du vampirisme sera présent chez notre bébé. C'est de la biologie élémentaire mais, à ma connaissance, il n'y a jamais eu d'enfant ayant reçu le gène du vampirisme de ses deux parents.

Il l'avait déjà dit, et cela commençait à l'inquiéter sérieusement.

— Et donc... ?

— Donc, s'il n'y en a jamais eu, il n'existe pas de précédent scientifique. Sera-t-il mortel ou vampire ? Vivra-t-il le jour ou la nuit ?

Boira-t-il du lait ou du sang ? Jean-Baptiste ne formula pas cette question à voix haute, mais Brittany comprit qu'il se la posait.

— Mon Dieu... Tu es en train de me dire que notre enfant va être une sorte de... de mutant, ou je ne sais pas quoi ? Il va avoir des crocs ?

— Bien sûr que non.

Il n'en avait pas l'air si convaincu que cela.

— Notre enfant n'est pas un mutant, affirma-t-il tout de même. Il sera fort et intelligent, sans les faiblesses des mortels. Mais il pourra se passer de sang. J'en suis pratiquement certain parce que c'est l'épuisement qui entraîne le besoin de se nourrir, pas le gène. Par ailleurs, je suis Jean-Baptiste Corbin, le plus grand chercheur de la Nation vampire, et je vais corriger mon erreur, je te le promets.

Ah. Très rassurant. Brittany éclata en sanglots. Son bébé était un démon buveur de sang. Au lieu d'un adorable poupon tout rose, elle allait avoir un enfant avec des crocs, le teint pâle, une vision nocturne exceptionnelle et capable de lire dans les pensées. Elle se voyait déjà avec un réfrigérateur plein de biberons ornés d'agneaux gambadant dans une prairie fleurie – et emplis de sang humain. Elle devrait en permanence fermer son esprit pour que son bébé ne sache pas qu'elle fantasmait sur George

Clooney ou qu'elle se moquait intérieurement des grosses fesses de son assistante qui ne portait pas très bien le pantalon blanc.

Bref, il y avait de quoi s'affoler.

— Jean-Baptiste, tu ne peux pas faire d'expériences sur notre enfant ! Mon Dieu, c'est affreux ! Je vais encore être malade, gémit-elle en se tenant le ventre. Ce que nous avons pu être bêtes. Je ne coucherai plus jamais avec toi.

— Tu ne peux pas retomber enceinte, enfin, objecta-t-il d'un air un peu perplexe. Nous n'aurions pas besoin de nous protéger, si nous couchions à nouveau ensemble maintenant.

— Aaargh !

Il était idiot, ou quoi ? Elle se tourna vers la fenêtre, la vue brouillée par les larmes.

— Je veux parler à ma sœur.

Elle sortit son portable de sa poche et appuya sur la touche de raccourci « 1 » pour appeler Alexia.

— Alex ? fit-elle en reniflant dès que celle-ci décrocha.

— Qu'est-ce qu'il t'a dit, ce salaud ? attaqua-t-elle d'emblée. Où es-tu ?

— Je suis toujours dans la suite où tu m'as dit d'aller. Alexia, Jean-Baptiste dit que notre bébé va… va…

Elle s'étrangla et se remit à pleurer de plus belle.

— J'arrive.

Quand Alex eut raccroché, Brittany laissa libre cours à ses larmes. Elle sanglotait, écrasée par la situation, morte d'inquiétude pour son enfant. Totalement flippée.

Soudain, Jean-Baptiste fut auprès d'elle et la prit dans ses bras.

— Làààà, fit-il. Ça va aller, *ma chérie*. Je ne voulais pas te faire peur. Tout va bien se passer et nous allons avoir le plus bel enfant du monde. Regarde sa mère : comment pourrait-il en être autrement ?

La voix de Jean-Baptiste au creux de son oreille, son étreinte forte et assurée l'apaisaient. Elle ne devrait pas se reposer sur lui. Elle devrait être courageuse. Mais elle ne pouvait pas résister. Et elle n'avait pas le droit de lui faire des reproches. Elle avait été plus que consentante, cette nuit-là. Elle l'avait encouragé, elle avait joui de ces moments autant que lui et pas une seconde elle n'avait songé aux possibles conséquences de ce qu'ils faisaient.

Elle essaya d'arrêter de pleurer.

— J'ai toujours eu envie d'être mère, reconnut-elle en hoquetant.

— Eh bien, cela va t'arriver, et tu vas être *fantastique*. Tout va très bien se passer.

— Je l'espère.

Elle se détendit un peu. Jean-Baptiste était vraiment très vieux, et c'était un savant. Il lui avait dit être sur le point de découvrir l'antidote qui permettrait aux vampires de redevenir mortels. Si quelqu'un savait comment faire face à la situation, c'était bien lui. Elle ferma les yeux et se laissa aller contre lui. Finalement, cela allait peut-être s'arranger.

— Et on va se marier, alors ?

Elle rouvrit grand les yeux.

— Non !

Mais qu'est-ce que c'était que cette obsession ?

C'est alors qu'on frappa à la porte de la suite.

— Nous en reparlerons, déclara Jean-Baptiste en allant ouvrir.

De mariage ? Pas question. Pour elle, la discussion était close. Elle n'allait pas lier sa vie à un homme qu'elle connaissait à peine. Elle ne savait même pas quel âge avait Jean-Baptiste et moins encore ce qu'il aimait ou ce qu'il n'aimait pas, s'il était maniaque ou désordonné. Elle ne l'avait même jamais vu nu !

C'était déprimant, non ?

Oui, très déprimant, songea-t-elle en admirant ses fesses tandis qu'il s'éloignait.

Se rendaient-ils compte qu'il entendait tout ce qu'ils disaient ? se demanda Rick.

Depuis son entrée volontaire en cure de désintoxication pour se sevrer du sang drogué auquel il était devenu accro, il était devenu très fort en méditation et autres conneries new age que sa pseudo petite amie Kelsey l'encourageait à pratiquer. Résultat, il avait beaucoup moins de mal à rester assis et à écouter. Grâce à son ouïe de vampire, il avait donc pu saisir le plus gros de la conversation de Jean-Baptiste et Brittany.

À la vérité, il ignorait que les vampires pouvaient mettre des femmes enceintes. C'était bon à savoir, s'il ne voulait pas se compliquer la vie plus que nécessaire.

Hm. Et cela intéresserait sûrement bien des gens de savoir qu'une Impure attendait un heureux événement qui serait aux trois quarts vampire. Pas de doute, cette information valait de l'or. Restait à savoir qui serait prêt à l'acheter le prix fort.

Son ancien dealer, peut-être, qui se trouvait à New York où il attendait son procès pour trahison.

Donatelli.

Entendant la voix de sa sœur à la porte, Brittany vola au secours de Jean-Baptiste. Telle qu'elle connaissait Alexia, si elle n'intervenait pas, elle lui ferait une manœuvre de karaté sans lui laisser le temps de dire ouf.

Quitte ou double

Elle arriva juste à temps. Jean-Baptiste parlait français à Ethan tandis qu'Alexia sautillait sur la pointe des pieds. Brittany ne connaissait que trop bien cette attitude. Il y avait du coup de pied dans l'air...

— Alex, non ! Ne le frappe pas !

— Donne-moi une seule bonne raison de ne pas le faire.

— C'est le père de mon enfant.

— C'est une raison de le faire, pas de ne pas le faire.

— Quoi ?

Faute de parvenir à suivre sa logique, Brittany prit la main d'Alex et la serra affectueusement pour prévenir une attaque frontale directe.

Ethan et Jean-Baptiste continuaient leur échange en français. C'était très sexy, mais elle commençait à trouver agaçant d'être ainsi exclue de la conversation.

— Je ne savais pas qu'Ethan parlait français, dit-elle à sa sœur.

— Moi non plus, avoua cette dernière en jetant un regard noir à son mari. Il m'a dit qu'il connaissait quelques mots. Quelques mots ! Tu parles !

— Je ne sais pas ce qu'on appelle « quelques mots »...

Brittany chercha où s'asseoir. Elle était épuisée, mais il n'y avait pas un siège confortable dans la suite Art déco dont le mobilier était tout, sauf pratique et cosy. Ce qu'elle voulait, elle, c'était un bon canapé avec des coussins moelleux. Pas des chaises dures et un divan blanc sur lequel un homme était déjà affalé.

Ce devait être Rick – et il n'avait pas l'air très à l'aise. Il faut dire qu'il était vraiment mal installé. On aurait dit un bébé assis dans un siège trop droit. Ses épaules et sa tête s'affaissaient sur le côté et ses jambes s'écartaient. C'était son dos qui faisait les frais de cette étrange position. Brittany eut envie de lui glisser un coussin sous les reins pour le soulager.

— Vous ne voulez pas quelque chose pour vous soutenir le dos ? lui demanda-t-elle, désolée pour lui. Je suis Brittany, au fait.

Il ouvrit des yeux sombres et sans expression pour la regarder. Peut-être l'avait-elle réveillé car il ne dit rien.

Elle prit un petit coussin sur un fauteuil et s'approcha de lui.

— Tenez. Penchez-vous en avant, une seconde.

Il obtempéra et elle plia le coussin en deux pour le caler sous ses reins.

— Merci, dit-il dans un soupir en se redressant. Et félicitations.

— Quoi ?

Elle s'immobilisa, encore à demi courbée, les yeux presque au niveau des siens. Il soutint son regard sans ciller.

— Pour le bébé. Félicitations. Vous devez être folle de joie.

C'était tout ce qu'il y avait de plus anodin, une simple remarque polie, n'empêche que Brittany sentit un frisson glacé lui courir le long de la colonne vertébrale. Rick devait avoir entendu sa conversation avec Jean-Baptiste. Elle aurait dû être gênée de savoir que quelqu'un avait été témoin de ce fiasco. Pourtant, c'était plus un malaise inquiet que de la gêne qu'elle éprouvait. Elle se redressa et s'éloigna de Rick.

— Merci, dit-elle.

— Brittany, annonça Ethan en entrant dans la pièce, il faut que je te parle. Chez moi, s'il te plaît. Viens.

— Mais je ne suis pas certaine que Jean-Baptiste et moi ayons terminé notre conversation.

Elle l'espérait, en tout cas, parce qu'ils n'avaient encore rien résolu. Tout ce qu'ils avaient établi, pour l'instant, ils le savaient déjà. Jean-Baptiste était fertile, ils avaient fait des folies de leurs corps et ils allaient avoir un bébé. Ils avaient encore bien d'autres choses à se dire, non ?

— Ça m'est égal. Il faut que nous partions.

Ethan était capable de se montrer aussi têtu qu'Alexia, au point que Brittany se demandait comment deux personnalités aussi semblables parvenaient à vivre ensemble. Cela dit, sa sœur et son beau-frère ne risquaient pas de s'entre-tuer, en tout cas, puisqu'ils étaient immortels. Il fallait simplement qu'ils aillent au bout de leurs querelles.

Au moins, l'habitude de gérer l'entêtement d'Alexia l'aida à faire face à celui d'Ethan.

— Très bien, acquiesça-t-elle. Vas-y; j'arrive dans deux minutes.

— Très bien, concéda-t-il en hochant la tête.

Mais Alexia ne se laissa pas prendre si facilement.

— Si tu n'es pas chez nous dans cinq minutes, prévint-elle, je reviens te chercher.

Zut. Sa conversation avec Jean-Baptiste allait devoir attendre, tout compte fait. Alexia ne plaisantait pas. Dans cinq minutes, elle serait là, prête à user de sa force et de ses coups de karaté.

Elle céda.

— Bon, d'accord. Je vous accompagne tout de suite.

Elle s'approcha de Jean-Baptiste qui se tenait sur le pas de la porte, les bras croisés, l'air contrarié.

— Si tu crois que nous avons encore des choses à nous dire, suggéra-t-elle, nous pourrions nous voir ces jours-ci.

Elle ne voulait pas lui mettre la pression. Cependant, il fallait qu'elle sache dans quelle mesure il était prêt à s'impliquer afin de pouvoir se préparer mentalement – et pratiquement – à élever un bébé vampire. Avec ou sans son aide.

— Bien sûr que nous devons nous revoir, affirma-t-il avec toute son arrogance. Nous avons encore beaucoup, beaucoup de choses à nous dire. Je viendrai chez toi ce soir.

Et voilà. C'était exactement comme cela que les ennuis avaient commencé. Elle trouvait à la fois un peu inquiétant et terriblement sexy qu'il apparaisse comme cela, sans crier gare. Pour tout dire, cela l'excitait un peu, malgré elle. Elle devrait refuser. Sauf qu'il fallait bien qu'ils parlent.

— D'accord. Mais, cette fois-ci, sonne à la porte au lieu d'entrer par la fenêtre.

Il se détendit, décroisa les bras et lui caressa la joue. Elle plongea les yeux dans ses yeux vert pâle et y puisa réconfort et détermination.

— Notre bébé sera magnifique, j'en suis convaincu, assura-t-il. Ce n'est ni un mutant, ni une aberration, ni un accident, mais un enfant né de la passion. Je suis très honoré que tu sois sa mère.

Ça, c'était adorable, songea Brittany qui sentit un peu de sa tension s'apaiser.

— Merci, répondit-elle. Tu penses vraiment qu'il n'y a pas de problème ?

— Absolument.

— À tout à l'heure, alors.

Sur quoi elle sortit, bien plus légère.

Jean-Baptiste regarda Brittany s'en aller avec sa sœur et Carrick et se passa la main dans les cheveux.

Mon Dieu… Il allait avoir un enfant mutant.

Un monstre. Un bébé buveur de sang. C'était une catastrophe. Et il avait menti à Brittany. Cela n'allait pas, mais alors pas du tout. Ils se trouvaient face à un très gros problème, un cauchemar génétique. Et c'était lui le seul responsable de cet acte d'une stupidité inouïe.

En près de trente ans de vie comme mortel et deux cents comme vampire, jamais il n'avait mis une femme enceinte. Qu'il l'ait fait, maintenant, et avec une Impure mi-vampire mi-mortelle, était une bien étrange et cruelle ironie du sort. Bien entendu, il était inexcusable de ne pas avoir utilisé de préservatif à un siècle où l'on pouvait s'en procurer à tous les coins de rue, aussi facilement qu'une tasse de café.

Jean-Baptiste avait déjà commis des erreurs. Des erreurs aussi graves que regrettables qui avaient coûté la vie à une femme et fait planer de sérieux doutes sur son travail.

Toutefois, il était sur le point de trouver un remède au vampirisme. Et voilà ce qui lui arrivait alors qu'il touchait au but. Quel crétin, mais quel crétin il faisait !

Il appela le gardien qui se tenait dans le couloir.

— Je dois m'absenter quelques heures, le prévint-il. Ayez un œil sur Columbia.

L'homme hocha la tête tandis que Rick protestait :

— Je n'ai pas besoin d'une nounou. Je ne vais pas m'en aller.

Patient déterminé quoique agressif, Rick avait relativement bien supporté les effets du manque, mais Jean-Baptiste savait à quels actes désespérés le besoin de drogue pouvait pousser. Il préférait donc ne pas le laisser sans surveillance. D'autant que la peine de Jean-Baptiste consistait principalement à faire ce que lui demandait l'actuel gouvernement de la Nation vampire – en échange de quoi il était libre de poursuivre ses recherches. Or le leader du gouvernement en question n'était autre que Carrick. Jean-Baptiste ne voulait donc surtout pas le contrarier et risquer de mettre ses travaux en péril. Évidemment, avoir mis la belle-sœur d'Ethan Carrick enceinte n'était sans doute pas le meilleur moyen de se faire bien voir.

Au risque de se répéter, quel crétin, mais quel crétin il faisait !

— Je sais bien que vous n'allez pas vous en aller. En principe, vous êtes en état d'arrestation. Il n'est là que pour veiller sur votre confort jusqu'à mon retour. Si vous voulez, je peux aussi demander à Kelsey de venir vous tenir compagnie.

Rick fit la grimace.

— Je ne suis vraiment pas d'humeur à écouter ses bavardages absurdes.

— Très bien. Je serai de retour un peu plus tard dans la soirée.

Après qu'il aurait pris le temps de rassembler ses esprits et qu'il se serait mis quelques coups mentalement. Et après qu'il aurait tout organisé avec Brittany et fixé la date de leur mariage. Il n'allait pas ajouter à son inconduite en la laissant élever seule un enfant illégitime. Cela, il en était certain.

— Prenez tout le temps que vous voulez. Je n'en peux plus de vous voir rôder autour de moi en permanence. J'ai l'impression d'être un gamin qui ne fait que décevoir son père, vous savez. C'est plus que crispant, à la longue.

C'est en faisant la grimace que Jean-Baptiste se dirigea vers la porte. Père. Mon Dieu, il allait être père. Le père d'un enfant mutant.

Cette seule idée était insoutenable.

Oui, mais, au lieu de se lamenter, lui, Jean-Baptiste Corbin, allait se rendre dans son laboratoire et arranger cela.

Il ne savait pas encore comment, mais il finirait par y arriver. Peut-être.

Trois

— Bon, alors qu'y a-t-il de tellement important ? demanda Brittany.

Elle était épuisée, elle avait toujours mal au cœur et l'inquiétude qui la rongeait n'arrangeait rien à son état.

Ethan avait tout juste pris le temps de la faire entrer avant de se remettre à faire les cent pas devant la porte du patio. Assise dans une chauffeuse écossaise, Alexia se rongeait les ongles.

— Il faut que tu saches que tu n'es pas la première.

— La première quoi ?

La première femme à être tombée enceinte à la suite d'une aventure d'un soir ? Évidemment. Elle le savait déjà, merci. Cela arrivait sans arrêt.

— La première à avoir un enfant aux trois quarts vampire. À ma connaissance, il y a eu au moins un précédent. L'affaire n'a pas été ébruitée, mais j'étais très bien placé pour être au courant de la situation.

Houlà. Voilà qui pouvait tourner au vinaigre. Certes, sa sœur savait que son mari avait un passé – un très long passé. N'empêche qu'elle ne serait certainement pas ravie d'apprendre qu'Ethan avait eu un enfant avec une mortelle.

— Et le bébé se portait bien ?

Tant pis si cela blessait Alexia; il fallait qu'elle sache.

— Le bébé – c'était une fille – se portait à merveille. Son existence a été cachée à son père. Je ne crois même pas qu'il soit au courant à ce jour.

— Ce n'est pas toi, le père ?

Brittany n'y comprenait plus rien.

— Non, voyons, repartit Ethan visiblement surpris. Qu'est-ce qui te fait penser cela ?

— Peut-on reprendre du début, s'il vous plaît ? demanda Alexia. Avant que je pète un plomb en découvrant que tu m'as caché autre chose.

— Alexia, fit-il valoir d'un air indulgent, cela fait neuf cents ans que je suis sur terre. Je n'ai pas encore eu le temps de te raconter tout ce qui m'est arrivé, et moins encore de te parler des autres gens que j'ai connus.

Brittany se sentit coupable.

— Ne vous disputez pas, je vous en supplie. C'est ma faute. Je cause des problèmes à tout le monde.

Et voilà. Elle était à nouveau au bord des larmes.

— Nous ne nous disputons pas, assura sa sœur. C'est notre façon de communiquer. Je m'énerve, Ethan s'exaspère, nous râlons l'un contre l'autre et nous nous réconcilions sur l'oreiller. Ça marche très bien comme ça.

Hm. Elle ne demandait pas tant de détails sur la vie conjugale de sa sœur.

— *Bref*, fit-elle. Alors qui était la mère ? Et qu'est-ce qui est arrivé ?

— La mère était ma sœur, Gwenna.

Brittany ne l'avait vue qu'une fois, au mariage d'Ethan et Alexia, où elle était arrivée subitement, façon vampire, et s'était éclipsée de la même façon sans avoir parlé à personne. Très pâle et frêle d'apparence, c'était une femme vampire et non une Impure comme Brittany.

— Je ne comprends pas, objecta-t-elle. Brittany est une vampire, non ?

— Si. Je l'ai transformée quand elle allait mourir d'une hémorragie après avoir donné naissance à sa fille. On était au XIe siècle. À l'époque, les accouchements étaient très risqués.

— Je ne crois pas que ce soit le début, protesta Alexia. J'ignorais que Gwenna était une Impure. Comment est-ce possible si ce n'était pas ton cas ?

Le visage d'Ethan se durcit.

— Ma mère a été violée pendant que mon père et moi étions à la guerre. Gwenna a dix-sept ans de moins que moi. Quand, devenu vampire, j'ai fini par rentrer chez moi, je me suis rendu compte que son père biologique était un vampire, parce que j'étais capable de percevoir l'odeur de son sang de vampire. Hélas, à ce moment-là, mon père était mort – ainsi que tous mes autres frères et sœurs. Gwenna, qui avait alors dix-sept ans, était seule au château avec ma mère. Pour ma part, j'avais des problèmes à résoudre dans le nord et j'ai commis l'erreur de les laisser chez nous toutes les deux, avec plusieurs de mes amis vampires pour veiller sur elles. C'était des hommes en qui j'avais toute confiance, qui m'avaient appris à vivre en vampire et qui séjournaient chez moi. Ils m'avaient promis de veiller à la sécurité de ma mère et de ma sœur. Quand je suis rentré dix mois plus tard, ils étaient partis et l'un d'eux m'avait trahi en séduisant ma sœur innocente; la veille, elle avait accouché de son enfant. Très peu de temps avant mon arrivée, elle avait succombé à une hémorragie et je trouvai ma mère auprès de son corps. Ma mère qui avait déjà enterré tous ceux qu'elle aimait et qui me croyait mort dans le nord suite à de fausses informations que lui avait données celui qui m'avait trahi.

Ethan avait été un guerrier, Brittany le savait. Cependant, à le voir ainsi les poings serrés, la mâchoire crispée, elle comprit qu'il ne faudrait pas grand-chose pour faire sauter le vernis poli de l'homme politique britannique et révéler l'homme qu'il était plus profondément, celui qui s'était battu à mains nues pour assurer la sécurité de sa famille. Elle trouvait cela à la fois un peu intimidant et réconfortant. Même si Jean-Baptiste se défilait, Ethan veillerait sur elle et sur son enfant parce que, désormais, il la considérait comme sa sœur.

— Alors tu as transformé Gwenna ? avança-t-elle prudemment, le cœur empli de compassion pour lui.

— Oui. Je l'ai ramenée à la vie. Mais elle n'a plus jamais été la même. Elle est devenu calme, réservée, inquiète de tout. Mais elle aimait sa fille et, pour moi, cela justifiait tout. Ma nièce est née en parfaite santé et l'est restée.

Brittany devinait que l'histoire ne s'arrêtait pas là. Toutefois, elle sentait aussi qu'Ethan n'en dirait pas plus long. À l'évidence, parler de sa mère et de sa sœur lui avait déjà beaucoup coûté. Elle avait de la peine pour lui, pour sa douleur, pour son si long passé semé de terribles chagrins.

— Merci de m'avoir dit tout cela, Ethan, fit-elle en lui serrant affectueusement la main. Je me sens beaucoup mieux. Y a-t-il autre chose que je doive savoir? Le bébé était... normal? Sans crocs ni rien?

— Sans crocs ni rien. Parfaitement normal. Elle était très athlétique, très forte de corps comme de caractère. C'est devenu une guerrière. Un peu comme ta sœur, en fait, ajouta-t-il en souriant à Alexia.

— Alors il faut que je me prépare à assister à des matchs de foot...

Quand elle songeait à la situation en des termes normaux, quotidiens, elle avait bien moins peur. Elle aurait donc un enfant sportif, peut-être un peu agressif. Ce n'était pas la mer à boire, surtout pour quelqu'un qui, comme elle, avait vécu vingt ans avec Alexia.

— Je te suis vraiment reconnaissante de m'avoir parlé, Ethan. Merci encore.

— Je t'en prie.

Il lui déposa sur le front un baiser fraternel qui lui fit grand plaisir.

— Tout va bien se passer, Brit, assura-t-il.

— Merci. Bon, il faut que je rentre. Jean-Baptiste doit passer chez moi discuter de la « situation », fit-elle en imitant son accent français. Bisous, tous les deux, et merci encore. À plus.

Après le départ de sa sœur, Alexia regarda son mari d'un air soupçonneux. Elle passa les deux jambes par-dessus l'accoudoir de son fauteuil et plissa les yeux.

— Alors, Carrick, qu'est-ce que tu as tu de cette histoire? l'interrogea-t-elle.

— Certains détails, concéda-t-il, de dos, en fermant les stores de la porte du patio.

— Mais encore ?

Cela ne disait vraiment rien qui vaille à Alexia.

— Dis-moi la vérité, sinon je vais me fâcher, le prévint-elle. Qui était le père du bébé de Gwenna ?

Elle vit la main d'Ethan se crisper sur le cordon du store et sa mâchoire se contracter.

— Donatelli, lâcha-t-il entre les dents.

— Quoi ? Mais je croyais qu'ils s'étaient mariés, je ne sais pas, trois cents ans plus tard.

Alexia n'y comprenait plus rien. Telles qu'Ethan présentait les choses, Gwenna avait été séduite et abandonnée; pas épousée.

— Ils se sont effectivement mariés au XVe siècle, quatre cents ans après leur première relation. Gwenna vivait en recluse et, après la façon dont il m'avait trahi, je refusais tout contact avec Donatelli. Il ne savait même pas qu'elle avait été transformée. J'avoue que, lorsque leurs chemins se sont à nouveau croisés par hasard lorsque nous avons fait un voyage en Italie, j'ai même été étonné qu'il se souvienne d'elle. En général, les dons Juans dans son genre oublient leurs conquêtes, surtout au bout de tant d'années. Sauf que, lui, non seulement ne l'avait pas oubliée mais affirmait avoir été trahi lui aussi, ce qui l'avait contraint à la quitter. Il prétendait que, quand il était revenu la chercher l'année suivante, on lui avait dit qu'elle était morte. Dieu merci, à la demande de Gwenna, on avait fait croire aux villageois qu'elle avait succombé à une fièvre parce qu'elle voulait que personne ne soit au courant pour l'enfant. Elle avait honte de son acte. À mes yeux, cependant, c'était Donatelli le coupable, pas elle. Et je n'ai pas changé d'avis. Il n'aurait pas dû agir comme il l'a fait. Quant à moi, je m'en veux d'être parti. Bref, quand ils se sont revus, Donatelli lui a servi toutes sortes de beaux mensonges et elle est tombée dans le panneau. Elle s'est mise à le fréquenter à mon insu et, quelques mois plus tard, elle a épousé cette ordure. Il lui a ensuite fallu trois cents ans pour trouver le courage de divorcer.

— Oh, quelle horreur ! Nous faisons tous des erreurs au début de notre vie amoureuse, mais trois cents ans ?

La seule idée de se retrouver coincée avec Bart Winslow, son petit ami au lycée, et ses blagues pourries pour l'éternité ou presque lui faisait froid dans le dos.

— Gwenna doit être terrifiée à l'idée de sortir avec quelqu'un, observa-t-elle.

Et, elle, elle se sentait coupable de ne pas avoir fait plus pour nouer des relations avec sa belle-sœur. Coincée toute seule dans son horrible vieux château en Angleterre à se reprocher encore et encore d'avoir fait un mauvais choix en matière d'homme – comme si cela n'arrivait pas à tout le monde –, sans personne à qui parler… Gwenna avait besoin d'amies. D'amies vampires, comme elle et Kelsey. Et Cara, si elle revenait un jour de la ferme de Seamus en Irlande.

— Et si tu invitais Gwenna à nous rendre visite ? suggéra-t-elle. Ou si nous allions chez elle ?

— Ça, c'est très gentil, dit Ethan d'un air surpris.

Quoi ? C'était étonnant qu'elle pense aux autres, qu'elle soit gentille ?

— Je te signale que je ne suis pas une garce finie, se défendit-elle. J'aimerais mieux connaître ta sœur.

— Nous ne pourrons pas y aller avant l'élection, et je doute qu'elle vienne. Il lui a déjà été très difficile de se déplacer pour notre mariage.

— Quand je pense que l'élection a été reportée à février uniquement à cause de la défection de Donatelli ! Moi, je trouve que tu aurais dû être élu d'office, du coup.

Alexia n'en revenait toujours pas que Donatelli ait accepté de renoncer à se porter candidat à la présidentielle. Certes, Ethan et Seamus lui avaient promis de le tuer s'il maintenait sa candidature, mais elle s'attendait à ce qu'il ruse d'une façon ou d'une autre. Ou, du moins, qu'il essaie. Cependant, pour l'instant, il gardait ses distances.

— Franchement, il est juste de laisser à la partie adverse le temps de choisir un autre candidat et de faire campagne.

Alexia comprenait. La notion de justice n'était pas étrangère au procureur qu'elle était. Surtout quand elle jouait en sa faveur – ou en faveur de son mari. Mais elle en avait plus qu'assez des réceptions interminables et des discours politiciens. Presque toutes les nuits où elle n'était pas prise par son travail de consultante – car la vie nocturne de vampire avait mis à un terme à sa carrière de procureur –, Ethan comptait sur elle pour revêtir un tailleur et son plus beau sourire et jouer les premières dames. Le problème, c'était qu'elle n'avait pas la douceur et la patience qu'il fallait pour ce rôle. Être aimable avec des gens qu'elle n'aimait pas mettait ses nerfs à rude épreuve.

— N'empêche que je trouve ça nul, protesta-t-elle. Et, d'abord, pourquoi faut-il que tu sois à nouveau nommé ?

— Au vu des récents événements, il nous a paru plus sage d'organiser une nouvelle primaire pour vérifier que j'étais toujours le candidat favori des membres du parti.

Ça, il savait manier le jargon politicard, elle ne pouvait pas le nier.

— Moi, j'en suis certaine, déclara-t-elle. Tiens, au fait, qu'est devenue la fille de Gwenna ? J'ai l'impression que tu n'as pas tout dit à Brittany.

Ethan se détourna d'elle – signe qu'il mentait – et haussa les épaules.

— Cela n'a sans doute rien à voir avec la situation de Brittany.

— Quoi donc ?

— Le fait que ma nièce soit devenue folle vers vingt ans et se soit tuée.

— Tu sais qui est le père de Brittany ? demanda Jean-Baptiste à Carrick quand il parvint à le coincer au casino quelques heures plus tard.

Brittany était chez elle et la femme d'Ethan faisait des longueurs dans la piscine couverte du casino. Ils ne risquaient donc pas d'être interrompus.

Carrick se tourna vivement vers lui avant de balayer la salle du regard. Ils étaient assis à une table du restaurant cinq étoiles de l'Ava, sur un balcon qui avançait légèrement vers l'animation de la salle mais les isolait suffisamment du bruit. Ils buvaient un verre, car les vampires étaient capables de digérer les liquides mais pas les solides. Et le personnel savait qu'il ne fallait pas déranger le propriétaire de l'établissement.

— Pourquoi ? demanda ce dernier.

— Parce qu'il serait utile de savoir s'il possède un certain gène récessif que j'ai rencontré et chez les humains et chez les vampires.

— Et si c'est le cas ?

Jean-Baptiste s'efforça de brider la frustration qui le gagnait. Certes, Ethan voulait protéger Brittany, mais il ne voyait pas comment lui résumer cent ans de recherches génétiques en deux minutes.

— C'est un peu compliqué, souligna-t-il. Tu sais que les vampires sont porteurs du virus du vampirisme qui se transmet par la salive et par le sang, n'est-ce pas ? Mais ce virus reste inactif jusqu'à ce qu'une personne soit vidée de son sang. Alors, ce virus s'active et la personne en question éprouve le besoin de boire du sang, ce qui entraîne la transformation. L'objet de mes recherches est de tenter d'inhiber le virus même après qu'un corps a été vidé de son sang, même après des années de vie vampire, et d'en annuler les effets. Bref, de faire revenir un vampire à l'état de mortel, avec un virus vampire inactif. Et je crois que la réponse est oui.

— D'accord. C'est un terrain sensible, Corbin. Tu sais aussi bien que moi que ce genre de découverte pourrait diviser la Nation en deux camps. Actuellement, de nombreux Impurs se battent pour une augmentation de la population vampire.

— Je le sais. Mais ce qu'ils ignorent, c'est qu'ils sont la clé de la véritable procréation vampire parce que, statistiquement, ils sont très nombreux à avoir reçu ce gène de leur mère. Les vampires ne peuvent se reproduire que si eux ou la mortelle avec laquelle ils s'accouplent sont porteurs du gène récessif dont je t'ai parlé. Les autres pourront avoir des rapports sexuels avec des mortelles mais n'auront jamais d'enfant. En revanche, qu'arrive-t-il quand une Impure comme Brittany s'accouple avec un vampire ? J'ai le gène et Brittany le tient de sa mère. Je suis porteur du virus actif et elle du virus inactif. Si Brittany a également reçu le gène de son père vampire, notre enfant aura en gros une double dose de virus et un gène de reproduction entier.

— Qu'est-ce que cela signifie, au juste ?

Jean-Baptiste laissa son regard se perdre dans les lumières du casino, troublé, furieux contre lui-même. Il savait tout cela avant de coucher avec Brittany et il n'avait rien fait pour éviter d'avoir un enfant. Ses préoccupations tournaient autour de la création d'un vaccin capable d'inhiber le virus; pas autour de la reproduction.

— Cela signifie que notre enfant va naître immortel et n'aura même pas besoin de se nourrir de sang. Un super-bébé, en somme.

— Tu n'es pas sérieux ! Merde.

— Il ne faut surtout pas que cela se sache. Si quelqu'un apprend ce qu'il en est, mon enfant sera en grand danger, Carrick. Ceux qui sont pour l'accroissement de la population, comme Donatelli, le voudront à tout prix. Ils voudront savoir comment en créer d'autres identiques, comment créer une super-race, si tu veux. Je ne peux pas le permettre.

Jean-Baptiste se tortillait sur son siège, mal à l'aise, en colère.

— Tu connais Brittany, ajouta-t-il. Tu sais quelle femme merveilleuse c'est. L'enfant a toutes les chances – et surtout le droit – de mener une vie normale avec elle comme mère. C'est ce que je souhaite, et c'est ce que Brittany et notre bébé méritent. Je ne laisserai personne leur faire du mal.

— Tu as tout mon soutien, Corbin, assura Ethan. Moi non plus, je ne veux pas qu'on fasse de mal à Brittany ni au bébé. Cela dit, je ne sais pas qui est le père de Brit. Seule sa mère le savait, et cela fait quinze ans qu'elle est morte. Je ne suis même pas certain que le vampire qui a couché avec elle sache qu'il y a eu un enfant. Si c'est le cas, rien ne l'indique.

— J'ai une base de données de l'ADN d'environ vingt pour cent des vampires connus. Je pourrais faire passer le profil de Brittany dans ce logiciel pour voir si nous trouvons une correspondance génétique.

Pour cela, il faudrait qu'elle lui donne un échantillon d'ADN. La nuit où il lui avait pris du sang, et où ils avaient conçu leur enfant, il était parti en laissant le tube de sang sur sa commode. S'il était venu chez elle ce soir-là, c'était pour prélever un échantillon, et il avait oublié de le prendre. Franchement, c'était ridicule.

— Tu as une base de données d'ADN ? Mais comment t'y es-tu pris pour avoir ces informations ? Et mon ADN à moi, tu l'as ? s'indigna Ethan.

— Oui, reconnut Jean-Baptiste légèrement penaud. Ce n'est pas très difficile, tu sais. Un cheveu ramassé ici ou là, un peu de salive sur le bord d'un verre, de la peau, du sang…

Il s'interrompit devant l'expression de Carrick.

— Tu ne peux pas faire ça, Corbin. C'est du vol.

— Non. Si tu laisses traîner ton ADN, il devient un bien public.

Pas question de lui faire des excuses pour cela. Il n'était ni un criminel ni un scientifique qui cherchait à faire le mal. Le but de ses recherches était de donner le *choix* aux vampires.

— L'important, déclara-t-il, c'est que je sais qui a le gène et qui ne l'a pas.

Ethan secoua la tête et se pencha en avant sur la table.

— Ce que tu ignores, en revanche, c'est que, il y a neuf cents ans, ma sœur a donné naissance à un enfant comme le tien. Car ma sœur était une Impure, même si j'ignore qui était son père. Et je sais parfaitement qui était le père du bébé. Je sais aussi que ma nièce semblait en parfaite santé et n'a jamais paru avoir besoin de sang.

Jean-Baptiste regarda Carrick, incrédule.

— Il y a eu un enfant ? Mais qui était le père ?

Il savait que la sœur de Carrick avait été mariée avec Donatelli, qui était favorable à l'accroissement de la population vampire et avait été l'adversaire d'Ethan dans la campagne présidentielle jusqu'à ce que, soudain, il se retire de la course. Toutefois, leur mariage était relativement récent, croyait-il. En tout cas, il ne remontait certainement pas à neuf siècles.

— Peu importe qui c'était, parce qu'il n'a pas su qu'il avait eu un enfant et je sais qu'il ne joue plus de rôle dans la Nation. Je te l'ai dit pour te rassurer sur le bébé, mais je tiens à respecter l'intimité de ma sœur.

— Je comprends. Merci de m'avoir fait part de l'essentiel.

Il était vrai que cela le rassurait, même s'il avait été certain que le bébé n'aurait pas besoin de sang dès qu'il avait réfléchi aux répercussions biologiques.

— Qu'est-il advenu de ta nièce ? s'enquit Jean-Baptiste. A-t-elle eu une durée de vie normale ?

Ethan secoua la tête.

— Hélas, ma nièce a mis fin à ses jours quand elle était jeune femme. Par décapitation, pour être sûre d'y arriver.

Jean-Baptiste regretta aussitôt sa question.

— Seigneur ! Je suis vraiment désolé, Carrick.

— Moi aussi. Bon, dis-moi, combien de vampires sont porteurs de ce gène ?

— Sur les vingt pour cent de vampires connus que j'ai testés, seuls dix pour cent sont porteurs du gène. Donc, en prenant une marge d'erreur, je dirais entre cent cinquante et deux cent cinquante vampires sur l'ensemble de la population masculine qui est de dix mille. Chacun de ces hommes est capable de produire une descendance innombrable avec des femmes porteuses du gène. J'en fais partie. Toi non.

Carrick s'appuya au dossier de son siège et poussa un soupir de soulagement.

— Voilà une bonne nouvelle, commenta-t-il. Je suis rassuré de savoir que je n'ai pas eu des tas d'enfants au fil des siècles sans même le savoir.

— Rassurant pour toi, remarqua Jean-Baptiste en faisant la grimace.

— Désolé.

— Ne t'en fais pas. Je suis certain que Brittany est la première femme à porter un enfant de moi.

Parce que, en règle générale, Jean-Baptiste n'avait pas d'intimité avec les femmes. Il les abordait, les séduisait, flirtait avec elles, il utilisait des charmes pour leur donner du plaisir et leur prenait leur sang pour ses recherches, mais il n'allait jamais jusqu'au bout. Sauf avec Brittany.

— Bon, alors que veux-tu que je fasse ? Comment allons-nous faire pour protéger Brittany et le bébé ?

C'était bien cela le plus difficile, le dilemme que Jean-Baptiste tournait et retournait dans sa tête car la seule solution qu'il avait trouvée ne lui plaisait pas du tout. Mais il se rendait compte qu'il n'avait pas le choix.

— Personne ne doit savoir que le père de l'enfant de Brittany est un vampire, répondit-il. Il faut faire croire qu'elle est enceinte d'un mortel qui ne s'intéresse ni à elle ni à l'enfant. Ainsi, le bébé ne sera censé posséder qu'un quart de gènes de vampire dilués et n'aura rien d'extraordinaire. Tout le monde s'en fichera. Plus tard, quand j'épouserai Brittany, les gens imagineront que je suis le beau-père de l'enfant, que je suis tombé amoureux de

Brittany bien qu'elle soit enceinte d'un autre et que je vais adopter le bébé. De cette façon, je serai physiquement présent dans leur vie pour les protéger tous les deux.

L'idée que personne ne doive savoir que c'était son enfant qu'elle allait avoir, sa chair et son sang, lui déplaisait profondément. Mais il ne voyait pas comment faire autrement.

Carrick haussa les sourcils d'un air étonné.

— Qu'est-ce qui te fait croire que Brittany va accepter que tu l'épouses pour la protéger, Corbin ?

Bah, elle verrait bien que c'était ce qu'il y avait de plus logique, non ?

— Elle voudra faire ce qu'il y a de mieux pour son enfant, assura-t-il.

— Mais faut-il aller jusque-là ? Cela me paraît tout de même un peu drastique.

— Oui, il faut aller jusque-là.

Il en était certain.

— Tu sais ce qui arrivera si la chose s'ébruite ? Il existe des gens capables, d'élever cet enfant dans un laboratoire, de tester ses capacités, de voir ce dont il ou elle est capable. D'un point de vue scientifique, la conclusion logique est que mon bébé pourrait conduire certains savants à la création d'une super-race, soit par reproduction forcée, soit par clonage.

Le sentiment d'épouvante que ressentait Jean-Baptiste se peignit sur le visage de Carrick.

— Oh, mon Dieu… Cela donne le vertige. Un véritable cauchemar scientifique.

— Eh oui. C'est une arme à double tranchant, Carrick. En trouvant comment annuler le vampirisme, j'ai aussi découvert comment le propager, reconnut Jean-Baptiste en faisant tourner le liquide dans son verre. Après ce soir, il faudra que je garde mes distances avec Brittany. Personne ne doit avoir de raisons de soupçonner que je suis le père du bébé.

— Que vas-tu lui dire ?

— Rien. Je ne veux pas l'effrayer. Tu veilleras sur elle, hein ? Tu assureras sa sécurité pendant que je me tiendrai éloigné d'elle.

— Bien sûr.

Jean-Baptiste aurait préféré s'en charger lui-même, mais il avait toute confiance en Carrick et en son équipe de gardes du corps vampires. Et il était convaincu que c'était le meilleur moyen de protéger Brittany sans lui révéler ce qui pourrait arriver d'affreux si quelqu'un apprenait ce qu'il en était réellement.

— Et puis, ajouta-t-il, j'aimerais mieux qu'elle ne soit pas mise au courant du danger. Cela ne ferait que l'inquiéter inutilement.

Carrick secoua la tête.

— Les femmes n'aiment pas cela, Corbin, le prévint-il. Un jour ou l'autre, cela se retournera contre toi. D'ailleurs, qu'est-ce qui te fait penser que Brittany ne va pas courir dire à tout le monde que c'est toi le père ?

— Elle ne le fera pas, affirma Jean-Baptiste.

Parce qu'il avait un plan.

Rick avait un plan, lui aussi, qui nécessitait la collaboration de Kelsey. Il l'attira sur ses genoux et lui sourit.

Elle voulut s'écarter.

— Mais je vais t'écraser ! protesta-t-elle. Tu es encore faible.

Il leva les yeux au ciel.

— Kels, tu ne pèses rien. Si ton petit cul maigrichon m'écrase, c'est qu'il vaut mieux que je meure.

Il aurait mieux fait de se taire, songea-t-il en voyant trembler sa lèvre.

— Je ne veux pas que tu meures ! geignit-elle.

— Mais non, je ne vais pas mourir, répliqua-t-il.

Jamais. Il avait encore du mal à s'habituer à son état de vampire et à la perspective de vivre éternellement, n'empêche que cela ne faisait pas de doute. Il en faudrait beaucoup pour lui faire casser sa pipe.

— C'est vrai que j'ai un cul maigrichon ? Tu trouves ça moche ? s'inquiéta-t-elle alors.

Perchée au bord du canapé à côté de lui, elle se tâtait les fesses à travers son jean hypermoulant.

Rick sentit le désir le gagner.

— Pas du tout, ma puce. Mais lève-toi un peu que je vérifie.

Elle obtempéra, tortillant ses petites fesses à quelques centimètres de son visage. Puis elle lui jeta un coup d'œil par-dessus son épaule, visiblement inquiète de son verdict, les mains toujours sur son jean. Elle n'avait pas inventé l'eau tiède, d'accord, mais elle l'excitait terriblement.

— Très joli, commenta-t-il en palpant sa chair bien ferme.

Elle ouvrit de grands yeux; à l'évidence, elle venait de comprendre.

— Tu l'as fait exprès ! s'exclama-t-elle en fronçant les sourcils.

N'empêche qu'elle fléchit les genoux pour onduler contre la pression des doigts de Rick.

— Eh oui, confirma-t-il en lui mordant le derrière et en laissant ses crocs traverser le denim pour percer sa peau.

— Aïe !

Elle lui donna une tape et tenta de se dégager.

— Arrête ! protesta-t-elle. Ça fait mal.

— Alors enlève ton jean que je puisse te goûter vraiment.

Il l'attira brusquement à lui et la fit tomber assise sur ses genoux. Sur son érection.

— Tu la sens ? demanda-t-il. J'ai envie de toi. Moi aussi ça me fait mal.

Elle poussa un soupir de plaisir et de regrets mêlés.

— Oui, je la sens. Mais pas ici. Je te rappelle qu'il y a un gardien à la porte.

— Et alors ?

Il avança le bassin et écarta les genoux de Kelsey. C'était fou ce qu'il avait envie d'elle. Elle était agaçante, imprévisible, elle le traitait comme un enfant à problèmes et elle avait vraiment le cul maigrichon. Pourtant, c'était le seul être dont il supportât la compagnie et, quand elle le regardait, il était pris d'un désir intense et dévorant de la protéger. Il ne savait pas trop pourquoi, il ignorait ce que cela signifiait. En revanche, pour ce qui était de son désir sexuel, il saurait quoi faire si elle voulait bien le laisser faire.

— Qu'est-ce que ça peut faire, qu'il y ait un gardien dans le couloir ?

— Je serais très gênée s'il nous entendait, expliqua-t-elle frottant les fesses contre son érection.

Dixit la femme qui l'avait sucé le soir de leur rencontre. Rick commençait à se faire à l'idée qu'il aurait toujours du mal à suivre la logique de Kelsey. Bah, puisque c'était comme cela, il allait tirer parti de ses réticences.

— Allons-nous-en quelque part, tous les deux. Comme pour un petit week-end romantique. Rien que toi et moi, suggéra-t-il.

— Je te rappelle que tu es toujours assigné à résidence. Tu n'as pas le droit de quitter Vegas.

Rick devinait que des excuses pour avoir tenté d'assassiner le président de la Nation vampire n'allaient suffire à impressionner ni Kelsey ni le tribunal. Ramper n'était pas son style, du reste; cependant, il ne supportait pas de voir sa liberté restreinte. C'était pourquoi il avait un meilleur plan.

— Allez, plaida-t-il. Juste un petit week-end en amoureux. Tu me connais : je ne vais rien faire de mal. Je veux seulement m'éloigner un peu de ce casino. Je ne tiens même pas absolument à quitter Vegas. Mais j'étouffe, ici, enfermé à l'intérieur en permanence.

Il l'embrassa sur l'épaule en écartant ses longs cheveux bruns d'une caresse.

— Tu n'as pas envie d'être avec moi ? ajouta-t-il. Tu n'as rien à faire de ma santé mentale ? Tu ne rêves pas d'un peu d'intimité pour pouvoir faire l'amour avec moi ?

Quand elle se retourna vers lui, son regard s'était éclairé.

— J'ai une idée : marions-nous, Rick, et prenons une suite nuptiale super-romantique avec un Jacuzzi.

Se marier ? Grands dieux ! d'où sortait cette invention ? Kelsey ne le laissait pas insensible, loin de là. En revanche, l'idée de mariage lui soulevait le cœur.

— D'accord, répondit-il pourtant.

Il fallait savoir saisir les occasions au vol. C'était sa philosophie.

— C'est vrai ? Tu es sérieux ? s'exclama-t-elle en se retournant tout à fait pour l'enlacer et l'embrasser avec passion. Oh, c'est trop cool !

— Ouais. Trop cool, confirma-t-il en lui rendant son baiser.

Il avait besoin de ce contact pour se rassurer, se convaincre qu'il n'allait pas regretter cette imbécillité.

— Va vite faire ton sac, ma puce, et trouvons un moyen de prendre la clé de mon bracelet électronique au gardien.

Quatre

Une heure plus tard, Jean-Baptiste frappa à la porte de l'appartement de Brittany, bien déterminé à remédier au problème. Ce qu'il prévoyait, au vu de ses connaissances scientifiques, c'était que leur enfant naîtrait immortel et n'aurait pas besoin de boire du sang. Au premier abord, cela semblait plutôt une bonne nouvelle. Toutefois, il s'inquiétait de savoir comment un enfant immortel allait grandir, et physiquement et sur le plan affectif. Car, cela, aucune recherche génétique ne permettait de le prédire. Heureusement, sa conversation avec Ethan Carrick l'avait en partie rassuré. Il n'avait évoqué aucune complication liée au capital génétique exceptionnel de sa nièce.

Tout ce qu'il y avait à faire, c'était assurer le secret sur les origines du bébé. En dépit de l'aplomb dont il avait fait preuve face à Carrick, Jean-Baptiste avait certains doutes à ce sujet. Brittany lui semblait quelque peu imprévisible. Impulsive, plutôt, corrigea-t-il intérieurement. Rien ne permettait d'affirmer qu'elle accepterait de l'épouser. Toutefois, il allait falloir qu'il la convainque des avantages évidents d'un tel arrangement.

Elle lui ouvrit la porte.

— Entre, le pria-t-elle en souriant.

Une fois de plus, il fut saisi par sa beauté. Mais sa douceur, la pureté de son cœur, son honnêteté, sa compassion étaient tout aussi grandes. C'était ce qui l'avait attiré, la première fois, ce qui lui avait fait perdre la tête.

— Bonsoir, Brittany.

L'idée de lui mentir faisait horreur à Jean-Baptiste. Il n'avait pas envie non plus que personne ne sache que c'était son enfant qu'elle portait, que personne ne sache qu'elle s'était offerte à lui, qu'il l'avait prise, qu'ils s'étaient unis et avaient fait un bébé. Cela faisait remonter en lui un instinct sauvage qu'il ne savait même pas qu'il possédait.

En attendant, il était dans ses petits souliers.

— J'ai frappé à la porte, souligna-t-il bêtement.

Que dire à une femme à laquelle il avait fait l'amour sans la moindre finesse ? Cela aurait suffi à le mettre mal à l'aise. Mais le souvenir de Brittany pelotonnée sur son oreiller, si gênée qu'elle n'osait même pas le regarder, rendait plus cuisante encore sa honte de la façon dont il s'était conduit ce soir-là. Ce n'était pas son genre, pourtant, de laisser une femme dans un tel mal-être. Et, maintenant, elle attendait un enfant de lui. Un enfant immortel. Bizarrement, il n'existait pas de carte de vœux pour cette situation.

— Oui, reconnut-elle avec un petit rire. Merci.

Elle le précéda dans le salon et s'assit dans profond un canapé à fleurs.

Quitte ou double

Dans l'appartement de Brittany, le blanc, le rose et les motifs fleuris dominaient. Il y avait des assiettes anciennes accrochées aux murs et des coussins partout. L'ensemble rendait un petit effet cottage qui ne déplaisait pas à Jean-Baptiste – même s'il le jugeait un peu trop féminin. Il prit place dans l'autre canapé, en face d'elle, et fut aussitôt englouti par les coussins de dentelle. Se trouvant en position de faiblesse, il se pencha en avant, les avant-bras sur les genoux. Allez, s'encouragea-t-il, il pouvait y arriver. Il n'avait pas le choix.

— En dehors des nausées, tu te sens bien ? s'enquit-il d'abord.

— Oui. Je suis un peu fatiguée, mais mon médecin m'assure que c'est normal.

— Quand dois-tu accoucher ?

— Le 12 mai.

Que dire, maintenant ? Brittany le regardait avec l'air d'attendre la suite.

— Je suis désolé si j'ai créé des tensions entre ton beau-frère et toi…

Elle haussa les épaules.

— Ethan s'inquiète pour moi, reconnut-elle, mais il me soutient à cent pour cent.

Contre Jean-Baptiste, devina-t-il.

— Je suis confus de mon irresponsabilité. Je n'avais encore jamais… posé ce problème.

Il ne trouvait pas comment formuler suffisamment délicatement ce qu'il voulait dire.

— Je suis la première fille que tu aies engrossée ?

Il fit la grimace. Pour la délicatesse, il repasserait.

— Voilà une bonne nouvelle, Jean-Baptiste. J'avoue que cela m'ennuierait un peu que tu aies fait un enfant tous les dix ans depuis cinq cents ans.

— Ce n'est pas dans mes habitudes, se défendit-il, vexé. En général, je ne succombe pas à la passion au point de perdre la raison. C'est une première, et je m'en excuse à nouveau. Cela dit, je n'ai que deux cent dix ans.

— C'est tout ? repartit Brittany d'un air amusé. Moi, vingt-six. Et, au cas où tu te poserais la question, c'est la première fois que je me fais engrosser. Nous allons donc devoir tâtonner ensemble dans cette grande première. Sauf si tu ne veux pas t'impliquer, ajouta-t-elle en cessant d'un coup de sourire. Je le comprendrais parfaitement : je n'attends rien. Tout ce que je te demande, c'est d'être honnête avec moi d'entrée de jeu pour que je sache à quoi m'attendre. Par ailleurs, il ne serait pas juste pour notre enfant que tu débarques dans sa vie quand cela te chante. Je veux donc être claire tout de suite : je ne tolérerai pas une attitude du genre « je serai père quand j'en aurai envie ».

Elle devait avoir bien piètre opinion de lui pour le croire capable d'un comportement aussi irresponsable et égoïste. Au fond, ils avaient tout fait à l'envers. Ils allaient avoir un bébé, mais ils ne se connaissaient pas. S'il n'était pas vampire, tout cela lui donnerait la migraine.

Allons, ils allaient trouver une solution. Il y était fermement déterminé.

— Je n'ai aucune intention de « débarquer dans sa vie quand cela me chantera », comme tu dis, assura-t-il. Mon intention est au contraire de t'épouser dès que possible.

Dès qu'il serait certain que personne ne soupçonnerait la vérité.

— Nous pourrons vivre ici si tu le souhaites, ou séparément si tu préfères. Je paierai les études et l'éducation de l'enfant. Il pourra aller en pension dans la même école que moi, en France.

Il ne devait même pas se rendre compte de l'absurdité de ce qu'il proposait, devina Brittany.

— Tu veux que nous nous mariions, mais que nous ne vivions pas ensemble ?

À quoi cela servirait-il ? Cela ne ferait que compliquer sa déclaration d'impôts et lui interdire toute autre relation.

— Si c'est ce que tu préfères.

Jean-Baptiste ne lui facilitait pas les choses. Brittany ne parvenait toujours pas à savoir comment il percevait la situation.

— Toi, demanda-t-elle, qu'est-ce que tu préfères ?

— Ce que je préfère, c'est que tu sois heureuse, répondit-il, esquivant habilement la question.

— As-tu déjà été marié ?

— Non.

— Eh bien, cela ne va pas encore être pour cette fois. Je ne t'épouserai pas, Jean-Baptiste. Oublie cela. Je t'accorderai bien volontiers un droit de visite, même si cela risque d'être un peu compliqué dans la mesure où tu dors le jour, mais nous trouverons une solution pour que tu passes un maximum de temps avec lui. J'accepterai également une pension alimentaire et je discuterai avec toi de toutes les décisions importantes. Mais je ne t'épouserai pas.

— Tu n'es pas raisonnable.

Et lui, il était ridicule.

— Si, répliqua-t-elle. Je te propose une garde partagée. Mon chéri, n'oublie pas que tu es un vampire. Combien de femmes accepteraient de confier leur enfant à un démon buveur de sang ? Vu les circonstances, je me trouve au contraire très raisonnable.

— Là, tu m'insultes. Si tu étais raisonnable, tu accepterais de te marier avec moi et nous n'aurions pas besoin de nous disputer comme cela.

Brittany prenait sur elle pour ne pas perdre patience. Elle ne s'énervait pour ainsi dire jamais; elle était plutôt du genre insouciant. Sauf que, là, elle était fatiguée, nauséeuse et, en même temps, elle avait faim. Alors mieux valait ne pas la pousser à bout.

— Donc, résuma-t-elle, nous devrions nous marier, vivre séparément, avoir des aventures sans lendemain quand l'envie nous en prendrait et envoyer notre enfant à l'école à des milliers de kilomètres. Pourquoi pas engager une nourrice pour l'allaiter, tant que nous y sommes ?

Et se transporter dans un roman gothique du XIXe siècle.

Jean-Baptiste inclina la tête sur le côté.

— Cela existe encore ? s'étonna-t-il. Dans ce cas, nous pourrions y réfléchir.

Le plus triste, c'était qu'il ne plaisantait pas.

— Bien sûr, si nous voulons faire de ce bébé un détraqué. Tu n'as vraiment aucune idée de la façon dont on élève les enfants au XXIe siècle, si ?

L'air outragé, Jean-Baptiste ouvrit la bouche, la referma et se laissa retomber en arrière dans les coussins.

— Peut-être que non, finit-il par reconnaître.

Brittany s'en voulut de la tristesse et de la consternation qui se peignirent sur son visage. D'autant que ce n'était pas comme si elle-même était experte en la matière.

— Ce n'est pas grave, assura-t-elle. D'ailleurs, cela doit faire au moins deux cents ans que tu n'as pas eu d'enfant dans ton entourage, non ? Ce qu'il faut, c'est que nous en parlions – comme nous sommes en train de le faire. Regarde : on se débrouille déjà très bien. On communique, on cherche des solutions – c'est ce qu'il y a de plus important quand on élève un enfant ensemble.

— Toi non plus, tu n'as pas la moindre idée de ce qu'il faut faire ?

Non. Mais elle se croyait capable d'apprendre.

— Pas vraiment. Mon expérience se limite aux quelques épisodes de *Super Nanny* que j'ai regardés et aux petits patients que je reçois à mon cabinet.

N'empêche qu'elle savait que la pension en France, c'était hors de question et qu'il ne fallait même pas lui parler de cette histoire de mariage de convenance.

— Brittany, la pria-t-il, parle-moi de ton enfance.

— Ah. Hm.

Était-ce vraiment une bonne idée ? se demanda-t-elle en croisant les jambes et en se raclant la gorge.

— Bah... tu sais que j'ai été élevée ici, à Vegas.

— Ta mère était strip-teaseuse, c'est ça ?

— Oui.

Elle n'en avait absolument pas honte, mais cela ne devait pas correspondre à l'idée que Jean-Baptiste se faisait de la maman idéale.

— Elle est morte quand j'avais treize ans, précisa-t-elle.

— Oh, désolé. Que lui est-il arrivé ?

— Une overdose d'antalgiques.

— Tu étais bien jeune pour te retrouver sans mère...

— Heureusement, Alexia était là. Elle avait dix-huit ans et c'est elle qui s'est occupée de moi, qui m'a gardée dans le droit chemin, qui m'a fait faire des études. Je te jure que je suis normale et bien adaptée, Jean-Baptiste. Je n'ai pas eu une enfance très facile, c'est sûr, mais ce n'était pas l'enfer non plus. Nous avions à manger, un toit sur la tête et, à sa façon, ma mère nous aimait. Pendant quelques années, nous avons même eu un merveilleux beau-père qui a apporté une image masculine positive dans notre vie. Je saurai être une maman foot. J'ai envie d'être une maman foot, même si ce n'est pas ainsi que j'ai été élevée.

— Une maman foot ? répéta Jean-Baptiste, manifestement perplexe.

Il n'était vraiment pas dans le coup. Voilà ce qui arrivait quand on vivait la nuit.

— Une mère de famille qui trimballe tous ses enfants et leurs copains dans son monospace pour les emmener à l'entraînement de football et les ramener. C'est devenu un terme générique pour désigner une mère qui fait beaucoup de conduites.

— Ah.

Il n'avait pas l'air beaucoup plus avancé.

— Et toi ? s'enquit-elle. Comment as-tu été élevé ?

— Mes parents étaient de riches propriétaires terriens français qui ont fui en Angleterre pendant la Terreur. Je suis né à Londres, mais j'ai été envoyé en pension en France et ma famille y est revenue après la défaite de Napoléon. J'ai passé mes premières années à apprendre l'escrime, à monter à cheval et à me cultiver. Mes parents ne se sont guère occupés de moi; cela ne se faisait pas.

Génial. Une chose était sûre : ils ne pouvaient pas compter sur leur expérience ni l'un ni l'autre. Ils allaient donc devoir faire appel à leur bon sens et se débrouiller.

— Bon, alors si on se place dans le contexte du XIXe siècle, imagine que je suis issue d'une famille de marchands. Comment seraient élevés les enfants d'un commerçant ?

Elle espérait ainsi le pousser à considérer l'éducation d'un point de vue plus pratique, mais il la regarda d'un air ébahi.

— Comment veux-tu que je le sache ? Nous n'étions pas commerçants.

Brittany se retint de sourire.

— Et si nous allions à la librairie acheter des livres sur l'éducation des enfants ? suggéra-t-elle.

Cette proposition sembla le vexer.

— Je n'ai pas besoin de livres pour élever un enfant, se défendit-il. C'est absurde.

— Cela ne peut pas faire de mal de s'informer. Si nous connaissons les faits, nous pourrons décider comment aborder les problèmes.

— Les faits, je les connais. Tu attends un enfant de moi. C'est tout ce qui importe.

Décidément, il était trop mignon quand son côté français ressortait comme cela.

— Merci. Mais je n'aime pas beaucoup le qualificatif de « mignon », dit-il.

— Qu'est-ce que…

Elle se sentit piquer un fard.

— Sors de ma tête, Jean-Baptiste ! Arrête de lire dans mes pensées.

— Elles étaient grandes ouvertes, se défendit-il. Je ne l'ai pas fait exprès : elles ont flotté vers moi.

C'était exaspérant. Brittany s'efforça de fermer son esprit.

— *Bref*. Péridurale ou accouchement naturel ? Quel est ton avis sur la question ?

— Cette décision t'appartient entièrement puisque c'est toi qui vas accoucher. Je ne me permettrai pas de te dire quoi faire.

Un point pour Jean-Baptiste. Elle lui sourit.

— Accouchement déclenché ? Césarienne ?

— Je ne suis pas obstétricien. Nous pourrons discuter de ces questions avec ton médecin.

Eh bien, il était inébranlable, et il avait réponse à tout. Cependant sa raideur et sa détermination étaient plutôt celles d'un homme résigné à faire son devoir que d'un futur papa qui avait hâte de choisir un prénom. Certes, elle appréciait qu'il veuille assumer ses responsabilités, mais elle ne voulait pas pour son enfant d'un père qui n'accepterait son rôle qu'à contrecœur.

— Crois-tu qu'il soit possible de donner trop d'amour à un bébé ? lui demanda-t-elle.

Elle ne supporterait pas que Jean-Baptiste lui reproche d'accorder trop d'attention à leur enfant. D'un naturel tendre, elle était bien décidée à faire des câlins à son bébé tant qu'elle en aurait l'occasion.

Il plissa les yeux.

— Je suis en train de passer un entretien pour le poste de père, ou quoi ? demanda-t-il.

— Non !

Enfin, pas vraiment.

— Bien sûr que non, assura-t-elle. Seulement, il me semble nécessaire d'échanger nos points de vue sur l'éducation des enfants pour pouvoir aplanir nos éventuelles divergences avant d'être jusqu'au cou dans les couches et les biberons.

Il poursuivit comme si elle n'avait rien dit.

— Parce que je suis le père, c'est immuable. Tu ne pourras rien y changer.

Encore un peu et il allait lui jeter son gant à la figure pour la provoquer en duel. Elle trouvait cette façon si désuète de s'indigner absolument adorable.

— Je le sais. Détends-toi.

— Non, je ne vais pas me détendre, comme tu dis. Je vais répondre à toutes tes questions mais, ensuite, ce sera à mon tour de t'en poser quelques-unes.

— Très bien. Absolument. Alors crois-tu qu'il faille laisser pleurer les bébés ou pas ?

Pour sa part, Brittany ne savait trop qu'en penser. Elle comprenait les deux points de vue. Le mieux était sans doute de faire comme elle le sentirait le moment venu. Jean-Baptiste fronça les sourcils.

— Les bébés pleurent. Je ne comprends pas en quoi c'est une question.

— Il y a des gens qui estiment qu'il faut les prendre tout de suite et d'autres pour qui il faut les laisser pleurer et attendre cinq minutes pour intervenir.

— Je n'ai pas d'opinion pour l'instant, déclara-t-il avec raideur. Mais je me demande ce que cela peut changer. Si on peut, on prend le bébé tout de suite, si on ne peut pas, on attend un peu. Où est le débat ?

Eh bien, voilà qui relativisait les choses.

— Et le co-sleeping ?

— Le quoi ? fit Jean-Baptiste en inclinant la tête. Je ne dois pas assez bien connaître l'anglais moderne. Je n'ai jamais entendu ce mot.

— On l'emploie dans le cas où les parents et l'enfant dorment dans le même lit toutes les nuits.

Là encore, Brittany était indécise, d'autant qu'elle avait l'exemple d'amis aussi satisfaits des deux méthodes. Ouverte d'esprit, elle était prête à essayer les deux pour voir ce qui leur conviendrait le mieux, à son enfant et à elle.

Toutefois, l'air horrifié de Jean-Baptiste lui révéla ce qu'il en pensait…

— Mais *pourquoi* ?

— Hm… Pour le confort et l'unité de la famille, j'imagine. Pour que l'enfant ne se sente pas abandonné.

Il ne voulait pas que leur bébé se sente abandonné, quand même ?

Mais Jean-Baptiste émit un reniflement de mépris.

— Je peux te dire tout de suite que, si toi et moi dormons dans le même lit, il n'y aura pas d'enfant avec nous ! Jamais. Sous aucun prétexte. Si nous vivons ensemble et que tu décides de prendre notre enfant dans ton lit, je ne m'y opposerai pas, mais tu ne parviendras jamais à me convaincre que ce genre de chose est nécessaire ni même utile. Je n'ai rien à dire de plus sur le sujet.

Bien. Le vampire français avait parlé. Le sentiment d'abandon ne faisait pas partie de ses préoccupations. C'était noté.

— Eh ! Ne me fais pas dire ce que je n'ai pas dit ! l'accusa-t-il. Je ne veux surtout pas que notre enfant se sente abandonné. Tant qu'il vivra, je l'aimerai et je ferai tout mon possible pour le protéger.

Ses derniers mots firent oublier à Brittany combien il était énervant qu'il lise aussi facilement dans ses pensées.

— Jean-Baptiste… je viens de prendre conscience que tu ne mourrais jamais. Le bébé et moi, nous vieillirons et nous mourrons, tandis que toi, ma sœur, Ethan, Seamus, Cara, vous êtes éternels.

Cette pensée la désespéra soudain. Ils allaient vivre des siècles et des siècles sans elle.

— Un jour, je ne serai pour toi qu'un lointain souvenir. Tu seras jeune, sexy et tu sortiras avec une Sud-Américaine au charme exotique quand je serai morte et enterrée depuis longtemps.

Elle se mit à renifler. Zut ! Ces histoires d'hormones étaient donc bien vraies. Elle ne pouvait se retenir de pleurer.

Jean-Baptiste laissa échapper un juron. Il se sentait affreusement coupable. De la grossesse de Brittany. De ses pleurs. Des guerres et de la faim dans le monde. Des souffrances humaines. De tout. Les larmes d'une femme ne laissaient jamais de le bouleverser – surtout quand il s'agissait de Brittany d'ordinaire si enjouée, si gaie, si gentille. C'était lui qui l'avait mise dans cet état en lui faisant comprendre que sa sœur lui survivrait bien longtemps.

Ce n'était sans doute pas le moment de lui révéler que leur enfant ne mourrait jamais non plus, qu'il allait très probablement naître immortel – non pas vampire, car il n'aurait pas besoin de sang, mais pas mortel non plus. En fait, la seule qui mourrait, dans cette équation, ce serait Brittany. Et cette pensée était troublante à l'extrême. Les premières années de sa vie de vampire, Jean-Baptiste avait perdu tant d'êtres chers qu'il avait fini par s'isoler, par se concentrer sur ses recherches en évitant toute relation.

Sauf que, là, il avait replongé de plus belle.

— Là, Brittany… Ce n'est pas si grave…

Mais qu'est-ce qu'il racontait ? C'était une vraie galère, oui. Maintenant, elle sanglotait pour de bon.

Il se leva, incapable de tenir en place.

— Nous aviserons au jour le jour, d'accord ? Profitons de la grâce qui nous est accordée et vivons l'instant présent.

Les vampires faisaient cela mieux que personne. Ils n'avaient pas le choix. C'était cela, ou devenir fou. Toutefois, sujet à la mélancolie, Jean-Baptiste n'était sans doute pas le meilleur dans cet art. Mais mieux valait qu'il garde ce défaut pour lui-même.

Ce fut le besoin de la convaincre qui l'emporta. Il la fit se lever et essuya ses larmes.

— Et je ne sortirai pas avec une Sud-Américaine, ajouta-t-il, parce que je serai marié avec toi.

C'était ce qu'il fallait faire, il en était aussi convaincu intellectuellement que sur le plan affectif. C'était la solution la plus responsable, la plus morale et la plus sûre pour garantir la sécurité de Brittany et de l'enfant. Il savait tout cela et avait décidé que c'était ainsi qu'il devait agir.

Et puis il trouvait l'idée d'être marié avec Brittany Baldizzi plus que séduisante. Il rêvait d'avoir le droit de lui faire l'amour quand bon leur semblerait, d'être à ses côtés, aux côtés de leur enfant dans les difficultés comme dans les joies. Il voulait saisir ce cadeau qui lui était offert – pouvoir vivre un moment de sa longue vie de vampire comme un mortel, avec une femme magnifique et un enfant. Il le souhaitait avec une ardeur qui le surprit lui-même.

Les épaules voûtées, Brittany avait l'air inquiète.

— Jean-Baptiste…

— Non, laisse-toi faire. Laisse-moi te montrer comment ce pourrait être entre nous.

Il lui caressa les cheveux en arrière pour dégager son visage, certain qu'il avait trouvé la réponse, la solution au trouble et à la culpabilité qui l'assaillaient. Un mariage de convenance, certes, mais dont la passion et l'affection ne seraient pas exclues.

— Permets-moi de te faire la cour, Brittany, et de te montrer que, ensemble, nous pourrons et élever notre enfant et profiter de la compagnie l'un de l'autre.

— Me faire la cour ?

Brittany était tout, sauf énigmatique. Son visage ne dissimulait rien et elle disait toujours la vérité. Là, elle paraissait à la fois intriguée et contente de sa proposition. Elle avait les joues roses et les yeux un peu brillants.

Il lui parut tout naturel de l'embrasser, de franchir le petit espace qui les séparait.

— Oui, te faire la cour.

— Mm… pourquoi pas…, fit-elle dans un souffle.

Puis il prit possession de sa bouche, l'empêchant d'en dire davantage.

Elle avait les lèvres chaudes, renflées, déjà ouvertes pour l'accueillir, nota-t-il en la savourant. Puis il l'enlaça et la serra contre lui pour l'embrasser plus profondément. Elle était délicieuse. C'était si bon de la sentir contre lui… D'ailleurs, c'était ainsi qu'il avait perdu le contrôle la première fois et que, d'un simple baiser, ils en étaient arrivés à concevoir un enfant. Il ne recommencerait pas. Cette fois, il ne perdrait pas le contrôle. Cela dit, il ne pouvait pas la mettre enceinte une seconde fois. Et comment résister à ses petits soupirs, à la douceur de ses formes contre son corps brûlant, au désir tout-puissant qui le tenaillait ? Allons, il pouvait bien s'autoriser à goûter un peu à ses charmes, non ?

Elle détacha ses lèvres des siennes le temps de murmurer son prénom.

— Oui, ma chérie ? répondit-il en français en enfouissant la main dans ses épais cheveux bruns qui flottaient librement sur ses épaules et dans son dos.

Il en voulait davantage et l'embrassa de nouveau, unissant sa langue à la sienne.

Le gémissement de Brittany fit écho au sien.

— Jean-Baptiste, je…

— Chuut… je sais.

— Tu me fais tourner la tête. C'est trop, dit-elle dans un souffle.

— Tant mieux.

Jean-Baptiste se demanda s'il était beaucoup trop tôt pour lui faire l'amour complètement. Certainement pas, conclut-il. Après tout, elle portait son enfant, elle serait bientôt sa femme. Il paraissait logique qu'ils soient à nouveau intimes. Sauf que ce n'était sans doute pas la logique son principal moteur, concéda-t-il *in petto.*

— Nous ne devrions pas..., chuchota-t-elle sans grande conviction.

Jean-Baptiste promena les lèvres le long de son cou, se délectant du parfum de sa chair, de l'odeur puissante de son sang.

— La première fois, nous n'aurions pas dû, concéda-t-il, n'empêche que nous l'avons fait et que je ne le regrette pas. Cette fois, il n'y a rien pour nous arrêter.

— Normalement, je ne suis pas une fille facile..., affirma-t-elle.

— Je te crois, assura-t-il.

Il sentait que, malgré le trouble qui agitait son esprit, son corps ne demandait qu'à céder. Il passa la main sur son sein et fut aussitôt récompensé par le frisson qui la parcourut.

— Entre nous, ce n'est pas pareil, n'est-ce pas ? ajouta-t-il. Nous nous désirons terriblement, depuis le premier jour.

— C'est vrai... tu étais tellement sexy. Mais ce n'est pas très gentil de m'avoir plantée là sur le toit.

S'il l'avait laissée, c'était parce que l'aisance joyeuse avec laquelle elle acceptait son vampirisme l'avait consterné. Toutefois, force lui était de reconnaître qu'il avait mal agi. Il lui déposa de petits baisers aux coins des lèvres.

— Cela, corrigea-t-il, c'était la deuxième fois. Pas la première. Mais j'avoue que je n'aurais pas dû et je te fais mes plus humbles excuses. Tu veux bien me donner l'occasion de me racheter de ma grossièreté – et de la précipitation avec laquelle je t'ai fait l'amour ?

Brittany poussa un soupir de contentement qui se mua en gémissement quand, du pouce, il se mit à titiller la pointe de son sein.

— Hm... oui, je crois que je vais te demander réparation...

Jean-Baptiste adorait la façon dont elle réagissait à ses caresses, dont elle se laissait aller contre lui en se cramponnant à sa chemise. Il savait aussi que c'était sans doute sa seule chance de lui faire l'amour avant plusieurs mois. Comme une dernière gorgée d'eau fraîche avant de s'enfoncer dans le désert.

— C'est le moment, Brittany.

Les yeux mi-clos, elle murmura :

— Je suis très, très fatiguée, ces temps-ci. Tu sais, depuis que je suis enceinte. Alors je te préviens que tu vas devoir faire tout le travail.

Jean-Baptiste sentit son corps – ou, plutôt, certaine partie de son corps – accueillir la nouvelle avec enthousiasme.

— Bien sûr. D'ailleurs, je dois me racheter, tu sais bien. Tout ce que tu auras à faire, c'est me dire ce qui te plaît et ce qui ne te plaît pas. Je m'occupe du reste.

— D'accord, alors, fit-elle en pressant un peu plus le sein contre sa main. Ça, ça me plaît.

Jean-Baptiste n'avait jamais à douter des sentiments de Brittany. Elle lui en faisait part sans hésitation et il aimait cela. Il n'avait pas à jouer aux devinettes.

En lui ôtant son T-shirt rose moulant, il découvrit un soutien-gorge de satin assorti et, surtout, les globes pâles et voluptueux de ses seins remontés et rapprochés par la magie des balconnets modernes.

Il promena les lèvres sur sa peau fraîche sous laquelle il sentait couler son sang. Elle avait changé. Sa taille était plus marquée, sa peau plus pâle et il sentait ses côtes sous ses doigts. Manifestement, elle avait perdu quelques kilos. Cependant, par contraste, ses seins paraissaient plus ronds, un peu gonflés. Son odeur aussi était différente.

En glissant la langue sous son soutien-gorge, Jean-Baptiste sentit la marque qu'il lui laissait sur la peau.

— Il devient trop petit, non ? observa-t-il.

— Oui. Mais je suis trop fatiguée pour aller faire des courses, avoua-t-elle en posant les mains sur ses épaules.

Jean-Baptiste releva la tête et l'embrassa, en proie à un curieux mélange de compassion, de culpabilité et de désir qui le troublait profondément.

— Ma pauvre Brittany. Dire que tout est de ma faute… Tu devrais me faire une scène, me punir d'avoir profité de toi.

Elle le laissa enfouir le visage dans son cou tout en enflammant son désir de ses caresses.

— Personne ne profite de moi, déclara-t-elle. Je voulais ce que tu m'as donné, Jean-Baptiste. Et j'en veux encore.

Non, décidément, Brittany n'avait pas de mal à exprimer ce qu'elle ressentait, songea-t-il la bouche sèche, le corps raidi par l'impatience.

— Je vais me faire un plaisir de recommencer, promit-il.

Sur quoi il se pencha pour la soulever dans ses bras et la porta dans sa chambre au bout du couloir.

Tandis qu'il avançait, de plus en plus vite, elle l'embrassait, dans le cou, sur le menton, sur la bouche. Il ne voyait plus où il allait. Quand il heurta un mur, il se servit de l'appui qu'il lui offrait pour rendre son baiser à Brittany et, dans le plaisir, laissa sortir ses crocs.

Le renflement de sa poitrine était trop près pour qu'il puisse l'ignorer. Jean-Baptiste lui lécha la peau, la suça, la dévora de baisers avant d'y enfoncer un instant les dents et de les retirer aussitôt. Juste pour goûter. Juste pour les exciter encore un peu l'un et l'autre.

Brittany gémit.

— Pourquoi est-ce aussi bon ?

Elle avala sa salive et attira de nouveau sa tête contre elle avant d'ajouter :

— C'est comme… comme… presque aussi bien que quand ton… pénètre en moi. C'est le même genre de… je ne sais pas.

Il l'étreignit plus fort. Son érection palpitait. Il se sentait près de perdre le contrôle, aveuglé par le désir.

— C'est bon parce que c'est une façon de s'unir. Exactement comme quand j'enfonce ma virilité en toi et que ton corps l'accueille… c'est la même chose.

— Quand tu enfonces ta virilité en moi ? Tu ne peux pas présenter les choses autrement ?

Il fut tenté de rire mais se retint. Il voulait qu'elle comprenne, qu'elle accepte ce qu'il y avait entre eux. Et qu'elle en profite.

— Quand je te mords, expliqua-t-il, nous ressentons le plaisir l'un de l'autre. Et le lien qui nous unit.

Tout en prenant entre ses lèvres la pointe de son sein qui s'était échappée de son soutien-gorge, il lui demanda :

— Toi aussi, non, tu le sens, ce lien ?

— Oh, oui !

Elle lui saisit la tête pour l'immobiliser.

— Suce-moi, Jean-Baptiste, je t'en prie. Tu me tortures.

C'était pour cela qu'il était incapable de lui résister. Quel homme doté d'une once de testostérone pourrait refuser cette délicieuse invitation d'une femme qu'il désirait ? Or il ne devait pas manquer de testostérone puisque, cette femme, il l'avait mise enceinte – ce dont il tirait une grande fierté.

Alors, à vitesse de vampire, il lui arracha son soutien-gorge et prit voracement la pointe de son sein à pleine bouche.

Elle émit un son étrange, une espèce de grondement du fond de la gorge qui l'obligea à la poser au milieu du couloir pour pouvoir plaquer son érection contre elle et passer d'un sein à l'autre. Sans l'entrave de son soutien-gorge, la transformation de son anatomie était encore plus manifeste. Sa poitrine était déjà pleine et voluptueuse et, apparemment, très sensible. Chaque caresse, chaque coup de langue, chaque pincement des lèvres de Jean-Baptiste la faisait se tordre, soupirer, retenir son souffle. Dès qu'il s'interrompait ne fût-ce qu'une seconde, elle protestait.

Il déboutonna son jean et glissa la main à l'intérieur pour en envelopper son mont de Vénus. Brûlante, elle avança les hanches pour se presser contre sa main. Il recula, partagé entre l'envie de lui ôter son jean tout de suite et celle de ralentir pour savourer pleinement l'expérience et pour la savourer, elle.

— Non, murmura-t-elle, ne t'arrête pas.

— Je t'emmène au lit, lui répondit-il au creux de l'oreille en lui mordillant le lobe.

— Ah, d'accord alors. Excellente idée.

Juste pour le plaisir de l'impressionner il la souleva et se rendit dans sa chambre à sa vitesse d'immortel puis l'allongea et lui ôta son jean en un clin d'œil.

— Tu es pressé ? demanda-t-elle en se passant la langue sur les lèvres.

— Oui.

Debout au pied du lit, il prit tout de même le temps de la contempler. Elle était magnifique, sublime, ses lèvres pleines gonflées par leurs baisers, les joues rosies, ses cheveux d'un noir exotique épars autour d'elle, ses jambes fines, interminables.

Puis il baissa sa petite culotte rose d'un centimètre à peine.

— Ne te presse pas trop, quand même, sinon je risque de rater toute l'action. Je suis encore mortelle, n'oublie pas. Je ne voudrais pas que tout soit fini avant que j'aie eu le temps de dire ouf.

— Tu n'as rien à craindre. Je compte bien te faire l'amour toute la nuit.

— Vendu.

Il s'arrêta, la bouche tout près du slip de Brittany.

— Qu'est-ce que tu veux dire ? l'interrogea-t-il.

— Rien de spécial. Juste que ça me convient parfaitement que tu me fasses l'amour toute la nuit.

Bon, ce n'était pas une insulte, conclut-il, rassuré.

— Ah bon ? J'ai quelques lacunes en argot moderne.

— Très bien, très bien, je ne l'emploierai plus. Allez, grouille-toi, ajouta-t-elle en remuant les jambes avec impatience.

Il sourit et passa à peine les lèvres sur elle, conscient de la mettre au supplice.

— Je croyais que tu ne voulais pas que je me dépêche trop. Et je te signale que c'est aussi de l'argot.

Le grondement de frustration qu'elle émit le ravit.

— Jean-Baptiste…

— Oui ?

Il souleva le satin rose et le maintint écarté de ses deux pouces pour regarder son sexe, s'emplir du parfum de son désir, frotter la bouche sur sa douceur.

— Qu'y a-t-il, ma chérie ? s'enquit-il.

— Non, rien, lâcha-t-elle dans un souffle en soulevant les hanches vers lui.

Il s'écarta.

— Tu en es sûre ? Je peux m'arrêter s'il y a quelque chose qui ne te plaît pas.

Elle ferma les yeux et secoua vivement la tête.

— Non ! Ne t'arrête pas.

— Non ?

Il promena la langue sur sa chair sensible et ferma les yeux à son tour pour la savourer, pour savourer le triomphe de son frémissement, le plaisir de la sentir se détendre, s'ouvrir plus encore à lui.

— Non, chuchota-t-elle.

Il lui ôta son slip et, du bout de la langue, remonta le long d'une de ses cuisses, puis de l'autre, se délectant de la façon dont elle écartait les jambes, dont elle se cambrait vers lui, dont elle enfonçait les doigts dans ses cheveux pour s'y cramponner. Quand elle se mit à osciller de droite et de gauche en poussant de petits gémissements de détresse, Jean-Baptiste reposa enfin la bouche sur elle et passa la langue sur son clitoris.

Les cris de Brittany montèrent d'un ton quand, après l'avoir léchée longuement, paresseusement, il s'écarta. Aussitôt, elle l'attira de nouveau vers elle et il lui donna ce qu'elle voulait, un peu plus vite, cette fois, avec un peu plus d'intensité, la mordillant parfois, la suçant, plongeant la langue dans sa chaleur, la retirant. Il devinait qu'elle allait bientôt jouir. Il sentait ses jambes se tendre, ses muscles internes. Il maintint le rythme et perçut un désir plus brûlant encore, plus dur l'envahir quand elle explosa sous ses lèvres. Elle laissa libre cours à son plaisir, cria de plus belle, serra le drap dans ses poings, ses cheveux volant en tout sens et lui barrant les joues, les lèvres…

Qu'elle était belle, dans la passion… Il lui plaisait infiniment qu'elle ne soit pas timide ni gênée de son corps ou de ses désirs.

— Ouah, fit-elle en rouvrant les yeux et en laissant retomber ses cuisses sur le lit. C'était trop fort ! Déshabille-toi et redonne-moi un orgasme.

Non, Brittany n'était pas timide. Jean-Baptiste s'agenouilla et déboutonna sa chemise qu'il lança en direction du fauteuil en osier, dans un coin de la chambre.

— Avec grand plaisir, assura-t-il.

Elle tira sur la boucle sa ceinture – pour gagner du temps, sans, doute.

— Enlève ta montre : elle me griffe, lui enjoignit-elle.

Jean-Baptiste s'interrompit. Il devait lui avouer la vérité, mais il en avait un peu honte.

— Impossible, déclara-t-il sans mettre de gants.

Il tourna un peu le poignet pour la lui montrer. La plupart du temps, il oubliait qu'il la portait. Mais, soudain, elle lui semblait infiniment lourde.

— C'est ainsi que la Nation vampire sait où je suis pendant que je purge ma peine. Si je l'enlève, je risque de voir ma liberté conditionnelle révoquée.

Brittany fronça les sourcils et souleva sa chevelure au-dessus de sa tête, révélant ses joues et sa poitrine encore rosies par le plaisir.

— Tu as vraiment été condamné ?

— Oui. Je dois rester quarante-cinq ans à Las Vegas, sous l'œil de nos dirigeants. J'en ai déjà fait quarante; il en reste cinq.

Soudain, il eut envie de tout arrêter. Sa relation avec Brittany n'était qu'un mirage. Il n'avait pas droit au bonheur, sa montre le lui rappelait. Son destin n'était pas de vivre une vie de mortel ordinaire et cela ne changerait jamais, il ne devait pas se faire d'illusions.

— Parce que tu as tué une femme ?

Il tressaillit.

— Oui, reconnut-il. Je ne m'étais pas rendu compte de son instabilité psychologique quand je l'ai choisie pour lui prélever un échantillon de sang et la mordre pour lui passer le virus. À l'époque, je concentrais mes travaux sur la transmission du virus. Sauf que le charme n'a pas agi sur elle et qu'elle s'est souvenue de ce que j'avais fait. Elle m'a suivi, elle s'est offerte à moi et, quand j'ai refusé, j'ai cru que les choses en resteraient là.

Le moment n'était pas idéal pour parler de cela. Toutefois, il lisait sur le visage de Brittany qu'elle ne lâcherait pas prise avant de tout savoir. Du reste, elle portait son enfant et elle s'apprêtait à être de nouveau intime avec lui : elle avait droit à toute la vérité.

— Je n'imaginais pas qu'elle s'ouvrirait les veines pour m'inciter à boire son sang ni qu'elle me supplierait de lui accorder le don de l'éternité. Don que je lui ai refusé. Je n'avais pas le choix. Alors elle est morte.

Il avala sa salive avec difficulté et regarda la commode de Brittany sur laquelle étaient disposées des photos encadrées de sa sœur, Alexia. Quelle erreur, de croire qu'il avait sa place ici, qu'il pouvait prétendre à une vie normale… Il voyait encore le visage de cette jeune femme, le désespoir dans ses yeux quand elle l'avait supplié de faire d'elle un vampire, de boire son sang, tout son sang alors qu'il sentait l'odeur de drogues et d'antidépresseurs qui en émanait. Il avait été incapable de la transformer; l'idée le faisait reculer de dégoût. Alors, elle était devenue folle. Elle s'était mise à se poignarder jusqu'à se vider de son sang, de sa vie.

— Je l'ai laissée saigner, saigner, puis j'ai pris des échantillons de son sang, révéla-t-il. C'était un geste sans cœur, cruel.

Sur le moment, il avait été si choqué par son comportement qu'il avait pris son sang presque machinalement, comme il s'était entraîné à le faire. Cependant, quand il était rentré chez lui, laissant son corps sans vie dans la rue, et qu'il avait anonymement appelé une ambulance, il avait été horrifié de la façon dont il avait réagi.

Alors, écœuré de l'inutilité de sa vie, convaincu que, sans but, il allait devenir fou, lentement mais sûrement, il s'était livré à la Nation. Il se rendait compte que, à force de voir expirer des mortels au cours de sa vie de vampire, il s'était en quelque sorte immunisé contre l'horreur de la souffrance et la tragédie de la mort. Il lui semblait même que, si la mort le laissait aussi indifférent, c'était parce qu'il y aspirait, parce qu'il en était venu à mépriser son existence solitaire et vaine. Alors, il s'était consacré à l'étude de la transmission virale du vampirisme et à la recherche d'un remède. À la quête de la mortalité pour les dizaines de vampires qui n'en pouvaient plus de leur vie interminable.

Et, dans la poursuite de ce nouvel objectif, il avait trouvé la paix, une trêve tacite avec l'éternité.

— Je vivais si retiré que j'en avais oublié toute humanité.

L'ironie de son accord avec la justice, c'était qu'il était autorisé à poursuivre ses travaux, mais pas à se mêler à la société vampire. Il passait donc tout son temps parmi les mortels, usant de son charme et de ses capacités de persuasion pour prendre des échantillons de sang aux femmes quand il en avait besoin, sans jamais s'autoriser à engager ses sentiments. Jusqu'à Brittany.

Et voilà qu'elle le considérait non pas avec du dégoût, mais avec l'air de le comprendre.

— Donc tu as décidé de continuer à chercher le remède au vampirisme, c'est ça ?

Il hocha la tête.

Elle lui lâcha la taille pour lui prendre la main qu'elle serra tendrement.

— Je suis désolée, fit-elle. Je ne m'imagine pas contrainte de prendre ce genre de décision, de faire un tel choix sans avoir le temps d'envisager les conséquences. Je pense qu'ils ont eu tort de te condamner. D'un point de vue légal, selon moi, tu n'as rien fait de mal. En revanche, je comprends que cela t'ait bouleversé. J'aurais ressenti la même chose. Les gens ne se rendent pas compte de ce à quoi ils s'engagent en voulant la vie éternelle. Ce n'est pas une décision qui se prend à la légère.

Il ne s'attendait pas du tout à ce qu'elle réagisse ainsi. Il aurait cru qu'elle allait l'accuser de ne pas être responsable, ou de broyer du noir pour rien. Après tout, il l'avait suffisamment entendu de la part de vampires. Sans compter le Comité pour des pratiques alimentaires justes qui lui avait reproché d'avoir mal choisi sa victime, de ne pas avoir réussi son charme et d'avoir mal géré la situation. Ses membres avaient soutenu qu'il aurait dû complètement effacer sa mémoire de façon à ne pas mettre en péril la sécurité de la Nation vampire. Ou, à défaut, la transformer. Laisser des mortels périr d'une mort hystérique n'était pas défendable.

Du reste, il n'avait pas cherché à se justifier. Cependant, Brittany était la première à comprendre pourquoi il n'avait pu transformer un être aussi instable en vampire. Cette pensée ne lui inspirait que de l'horreur. La malheureuse n'imaginait pas ce que c'était que de hanter la terre éternellement. Et puis, vu son comportement, elle aurait été incapable de se conformer aux règles de la Nation.

— Cela n'a pas été une décision facile à prendre, confirma-t-il. D'autant que tout est allé très vite. J'ai réagi d'instinct. Toutefois, cela ne signifie pas que je ne sois pas responsable de mes actes. C'est moi qui ai initié un contact avec elle, qui lui ai inoculé le virus, qui ai pris son sang. Tout cela était contraire à l'éthique.

— D'accord, mais si tu te retrouvais dans la même situation, dans les mêmes circonstances, quarante ans de réflexion plus tard, que ferais-tu ?

Jean-Baptiste n'avait même pas besoin de réfléchir. Il n'avait pas eu le choix. Les autres options étaient pires encore que sa décision de lui refuser son sang, sa vie.

— La même chose, sauf que je la désarmerais plus vite et que j'appellerais les secours plus tôt. Mais, surtout, j'aurais commencé par ne pas entrer en contact avec elle.

Ce n'était pas tout à fait vrai, il le savait. Afin de réunir les données génétiques dont il avait besoin pour ses travaux, il recherchait encore des donneuses pas nécessairement consentantes et se servait à la fois de sa séduction personnelle et de ses pouvoirs de vampire pour obtenir ses précieux échantillons. C'était même pour cela qu'il avait abordé Brittany la première fois. Pour lui prendre du sang. Son travail était plus important que la petite fiole de sang qu'il prenait. Il fallait qu'il s'en souvienne, qu'il se concentre sur la situation dans son ensemble. N'empêche que la culpabilité le rongeait.

Il savait également que, s'il portait cette montre et était banni de la bonne société vampire, c'était avant tout parce que ses recherches faisaient peur aux dirigeants en place. Ils s'étaient servis de la mort de cette femme et de ses remords manifestes comme d'une excuse pour le faire rester à Las Vegas et le surveiller. Ils ne voulaient surtout pas qu'il trouve le remède ou fasse une autre découverte génétique d'importance et en fasse part à qui il ne fallait pas.

— Tu sais que tes convictions sont justes, Jean-Baptiste. Ne les laisse pas te persuader du contraire. Moi, en tout cas, je crois que tu agis bien.

En la regardant, en voyant la conviction qui brillait dans ses yeux, il la crut. Brittany et lui avaient beaucoup en commun. Comme lui, elle était incomprise. N'avait-il pas entendu sa sœur lui dire qu'elle était trop confiante, trop naïve ? Eh bien, ce n'était pas du tout ainsi que lui, Jean-Baptiste, la voyait. À ses yeux, c'était une jeune femme intelligente et pleine de compassion qui savait défendre ses convictions. Des convictions qui ressemblaient remarquablement aux siennes.

Il se pencha vers elle pour lui baiser le front.

— Merci, dit-il. Tu es une femme exceptionnelle. Il vaudrait peut-être mieux que je m'en aille, ajouta-t-il en lui caressant les cheveux. Que je te laisse dormir.

C'était peut-être sa dernière chance de posséder Brittany avant des mois, mais il avait sérieusement refroidi l'atmosphère avec ses aveux, et Brittany était très fatiguée par sa grossesse.

— Tu es fou ou quoi ? répliqua-t-elle en haussant les sourcils d'un air sidéré. Pas question ! Allez, déshabille-toi qu'on s'y mette.

— Qu'on s'y mette ? répéta-t-il en se retenant de rire.

— Oui. Que tu te mettes en moi.

Jean-Baptiste sentit son ardeur renaître immédiatement. Il lui plaisait qu'elle sache ce qu'elle voulait et qu'elle n'hésite pas à l'exprimer en le regardant dans les yeux.

— Excellente suggestion. Je vais te faire cela, encore et encore, jusqu'à ce que tu me supplies de ne jamais m'arrêter.

Le regard de Brittany s'assombrit.

— Ne t'arrête pas, dit-elle en soulevant les hanches, un sourire dansant sur ses lèvres.

— Ce n'est pas cela, supplier, corrigea-t-il un peu moqueur.

Il enleva son caleçon et la pénétra d'un coup, sans prévenir, enfonçant les crocs dans son épaule.

Elle se referma autour de lui, faisant courir des frissons d'extase dans tout son corps, tandis que son sang coulait dans sa bouche, dans sa gorge. C'était divin, extraordinaire, mais il se força à se détacher d'elle, à se retirer entièrement.

— Ne t'arrête pas ! gronda-t-elle aussitôt.

— C'est mieux, concéda-t-il d'une voix étranglée. Mais ce n'est pas encore cela, supplier.

Voilà. C'était précisément pour cela que Brittany avait couché avec Jean-Baptiste la première fois. Il était très poli, même si c'était un vampire et que ses mystérieux yeux verts cachaient une nature sombre. Et puis, dès qu'il la touchait, elle perdait la raison. Dominant et habile, c'était la deuxième fois qu'il lui faisait atteindre le point de non-retour en quelques minutes. Sexuellement, elle était prête à le suivre n'importe où. Des inhibitions ? Avec lui, elle n'en avait aucune.

— S'il te plaît, reviens…, fit-elle en saisissant son membre dur et palpitant pour le caresser.

— Cela non plus, ce n'est pas supplier. C'est cajoler. Flirter. Essayer de t'en sortir avec tes beaux yeux bruns et une petite moue de ta jolie bouche, souligna-t-il en mordant sa lèvre inférieure que, il est vrai, elle avait un peu avancée.

C'était si bon, ce picotement que lui procurait sa morsure, qu'elle ferma les yeux pour en profiter pleinement. Cela ne faisait pas mal. Au contraire, c'était merveilleusement sensuel, comme lorsque l'on suçait le doigt de son partenaire au cours de préliminaires passionnés. Elle se mit à le caresser de plus en plus vite tout en essayant de l'attirer entre ses jambes.

— Je ne vois pas de quoi tu parles, murmura-t-elle alors qu'elle le savait parfaitement.

Elle avait l'habitude de bouder avec sa sœur pour obtenir ce qu'elle voulait, même maintenant qu'elle était adulte. Et, généralement, cela marchait. Mais pas avec Jean-Baptiste. Zut.

Sans crier gare, il replongea en elle, repoussant vivement sa main. Elle eut à peine le temps de pousser un petit cri étranglé et de bien le sentir en elle qu'il ressortait déjà, lui arrachant un gémissement de frustration.

— Arrête de faire ça.

— Tu veux que j'arrête carrément? s'enquit-il d'un ton taquin.

Il ne semblait pas du tout aussi désespéré qu'elle. Il lui suçait tranquillement un téton, sans hâte apparente, tandis qu'elle se tordait sous lui, tendue, à l'agonie. Et, encore, elle avait déjà joui une fois. Elle ne pouvait qu'admirer son contrôle de soi.

Oui, mais plus tard.

Pour l'instant, elle voulait qu'il cesse ce manège.

Elle enroula les jambes autour de ses cuisses et tenta de le faire rouler sur le dos. Il ne bougea pas d'un millimètre. C'était tuant, cette force d'immortel.

Il releva la tête et lui décocha son sourire le plus coquin.

— Tu as besoin de quelque chose, ma chérie? demanda-t-il le plus innocemment du monde en s'introduisant de nouveau en elle.

Il aurait été vain de tenter de l'y maintenir. Elle n'avait pas enfoncé les ongles dans son dos qu'il s'était encore retiré.

— Arrête.

— Je crois que la phrase exacte, c'est « n'arrête pas », corrigea-t-il.

Puis il l'embrassa dans le cou, sur les épaules, la poitrine, joua du bout des doigts entre ses cuisses, allant partout sauf à l'essentiel.

Brittany céda à cette exquise torture. Tout son corps appelait la délivrance.

— N'arrête pas, Jean-Baptiste, je t'en prie.

Elle se tortilla pour tenter d'attirer ses doigts en elle, mais il s'esquiva de nouveau.

— Ce n'est pas encore tout à fait cela, mais je me sens d'humeur magnanime, déclara-t-il en la pénétrant profondément.

Puis il resta immobile.

— Oui…

Elle lui saisit les bras et se mit à remuer les hanches, envahie par le plaisir.

À son tour, il commença à bouger, vite, fort, encore et encore, jusqu'à ce que, haletante, elle renonce à suivre son rythme effréné, se laisse retomber sur le lit et s'abandonne à son va-et-vient délicieusement féroce.

— Ne t'arrête pas, répéta-t-elle d'une voix de gorge. Ne t'arrête pas.

Et, au moment où elle allait jouir, quand tout en elle se figea avant de se déchirer, quand son esprit fut vide et son plaisir douloureux, quand elle sentit ce calme stupéfiant avant le déchaînement final, elle dit une dernière fois, de tout son être :

— Ne. T'arrête. Pas.

Jean-Baptiste plongea les yeux dans siens.

— Jamais, promit-il.

Alors, elle lâcha prise et se cramponna à lui tandis qu'ils explosaient ensemble.

Cinq

— Tu apprécies ton beau-frère, non ?

— Ethan ? Bien sûr. Alexia l'aime et c'est quelqu'un de bien.

Brittany se blottit contre Jean-Baptiste. Elle ne comprenait pas très bien ce que venait faire son beau-frère dans leur lit, juste après l'amour.

— Pourquoi ? voulut-elle savoir.

— Je me disais que ta grossesse risquait d'avoir des répercussions négatives sur sa réélection.

Elle arrêta de jouer avec les poils du torse de Jean-Baptiste et le regarda. Pour casser l'ambiance…

— Comment cela ?

— Carrick a fait campagne du côté du contrôle de la population. Quant à moi, mes recherches sont très controversées et je n'ai même pas fini de purger ma peine. Le fait que tu aies un enfant de moi, ce qui est une nouvelle violation des lois vampires, va forcément nuire à l'image de Carrick. Après la transformation de Cara par Seamus Fox, cela pourrait carrément l'empêcher d'être réélu.

— Il me semblait que son adversaire avait déclaré forfait. Je ne comprends pas pourquoi l'élection a été reportée. Il aurait dû l'emporter automatiquement.

— C'est pour donner à l'opposition le temps de remplacer Donatelli. Quant à Carrick, il doit être crédité d'au moins cinquante pour cent de votes dans son propre parti pour rester candidat. Ce sont les règles de la démocratie.

Brittany s'efforçait de comprendre le fonctionnement de la politique chez les vampires, mais, pour elle, tout cela restait très flou. De toute façon, elle n'était pas vampire. Elle était dentiste, tout ce qu'il y avait de plus ordinaire. Sauf qu'elle attendait un enfant de Jean-Baptiste. Elle ne savait pas trop dans quel camp cela la plaçait. Toutefois, une chose était sûre : jamais elle n'aurait cru que sa grossesse pouvait avoir une quelconque influence sur l'élection présidentielle.

— Je ne veux pas causer de problèmes à Ethan, assura-t-elle. Mais nous ne pouvons pas changer les faits. Je suis enceinte.

Jean-Baptiste lui sourit, encore tout ébouriffé.

— Et c'est merveilleux, assura-t-il en lui caressant le bras avant de l'embrasser sur le front. Mais personne ne sait encore que c'est moi le père de ton bébé. Personne ne sait que nous nous connaissons. Peut-être vaudrait-il mieux garder notre relation secrète quelques semaines, au moins jusqu'à ce que la primaire soit passée. Si un vampire apprend que tu es enceinte, il imaginera que c'est d'un mortel. Et personne n'aura rien à y redire.

— Mais cela..., fit-elle en frôlant le sexe de Jean-Baptiste qui durcit aussitôt sous ses doigts, les gens pourraient avoir quelque chose à y redire ? Nous ne devrions pas être ensemble ? Tu ne crois pas que tout le monde s'en fiche, franchement ? Je crois que ta réaction est un peu excessive.

Il ferma les yeux. Sous ses caresses, sa respiration se faisait plus laborieuse. Mais, au regret de Brittany, il posa la main sur la sienne pour l'immobiliser.

— C'est la réalité, ma chérie. J'ai été condamné. Je suis responsable de la mort d'une femme, même si ce n'était pas intentionnel. Je suis sur le point de pouvoir proposer une espèce de vaccin capable d'inhiber le virus du vampirisme, de rendre aux vampires une physiologie de mortels. À cause de cela, certains me haïssent, souhaitent même ma mort. D'autres veulent me voler mes travaux, soit pour les détruire soit pour les détourner à leur propre avantage. Ton beau-frère fait tout son possible pour éviter que les vampires les plus radicaux renversent le gouvernement en place. Notre moment de faiblesse ne doit pas mettre en péril tout l'avenir de mon peuple.

Décidément, il était doué pour tuer le romantisme.

— Bon, très bien. Vu sous cet angle, évidemment… Je pourrai tenir ma langue quelques semaines. Mais, franchement, j'étais loin de me douter que la situation était aussi dramatique que tu la décris. Nous allons avoir un bébé, Jean-Baptiste, souligna-t-elle. Est-ce que tu es en train de me dire que tu seras toujours poursuivi, menacé par des vampires voyous ? Il ne me semble pas que la menace permanente de voir débarquer des démons buveurs de sang pour te tuer constitue l'environnement idéal pour élever un enfant.

Elle voulait pouvoir penser grenouillères et biberons, pas pieux et décapitation.

— Bien sûr que non, affirma-t-il. Dès que l'élection sera passée et que j'aurai présenté ma découverte à l'académie de médecine vampire, je prendrai ma retraite. Alors, nous nous marierons, nous emménagerons dans une maison et nous serons un papa et une maman foot, d'accord ?

Quand il la tenait ainsi contre lui, une main sur ses fesses, elle le croyait presque, elle croyait presque que tout finirait par s'arranger – même si elle avait du mal à l'imaginer assis dans les gradins en train d'encourager l'équipe de son enfant. Lors des matchs en nocturne.

— Donc tu vas quand même me faire la cour ? Essayer de me convaincre de t'épouser ? s'enquit-elle d'un ton badin.

Elle avait hâte de voir comment il allait s'y prendre. Cela lui semblait très prometteur, en tout cas. Avec un peu de chance, son plan comprendrait en plus beaucoup de sexe et de sorties le soir.

— Et comment ! Mais nous resterons discrets jusqu'à ce que l'élection soit passée.

— Une cour secrète ? Ouah, comme Roméo et Juliette ! C'est trop sexy.

Elle ferma les yeux et bâilla contre sa poitrine. Un picotement aigu au sommet du crâne la fit sursauter.

— Aïe ! protesta-t-elle. Tu viens de m'arracher un cheveu, ou quoi ?

— Pardon, répondit Jean-Baptiste en lui massant la tête et en l'incitant à se recoucher. Il s'est pris dans ma montre.

Pour éviter de lui rappeler ce que représentait sa montre – la peine à laquelle il avait été condamné –, elle nicha le visage contre son torse pour l'embrasser puis le taquina.

— Mais je n'ai pas encore dit oui, mon chéri…

— Tu vas m'épouser, décréta-t-il. C'est pour cela que je vais te faire la cour. Pour te montrer comme nous serons bien ensemble. Pour te prouver que nous sommes faits l'un pour l'autre.

Brittany en frémit de joie. Il y avait quelque chose d'infiniment flatteur et agréable dans sa détermination à être avec elle.

— Vas-y, mon cœur, courtise-moi. Fort.

Manifestement, pour ce qui était de faire la cour, certain vampire français du XIXe siècle ne voyait pas les choses de la même façon que Brittany. Et sa façon à lui de les voir était vraiment nulle.

Huit semaines. Cela faisait huit semaines qu'elle n'avait pas vu Jean-Baptiste. Pas une seule fois.

Toutes les semaines, elle recevait un bouquet de fleurs avec un message imprimé – sans doute en ligne : « Je pense à toi. Signé : Jean-Baptiste. »

Ah, il pensait à elle ? Génial. C'était à peu près comme dire à quelqu'un qu'on avait songé à lui faire un cadeau pour son anniversaire – mais qu'on ne l'avait pas fait. Aux yeux de Brittany, l'intention ne comptait pas du tout.

Certes, Jean-Baptiste lui avait dit qu'ils devraient rester discrets jusqu'à l'élection. Elle l'avait compris, elle savait qu'il était sincère, mais elle n'imaginait pas qu'il allait se volatiliser. Non, ce qu'elle avait imaginé, c'était des rencontres furtives et passionnées, des visites chez elle à des heures étranges, des promenades romantiques dans le désert. Enfin des trucs marrants comme ça. Pff. Au lieu de cela, elle se trouvait dans la peau d'une femme enceinte abandonnée qui guettait bêtement la moindre attention. Qui attendait que Jean-Baptiste se réveille.

— Brit, ma chérie, assieds-toi. Tu me donnes le tournis, dit Alexia en lui prenant la main et en voulant la conduire vers un siège du patio.

Mais elle se dégagea.

— Je n'ai pas envie de m'asseoir. Tout va bien.

Elle s'appuya au balcon de la suite d'Ethan et Alexia et fixa la nuit comme si elle espérait trouver des réponses dans les néons du ciel de Vegas. Tout cela était ridicule. Elle avait l'impression d'incarner la plus mauvaise poésie. La malheureuse égarée dans un film de vampires, qui rêvait désespérément que le mystérieux homme de la nuit revienne la mordre.

Elle se complut, sa vautra, même dans son apitoiement sur soi. Où était passé l'homme qui lui avait fait l'amour avec tant de passion et d'intensité, qui lui avait promis qu'ils allaient être ensemble ? Disparu. Envolé. Occupé à Dieu sait quoi pendant qu'elle se conduisait en serpillière désespérée.

Eh bien zut. Brittany se retourna et soutint les regards de sa sœur et de Cara Fox, la femme de Seamus, braqués sur elle.

— Tout va bien, affirma-t-elle en se redressant. Jean-Baptiste m'a dit qu'il fallait que nous soyons discrets : c'est ce qu'il fait. Je respecte et j'admire son attitude.

Même si elle lui donnait envie de se jeter par terre en hurlant.

— Mais je pensais que, ce soir, puisque Ethan avait encore gagné la primaire et que nous étions en train de fêter ça, il allait peut-être, peut-être, se montrer.

Tout en parlant, elle se rendit compte qu'elle était en train de recommencer à pleurnicher sur son sort. Pire, elles s'étaient retranchées sur le balcon alors que, dans l'appartement, près de cinquante personnes s'étaient entassées pour boire au succès d'Ethan. C'était nul.

Alexia, pour commencer, devrait être aux côtés de son mari. Mais, avec tout ce monde, Brittany s'était sentie mal. Elle avait trop chaud et la nausée la gagnait. Et puis elle n'avait cessé d'arpenter la pièce dans l'espoir d'apercevoir Jean-Baptiste. Elle avait fini par être obligée de sortir pour échapper à la foule, aux regards curieux et à la déception de l'absence de Jean-Baptiste.

Heureusement, Cara et Alexia s'étaient abstenues de tout commentaire sur le pathétique de son attitude et de ses espoirs.

— Il ne peut pas venir à ce genre de réunion, Brit, tu le sais. C'est un paria.

— Un paria?

Le mot la fit grimacer. Elle pensait que Jean-Baptiste exagérait quand il se disait au ban de la société vampire. D'autant que, depuis qu'elle connaissait son histoire, elle était plus convaincue que jamais qu'il n'avait rien fait de mal.

— Mais c'est affreux! s'indigna-t-elle.

Cara décroisa les jambes et se pencha en avant sur son siège. Elle portait une robe de cocktail rouge et avait relevé ses cheveux noirs lisses et soyeux en un chignon tout simple.

— Ce n'est peut-être pas tout à fait le bon mot, rectifia-t-elle en adressant un froncement de sourcils à Alexia. Il n'empêche qu'il n'a pas fini de purger sa peine pour ce qui est arrivé. Et il n'est pas invité aux fêtes. C'est comme ça.

— Jean-Baptiste est quelqu'un de bien.

Brittany en était certaine. C'était pour cela qu'elle s'était permis de coucher avec lui une seconde fois.

— À vrai dire, ajouta-t-elle, tout ce qu'il souhaite, c'est se rendre utile. Il veut que les vampires puissent décider de leur destin, qu'il ne leur soit pas imposé.

— Il est cinglé, déclara Alex.

On pouvait toujours faire confiance à sa sœur pour dire ce qu'elle pensait sans mettre de gants. Alexia n'aimait pas les pieux mensonges. Tant pis si elle insultait le père de l'enfant de sa sœur.

— Non, il n'est pas cinglé ! Il est seulement un peu… original.

Brittany soupira. En fait, il était adorable. Depuis le premier soir où elle l'avait vu, en train, à l'aide d'une seringue, de prendre du sang à une femme dont le visage était transfiguré par le plaisir, les lèvres sur son cou, elle était attirée par lui.

Sa compassion, sa volonté de trouver un remède au vampirisme, sa solitude manifeste la touchaient profondément. Elle l'avait abordé plusieurs fois et, quand il lui avait demandé son sang, elle avait accepté malgré sa peur des aiguilles. D'accord, il l'avait laissée tomber les deux fois où ils avaient fait l'amour. Toutefois, il avait des excuses. La première fois, c'était elle qui lui avait dit de s'en aller. Et la seconde, cette fois-ci, c'était pour Ethan qu'il gardait ses distances. Ce qui prouvait que c'était vraiment quelqu'un de bien. Qui ne pouvait même pas se donner la peine de passer un coup de fil, merde !

Alexia se leva et glissa ses cheveux blonds derrière ses oreilles.

— Écoute, fit-elle en tripotant le collier de diamants qu'elle portait avec sa robe de soie marine, je ne comprends vraiment pas pourquoi, mais je sais qu'il te branche. Cela dit, tu n'auras que des ennuis avec lui. Si tu tiens à avoir une relation avec un vampire, laisse-moi au moins te présenter quelqu'un de mieux.

Cette proposition la blessa. Alexia ne la croyait jamais capable de prendre elle-même les décisions importantes qui la concernaient.

— J'ai *déjà* une relation avec un vampire ! protesta-t-elle. Et je suis *enceinte*.

Elle avait l'impression d'être la seule à l'avoir bien compris. Pas une fois il n'évoquait le bébé dans les mots prérédigés qui accompagnaient ses fleurs.

— Pas la peine de m'organiser des rencards avec des vampires, merci, conclut-elle.

Alexia la regarda d'un air penaud.

— D'accord, je suis désolée. Ce n'est pas ce que je voulais dire. Je sais que tu es enceinte, et que tu t'inquiètes au sujet de Jean-Baptiste. Mais, moi, c'est pour toi que je m'inquiète, ma chérie. Et pour ton bébé. Au fond, ce n'est peut-être pas plus mal qu'il garde ses distances et ne t'entraîne pas dans davantage de complications.

Brittany sentit les larmes lui monter aux yeux. C'était très gênant, pour elle qui n'était pas du genre pleurnichard. Mais elle s'était fait des illusions. Elle s'était persuadée qu'elle gérait, qu'elle allait simplement explorer la possibilité d'une relation avec Jean-Baptiste mais qu'elle était parfaitement rationnelle.

Mensonge. Gros mensonge. Elle n'était pas rationnelle du tout.

Quoi qu'il en soit, si elle ne pleurait pas beaucoup, elle était en revanche très impulsive. Elle voyait presque toujours ce qu'il y avait de meilleur chez les gens et accordait facilement sa confiance et son amour. Alexia ne comprenait pas cela. N'empêche que, pour Brittany, ce n'était pas un défaut. Elle s'était offerte à Jean-Baptiste. Ce n'était peut-être pas très malin, mais elle ne regrettait rien.

Il lui avait donné un bébé, ce dont elle était profondément heureuse.

S'il décidait de ressurgir, elle resterait un peu plus sur ses gardes, c'était tout. Elle ne se laisserait pas convaincre aussi facilement de quoi que ce soit. De coucher avec lui, par exemple. En attendant, il fallait qu'elle s'achète des vêtements de grossesse, parce que son pantalon commençait à la serrer un peu trop, qu'elle continue à prendre ses vitamines et qu'elle ouvre une liste chez *Babies « R » Us*. Voilà qui devrait suffire à l'occuper.

— Difficile à dire. De toute façon, il n'est pas là; ce n'est pas comme s'il faisait le siège de mon appartement. Alors il va bien falloir que je m'y fasse.

Elle se toucha les cheveux. C'était trop bizarre, elle ne s'en remettait toujours pas. Cédant à une impulsion – tiens ! quelle surprise – elle était allée chez le coiffeur. Sa nouvelle coupe, au menton, serait plus facile d'entretien une fois que le bébé serait né. Et le changement lui plaisait beaucoup. Elle se sentait plus femme, plus forte.

— Quelqu'un a des nouvelles de Kelsey ? s'enquit-elle.

Voilà encore un mystère. Kelsey avait disparu. Une fois de plus. Et cela faisait près de deux mois.

— Non, répondit Alexia. Comme je suis convaincue qu'elle est avec Rick, j'imagine qu'elle ne se manifestera pas. Il est en cavale, en quelque sorte, puisqu'il était assigné à résidence pour avoir tiré sur Ethan.

Cara fronça les sourcils.

— Ce que je ne comprends pas, c'est pourquoi il est parti avec elle. Je sais bien qu'il n'est pas du genre à supporter facilement de rester enfermé. Mais j'aurais cru qu'il fuirait seul.

— Oui, mais il avait besoin de Kelsey pour distraire le garde. Il est tout à fait capable de se servir d'elle comme cela.

Maintenant, c'était au tour d'Alexia de faire les cent pas sur le balcon.

— Moi, ce qui m'étonne, c'est qu'il ne lui ait pas faussé compagnie à la première occasion, remarqua-t-elle.

— Peut-être qu'il est vraiment attaché à elle, avança Brittany.

Elle l'espérait, et pour Kelsey, et pour elle-même. Quand elle avait appris la disparition de Rick et Kelsey, elle s'était souvenue du regard qu'il lui avait jeté en lui faisant comprendre qu'il savait qu'elle attendait un enfant de Jean-Baptiste. Craignant qu'il le révèle à d'autres, elle avait voulu en parler à ce dernier, mais elle n'avait pas pu mettre la main sur lui. Il n'avait pas de téléphone portable, évidemment, et lorsqu'elle avait tenté de l'appeler par transmission de pensée, il n'avait pas répondu. Bref, il ne lui avait pas été d'un grand secours. Cela dit, dans le monde des vampires, personne ne semblait savoir que c'était lui le père de son bébé. Et l'étape de la primaire avait été franchie sans problème. Maintenant, elle avait bien assez à faire pour ne pas en plus se soucier de Rick.

De toute façon, tout le monde finirait par savoir que Jean-Baptiste et elle avaient fait un enfant.

— Il se sert d'elle, affirma Alexia en levant les yeux au ciel.

— Tu n'en sais rien, protesta Brittany sans bien savoir pourquoi.

Elle ne connaissait pour ainsi dire pas Rick et, la seule fois où elle l'avait vu, il lui avait donné la chair de poule. Cependant, elle en avait assez que sa sœur voie toujours le pire chez les gens.

— Tu devrais faire un peu plus confiance à Kelsey, fit-elle valoir. Elle ne serait pas partie avec lui s'il se servait simplement d'elle.

— Brittany Anne, je te jure. Ce n'est pas possible d'être aussi gentille que toi. Ou aussi naïve.

Brittany se hérissa. Elle n'était plus une gamine, enfin ! Elle allait devenir mère. Et elle n'était pas naïve : elle était optimiste. Nuance. La naïveté était dangereuse alors que l'optimisme était zen.

— Ce n'est pas parce que je ne vois pas le mal chez tout le monde que je suis idiote, se défendit-elle.

— Je ne t'ai jamais traitée d'idiote !

— Hm, je crois que je vais rentrer, annonça Cara en se levant et en rajustant la bretelle de sa robe. Seamus doit se demander où je suis passée.

— Tout à fait, confirma Brittany qui oublia la condescendance de sa sœur. Désolée de t'avoir retenue ici aussi longtemps. Tu arrives tout juste d'Irlande; tu dois avoir envie de voir un tas de gens.

— Pas spécialement. En réalité, je ne connais pour ainsi dire que vous deux, puisque nous sommes partis nous installer en Irlande très vite après ma transformation. En revanche, je crois que Seamus est ravi de revoir tout le monde. Il refuse de l'admettre, mais la vie politique lui manque.

Alexia fit la grimace.

— Ne le lui répète pas, dit-elle, parce que cela tuerait le dédain mutuel qui est la base de notre relation, mais il me manque. Sans lui, Ethan est complètement largué. S'il me demande encore une fois comment on crée un tableur, je crois que je vais hurler.

— Vous devriez peut-être revenir, suggéra Brittany.

Elle non plus, elle ne savait pas si elle pourrait vivre dans la campagne irlandaise, sans boutiques de lingerie sexy, sans Starbucks. Elle avait toujours vécu à Vegas, où l'on avait accès à tout, tout le temps. À condition d'avoir les moyens.

Cara se pencha vers elle et chuchota :

— En fait, je crois que je suis plus attachée à l'Irlande que Seamus. Les chiens sont libres, c'est génial, et tout le monde est adorable avec moi. Mais Seamus ne fait que broyer du noir. Il ne fait plus que jouer au Free Cell sur son portable. Il est complètement accro : c'est affreux.

— Tiens, à propos d'affreux… Brit, je crois que tu as de la visite, annonça Alexia en roulant des yeux excédés et en inclinant la tête vers la gauche.

Brittany se retourna, le cœur battant. Il était là. Jean-Baptiste. Appuyé à la balustrade du balcon à côté d'elles, les pieds dans le vide. Il ne semblait pas craindre le moins du monde de glisser et de tomber. C'était l'avantage quand on était immortel. On n'avait pas besoin d'être prudent, même quand on se trouvait plus de vingt étages au-dessus de la rue.

Il avait l'air de mauvaise humeur. Mélancolique. Sombre, avec ses sourcils froncés et ses épaules tendues.

Aussitôt, elle éprouva de la compassion pour lui. Elle s'approcha de lui tandis qu'Alex et Cara rentraient. Mais avait-il seulement remarqué sa présence ? Il ne semblait même pas la voir.

— Si, je sais que tu es là, dit-il avec un accent plus marqué que la dernière fois.

Elle avait constaté que c'était une espèce de baromètre de son irritation.

Une irritation qui la gagna également et prit le dessus sur son inquiétude de tout à l'heure.

— Tu comptais m'adresser la parole, ou vaut-il mieux que je rentre et que je fasse comme si je ne t'avais pas vu ?

Il se tourna vers elle et plongea les yeux dans les siens. Sans rien dire, il secoua la tête et l'examina d'un air horrifié.

— *Mon Dieu !* Qu'as-tu fait à tes cheveux ?

Vu la tête de Brittany et le petit cri qu'elle poussa, il aurait sans doute mieux fait de se taire. Il faut dire qu'elle lui avait terriblement manqué et qu'il avait passé des journées entières à se tourner et se retourner dans son lit sans trouver le sommeil, les yeux rivés au plafond, à se souvenir de son corps sous le sien, de ses longs cheveux épais et doux enroulés autour de ses doigts.

Au point qu'il n'avait pu tenir sa décision de rester loin d'elle et qu'il était venu ici ce soir. Rien que pour l'apercevoir. En secret. Sans se montrer. Pour découvrir que sa magnifique chevelure avait disparu. Coupée. Presque tondue. Elle ressemblait à son petit frère Edgar après que sa nurse lui avait donné un bain.

Elle s'empourpra.

— Je les ai fait couper, comme tu vois. Ce sera plus facile quand le bébé sera né.

Jean-Baptiste passa les jambes par-dessus la balustrade en se morigénant intérieurement de l'erreur qu'il venait de commettre. Elle relevait le menton d'un air de défi et ses yeux lançaient des éclairs. Il n'avait pas eu l'intention de se montrer, ni de lui parler, mais la tentation était trop forte. Il était monté sur le toit afin que les autres vampires ne sentent pas sa présence, le temps de réfléchir à la meilleure stratégie pour l'apercevoir. Il traînait là à se languir d'amour en se demandant que faire quand il avait entendu la porte du balcon s'ouvrir et Brittany sortir avec les deux autres. Il savait que c'était elle. Il aurait reconnu son odeur n'importe où. Et sa voix douce et mélodieuse, même s'il était trop loin pour entendre précisément ce qu'elle disait.

Il s'était rapproché, sur le balcon voisin, pour tenter de saisir un mot ou deux, et peut-être même de voler un baiser, mais voilà qu'il avait tout gâché.

— Ta coupe est stupéfiante.

Littéralement. Jean-Baptiste ne parvenait pas à en détacher les yeux. Ce n'était pas mal, mais tellement différent. Et plus austère qu'avant, certainement.

— Tu es très en beauté, ce soir, ajouta-t-il.

C'était vrai. Sauf qu'elle changeait à toute vitesse. Qu'elle changeait sans lui. Sa poitrine s'était encore épanouie et son ventre commençait à s'arrondir sous sa robe noire. Avec son rouge à lèvres d'un brun chaud et ses boucles d'oreilles en diamant qui scintillaient à chaque mouvement de tête, elle faisait plus femme, plus sophistiquée que d'ordinaire. Mais elle ne le regardait pas comme d'habitude, avec ces yeux si doux, cette moue légèrement boudeuse, cette aisance…

Non, elle était en colère, le visage crispé, les bras le long du corps. La méfiance et la réserve qui émanaient d'elle étaient nouvelles et déstabilisantes.

— Merci, fit-elle simplement.

— Tu m'as manqué, ajouta-t-il un peu hésitant.

Comment allait-elle réagir ? Elle semblait lui en vouloir pour autre chose que la façon dont il avait réagi devant sa nouvelle coiffure.

— Je n'ai pas pu rester loin de toi plus longtemps, même si ce n'est pas raisonnable.

Elle s'approcha de la balustrade et regarda un moment la ville avant de répondre.

— La primaire est passée. Ethan a gagné. Nous n'avons plus de raison de nous cacher.

Que répondre à cela ? Contrairement à ce qu'il lui avait dit, il était encore indispensable de garder leur relation secrète.

— La primaire, seulement, pas la présidence. Il serait encore imprudent de révéler qui est le père de ton enfant, dit-il doucement en se rappelant que, de l'autre côté de la porte-fenêtre, il y avait une cinquantaine de vampires membres du parti conservateur.

Elle tourna vivement la tête vers lui, les lèvres pincées.

— Tu es en train d'essayer de me plaquer, c'est ça ? Tu ne veux pas qu'on sache que le bébé est de toi… quand tu as dit que tu voulais que nous soyons ensemble, que tu tenais à jouer à ton rôle de père, c'était des salades, pas vrai ?

De surprise, Jean-Baptiste sauta du balcon voisin sur celui où elle se trouvait. Quand il lui toucha le bras, elle tressaillit.

— Brittany…

Elle avait détourné la tête et s'était remise à scruter la nuit.

— Sois honnête.

Malgré ses cheveux courts qui lui donnaient l'air plus calme, plus forte, plus dure, même, il nota que sa voix tremblait un peu. Sidéré, il ne savait plus comment réagir. Quand il voulut l'enlacer par-derrière, elle se dégagea.

— Mais je pensais tout ce que je t'ai dit, se défendit-il. Qu'est-ce qui te fait croire le contraire ?

— Tu ne m'as pas appelée une fois, tu ne m'as pas envoyé un seul e-mail. Tu ne m'as même pas demandé de nouvelles du bébé !

Horrifié du ton aigu sur lequel elle acheva sa phrase, il voulut la faire se retourner face à lui. Une fois de plus, elle l'esquiva.

— Je gardais mes distances, comme convenu, plaida-t-il. Je n'ai pas d'e-mail et je savais que, si je te voyais, j'aurais envie de te faire l'amour. Que, ensuite, je ne voudrais plus partir. Donc, je me suis tenu éloigné de toi. Mais je t'ai envoyé des fleurs, souligna-t-il.

Il pensait que cela suffirait à lui prouver son dévouement. Sans doute aurait-il dû y réfléchir davantage.

Parce que, à la vérité, il n'avait pas essayé de faire la cour à une femme depuis les années 1830. Au cours des derniers siècles, il avait assouvi ses besoins sexuels auprès de femmes de petite vertu – et encore, cela faisait plusieurs décennies qu'il avait renoncé même à cela. Il ne faisait que travailler. Il n'avait plus de vie amoureuse ni sexuelle. Bref, en près de deux cents ans, les choses avaient peut-être un peu changé.

— Youpiya, fit-elle froidement.

Il en resta un instant bouche bée.

— Qu'est-ce que ça veut dire, au juste ?

— Rien. Rien du tout, assura-t-elle alors que, manifestement cela signifiait toutes sortes de choses. Bon, alors qu'est-ce que tu fais depuis *huit* semaines ?

Tenait-elle vraiment à le savoir ? Il hésita, de crainte de dire encore ce qu'il ne fallait pas. Au fond, peut-être l'humeur de Brittany était-elle tout simplement causée par les hormones de la grossesse.

— Alors ? insista-t-elle avec un regard noir.

— Je n'ai fait que travailler.

En fait, il avait même commencé à s'injecter différents sérums pour trouver la combinaison qui permettrait d'inhiber le virus du vampirisme. Il avait constaté avec intérêt qu'il craignait moins la lumière du jour et que son aptitude à lire dans les pensées avait décliné. Mais, hormis cela, rien n'avait changé. Il avait toujours besoin, soif de sang. Toutefois, il était sur le point d'y arriver, il le savait. Encore un ou deux essais et il aurait trouvé le remède.

— C'est tout ?

— Oui, c'est tout. J'ai passé seize heures par nuit enfermé dans mon laboratoire.

Il se rapprocha un peu, commençant à sentir chez elle une pointe de jalousie.

— Mon travail compte énormément, précisa-t-il en souriant, mais te protéger, protéger notre enfant est encore plus important. J'ai eu un mal fou à résister à l'envie de venir te faire l'amour toutes les nuits.

Encore une fois, elle détourna la tête, mais elle se laissa faire quand il lui prit la main, quand il l'embrassa sur la joue, dans le cou.

— Et je tiens énormément à ce bébé, ajouta-t-il. Tellement que j'ai fait une chose incroyable.

— Laquelle ? demanda-t-elle en le regardant enfin.

Il n'en revenait toujours pas. Mais il avait passé de nombreuses nuits à s'interroger sur le bébé, à s'inquiéter de son manque d'expérience avec les enfants, à réfléchir aux questions d'éducation que Brittany avait soulevées.

— Je me suis inscrit à un cours, annonça-t-il.

— Quel genre de cours ? s'enquit-elle d'un air soupçonneux.

Il se racla la gorge et s'efforça de ne pas grimacer en répondant :

— Un cours pour les futurs pères. Ça s'appelle : Objectif bébé.

Six

Rick se leva sans bruit, s'étira et regarda Kelsey dormir. À part sa poitrine qui se soulevait et s'abaissait au rythme de sa respiration régulière, elle ne bougeait pas. Il regretta presque ce qu'il s'apprêtait à faire. Presque.

Voyager avec elle, ce n'était pas mal. Elle avait été géniale pour distraire le garde à l'hôtel de Carrick, à Vegas, et elle n'avait pas beaucoup protesté quand il avait suggéré qu'ils prolongent leur voyages de noces pour voir un peu de pays, même s'ils savaient aussi bien l'un que l'autre qu'il enfreignait la loi vampire. Elle ne s'était pas plainte de descendre dans des motels miteux pour faire des économies et elle suçait divinement.

Bref, être marié avec elle, ce n'était pas l'enfer. Il avait appris à lui fermer son esprit pour qu'elle ne puisse plus lire dans ses pensées. Mieux, elle aimait autant que lui boire le sang des humains à la source.

Ils ne formaient pas une mauvaise équipe, était-il forcé d'admettre. Dommage qu'il ne puisse pas lui dire la vraie raison pour laquelle il l'avait épousée. Mais, écervelée qu'elle était, elle ne se doutait absolument pas de ce qu'il mijotait – et cela valait mieux.

Rick s'habilla dans le noir, sortit et referma la porte derrière lui, leurs derniers billets au fond de sa poche.

Kelsey s'assit dans le lit et enfila le jean et le sweat-shirt qu'elle avait pris soin de laisser sur une chaise à sa portée. Elle n'était pas mécontente de quitter cette chambre de motel, avec son odeur de moisi et ses draps humides. Elle prit son sac dans lequel elle avait déjà rangé ses affaires, glissa la bandoulière sur son épaule, chaussa ses tennis noires et rouges et se dirigea vers la porte.

Son mari allait voir Donatelli. Pas question de le laisser tout seul.

Brittany, qui suivait Jean-Baptiste dans le couloir, faillit lui rentrer dedans quand il s'arrêta net devant la salle de cours de l'hôpital.

— Ce n'est peut-être pas une si bonne idée que cela, fit-il, une lueur de panique dans ses yeux verts. Ils vont se rendre compte que je ne suis pas un futur père normal.

Elle devinait qu'il avait bien plus peur de changer une couche que de voir révéler son statut de vampire, ce qui était très peu probable. Elle se retint de sourire.

— Tu tiens vraiment à t'en aller ? Très bien, je rentrerai toute seule après mon cours sur l'accouchement.

Aussitôt, la panique se changea en culpabilité. Il secoua la tête.

— Non, non. Bien sûr que non. Ça va aller, assura-t-il. Je vais à mon cours, toi au tien et nous rentrerons ensemble, comme prévu. Mais, pour commencer, je vais t'accompagner jusqu'à ta classe.

Il la prenait pour une idiote ? Elle savait très bien qu'il allait en profiter pour sécher son cours et ne revenir que juste à temps pour la chercher. C'était écrit sur son visage. Oh, elle comprenait ses craintes. Elle-même se demandait bien comment elle allait faire avec un bébé, et elle n'était pas un vampire de deux cents ans. Sauf que cette idée – une excellente idée, au demeurant – était celle de Jean-Baptiste. Il s'était rendu compte qu'ils avaient besoin de quelques conseils. Ils en avaient besoin tous les deux, alors elle n'allait pas le laisser se dégonfler.

— Non, non, répondit-elle avec un grand sourire. Entrons d'abord dans ta classe : j'aimerais bien rencontrer le professeur. Ensuite, tu pourras m'accompagner.

Ils avaient passé une semaine des plus bizarres, ne sachant ni l'un ni l'autre comment avancer dans cette relation. Il ne lui semblait pas naturel de coucher tout de suite avec lui alors qu'elle ne savait pas si elle pouvait se fier à lui, qu'elle doutait de la sincérité des belles promesses qu'il lui avait faites sur l'oreiller. Selon elle, il ne fallait pas écouter un quart de ce que disait un homme quand son pénis était en érection. Elle aussi, sous l'emprise du désir, il lui arrivait de dire des choses qui étaient au moins fortement exagérées. Sauf à Jean-Baptiste. Lui, elle ne lui avait pas menti.

Cependant, elle ne le connaissait pas suffisamment bien pour comprendre pourquoi il agissait comme il le faisait. Qu'est-ce qui avait pu le pousser à lui faire l'amour aussi sensuellement puis à disparaître huit semaines ? En tout cas, cela ne l'aidait pas à lui faire confiance. Donc, cette semaine, tandis qu'ils se tournaient poliment autour, elle s'était attachée à apprendre à le connaître, à jauger ses humeurs, à tenter de saisir ce qui motivait ses actes et ses paroles. Ils avaient tout fait à l'envers, force leur était de l'admettre. Il fallait maintenant qu'ils reprennent les choses dans l'ordre, en avançant plus délicatement.

Jean-Baptiste n'hésita qu'un instant avant que sa galanterie reprenne le dessus.

— Bien sûr, ma chérie. Comme tu voudras, dit-il en lui tenant la porte.

En entrant dans la classe, Brittany vit trois hommes déjà installés. Deux d'entre eux semblaient très mal à l'aise, le troisième, au contraire, paraissait bouillir d'impatience. L'animateur était en train de sortir une liasse de papiers de sa sacoche.

— Salut, dit-il en leur souriant quand ils entrèrent. Vous êtes inscrits à ce cours ?

— Mon…

Brittany désigna Jean-Baptiste. Mais comment le qualifier ? Son amant vampire ? Le géniteur ? Son erreur favorite ?

— C'est lui qui est inscrit. Moi je vais suivre la préparation à l'accouchement dans la salle d'à côté. Mais je voulais me présenter et vous remercier à l'avance. Je suis certaine que votre expérience, vos idées et vos conseils vont beaucoup rassurer Jean-Baptiste.

— Eh bien, je suis ravi que votre mari puisse venir. Je vais essayer de ne pas lui faire trop peur, ajouta l'animateur en lui faisant un clin d'œil avant de tendre la main à Jean-Baptiste. Sam Adams. Comme la bière.

— Lui, c'est Jean-Baptiste Corbin, le présenta Brittany, soudain inquiète de le laisser seul avec des Américains d'aujourd'hui, des mortels. Et moi, Brittany.

Sam la regarda en haussant les sourcils tandis qu'il serrait la main à Jean-Baptiste.

— Ravi de faire votre connaissance à tous les deux. Bon cours d'accouchement, Brittany, ajouta-t-il assez ostensiblement.

— Merci.

Elle s'attarda encore un instant, jusqu'à ce que Jean-Baptiste lui dise quelque chose en français. Elle lui sourit en faisant semblant de comprendre et répondit :

— O.K., mon cœur.

Mais ses pieds ne bougeaient toujours pas.

— O.K., répéta-t-elle en glissant la bandoulière de son sac sur son épaule – mais en restant vissée sur place.

Jean-Baptiste la regardait fixement.

— Bon, allez, il faut que j'y aille, fit-elle.

— À dans deux heures, dit Jean-Baptiste. Sauf si tu préfères que je t'accompagne à ta classe.

— Non, non, merci. Ça va aller.

Maintenant qu'elle avait réussi à le faire entrer ici, elle ne voulait pas qu'il ressorte avant la fin du cours.

— Bon, allez. À tout à l'heure.

Elle lui fit un petit signe et se força à s'en aller.

Elle avait un mauvais pressentiment.

Jean-Baptiste regarda Brittany s'arrêter encore une fois, sur le seuil, et lui faire signe. Il leva une main à son tour et soupira.

— Elle t'agace ? demanda Sam. Les femmes se conduisent différemment quand elles sont enceintes. Il est normal qu'elle soit un peu collante.

Leur relation n'avait rien de normal, corrigea-t-il intérieurement. Et « collante » était loin de suffire à décrire la situation.

— Ce qu'il y a, expliqua-t-il, c'est que je n'ai aucune expérience des enfants. Alors elle s'inquiète. Et puis elle est tombée enceinte plus tôt que prévu.

Forcément, puisque ce qui était prévu, c'était *jamais*.

— Aaaah, fit Sam en hochant la tête d'un air compréhensif en donnant une tape amicale sur l'épaule de Jean-Baptiste. Mais ne t'en fais pas. Tu vas vite apprendre à t'occuper d'un bébé. Au moins, ce cours va te donner les bases dont tu as besoin.

— Parfait.

— Viens que je te présente aux autres, dit Sam en s'avançant vers la classe. Rapprochez-vous que je n'aie pas besoin de crier. J'aimerais savoir votre nom, ce que vous faites dans la vie et la DPA – la date prévue d'accouchement, précisa-t-il en souriant.

Jean-Baptiste, qui ne voulait pas être en plein milieu du premier rang, choisit un siège un peu sur la gauche, à côté d'un jeune homme arborant de nombreux tatouages et un piercing à la lèvre qui lui faisait mal rien qu'à le regarder.

— Ça boume ? lâcha-t-il en adressant un signe de tête à Jean-Baptiste.

La soirée s'annonçait difficile sur le plan linguistique…

— Bonsoir, dit Jean-Baptiste avec un signe de tête.

Sam désigna l'homme qui portait une chemise bleue.

— Nom, profession, DPA.

— Dave Robinson. Gestionnaire de crédit. Ma femme doit accoucher le 17 janvier – et c'est un garçon.

— Félicitations, répondit Sam.

— Merci.

Dave rayonnait.

Sam indiqua l'homme assis à côté de lui.

— Je m'appelle Jason Sikorski. Je suis policier. Ma femme doit accoucher le 13 février. Elle espère un bébé de la Saint-Valentin. Nous ignorons le sexe.

— C'est bien aussi de vouloir la surprise, assura Sam avant de passer à l'homme aux tatouages.

— Travis Short. Paysagiste. Accouchement prévu le 28 décembre. On dirait qu'elle va éclater, conclut-il en souriant.

Comme Sam regardait Jean-Baptiste avec l'air d'attendre quelque chose, il se racla la gorge.

— Jean-Baptiste Corbin. Je suis chercheur. Je ne sais pas trop quand Brittany doit accoucher. En avril, il me semble.

Tout le monde se tourna vers lui d'un air effaré.

— Tu déconnes, commenta Travis en secouant la tête.

— Il faut commencer par le commencement, le sermonna Sam en agitant un doigt sentencieux. Il est grand temps de te renseigner. Je te parie cent dollars que ta femme et toutes les femmes de votre entourage savent déjà parfaitement quand le bébé doit naître. Il faut que tu partages cela avec elle, mon vieux. Montre-lui que vous faites équipe.

— Mais ce n'était pas prévu, protesta-t-il pour se défendre.

— Raison de plus pour être solidaire. Elle doit sûrement craindre que tu ne veuilles pas vraiment de ce bébé. Tu es allé chez le médecin avec elle, ou pas encore ?

— Non.

Il ne savait même pas si elle, elle y était allée. Il avait pourtant dû lui poser la question; il en était presque sûr. Elle lui avait dit que tout allait bien. Cela, il s'en souvenait. Il avait donc bien dû lui demander quelque chose.

— Je travaille de nuit, précisa-t-il en croisant les bras. Cela ne facilite pas les choses.

Quatre paires d'yeux chargés de reproches se posèrent sur lui. Jean-Baptiste en éprouva le besoin puéril de sortir ses crocs pour leur flanquer la trouille. Qu'est-ce qui leur donnait le droit de le juger ? Ils ignoraient tout de sa situation, de ce que Brittany et lui avaient à affronter.

— En tout cas, souligna Sam d'un ton conciliant, tu es ici. C'est un bon début. Je suis sûr que ta femme appréciera que tu suives le cours attentivement. Si tu ne comprends pas tout, nous avons des polycopiés que ta femme pourra te traduire.

— Je suis attentivement et je n'ai pas besoin de traduction. Mon niveau d'anglais est tout à fait suffisant.

Jean-Baptiste était très vexé. Il avait passé la moitié de son enfance en Angleterre. Il n'avait vraiment pas besoin de traducteur. Du reste, Brittany ne parlait pas un mot de français.

— Donc, vous savez tous comment se passe l'accouchement; vous êtes au courant de l'aspect physique des choses, résuma Sam.

Hm. Pas vraiment.

— Ce n'est pas ce dont nous allons parler aujourd'hui. Nous sommes là pour voir ce qui va se passer au retour de la maternité. Votre femme sera épuisée et particulièrement émotive. À la fois excitée et pas très sûre d'elle. Il faudra la soutenir, la rassurer, à la fois quant à ses compétences de mère et quant à son apparence. À sa sortie, elle portera encore ses vêtements de grossesse et cela ne lui sera pas agréable. Soyez bien attentif à ce qu'elle ressent.

Jean-Baptiste se tortilla sur sa chaise, mal à l'aise. Le problème, dans une relation comme celle qu'il avait avec Brittany, c'était qu'il était difficile de suivre la règle standard. Il n'était pas certain que ce soit vraiment son rôle de dire à Brittany qu'elle restait attirante après l'accouchement. Ne risquait-elle pas de mal le prendre ?

C'était pour cela qu'il fallait qu'ils se marient. Toutes ces complications et ces incertitudes ne lui plaisaient vraiment pas.

— Hormis cela, vos deux rôles essentiels seront de la protéger des membres de la famille et des amis un peu trop enthousiastes et envahissants et de l'aider à allaiter.

— Euh…, intervint Travis. Comment fait-on pour l'aider à allaiter ? C'est à elle de le faire, non ? C'est elle qui est équipée pour.

C'était bien l'avis de Jean-Baptiste. Il ne voyait pas en quoi il pouvait se rendre utile dans cette entreprise.

— Beaucoup de nouvelles mamans ont du mal à trouver la bonne position pour le bébé. Et, si votre femme a eu une césarienne, elle risque d'avoir des difficultés à s'installer confortablement. Vous pouvez l'aider en allant chercher le bébé, en le lui donnant, en le guidant pour qu'il trouve le sein et le prenne.

Jean-Baptiste se mit à croiser et décroiser les jambes, mal à l'aise. Il plaisantait, hein ? Il se racla la gorge. Mille questions se bousculaient dans sa tête. Il lui semblait que la tétée était quelque chose d'instinctif, que les bébés savaient quoi faire. Comment pouvait-on leur faire prendre le sein ?

Dave eut le courage de demander :

— Comment cela ?

Sam se lança dans une explication au cours de laquelle il répéta à plusieurs reprises les mots de « téton », « aréole » et « lactation ». Jean-Baptiste aurait voulu que le sol s'ouvre sous lui et l'engloutisse. Jamais, jamais depuis sa première expérience avec une prostituée bon marché, au XIXe siècle, il n'avait entendu ce mot de « téton » prononcé autant de fois avec autant de nonchalance.

C'est alors que l'épouse de Sam entra dans la pièce avec leur fils âgé de six mois. Horrifié, Jean-Baptiste la vit s'asseoir sur le bureau, soulever son T-shirt, sortir un sein et leur montrer comment le petit Austin se nourrissait.

C'en était trop. Il voulait mourir.

Au cours de sa longue vie, il avait appelé la mort plus d'une fois – mais jamais avec autant de ferveur que quand Beth Adams se mit à débiter des statistiques sur l'allaitement maternel tandis que son bébé tétait énergiquement, la bouche enfermant entièrement l'aréole comme ne manqua pas de le souligner Sam en désignant du doigt la zone en question. Jean-Baptiste était médusé.

Bien décidé à ne pas voir davantage de la peau nue de Beth, il chercha un moyen de s'échapper. Il était prêt à aller jusqu'à se décapiter s'il le fallait. Faute de solution, il se résigna à fixer du regard la moquette bleu ciel. Comment diable s'était-il retrouvé dans cette situation ?

— Rapports sexuels, dit Sam.

Jean-Baptiste sursauta. Exact. C'était un rapport sexuel qui était responsable. Mais comment se tirer de ce pétrin ? Ils ne couchaient plus ensemble, maintenant, et cela n'arrangeait rien.

— Nous allons parler des changements dans votre relation, et notamment des rapports sexuels, après la pause. Et après le départ de Beth, ajouta-t-il en souriant.

Elle ne fit pas de commentaire et Jean-Baptiste se garda de se tourner vers elle pour voir la tête qu'elle faisait. S'il quittait la pièce à vitesse vampire, Brittany lui en voudrait-elle ? se demanda-t-il toujours absorbé par la contemplation du tapis. Peut-être pas, mais elle serait sûrement déçue. Il voyait d'ici sa moue boudeuse et la peine qui agrandirait ses grands yeux bruns. Il soupira, résigné. Il n'avait pourtant aucune envie de parler de sexe post-partum avec des inconnus. D'autant que, vu l'état actuel de leur relation, il craignait fort de ne pas être concerné par la question. Et, de toute façon, il trouvait assez grossier de parler de sexe en public.

Des jambes entrèrent dans son champ de vision. Il leva les yeux en espérant que c'était Sam avec un polycopié. Mais il découvrit Beth, qui lui souriait, Austin toujours accroché à son sein. Elle s'assit à côté d'un Jean-Baptiste impressionné par la mobilité dont elle faisait preuve en nourrissant son bébé. D'un doigt, elle fit lâcher prise à ce dernier et l'ouïe fine de Jean-Baptiste lui permit d'entendre très nettement le petit bruit de succion que firent ses lèvres en se détachant du sein de sa mère. Il fit la grimace.

— Vous voulez bien lui faire faire son rot ? le pria Beth.

Hein ? C'était à lui qu'elle s'adressait ? Lui, le vampire français de deux cents ans qui ne connaissait rien aux enfants ? Hm. Manifestement, oui. Elle lui souriait. Elle avait les joues rondes et roses, une queue-de-cheval et la peau blanche de son sein était encore partiellement exposée. Le bébé, qu'elle tendait à Jean-Baptiste, se tortillait entre ses mains.

— Je ne crois pas que ce soit une bonne idée, dit-il en secouant la tête. Je ne connais rien aux bébés.

Elle tenait son enfant d'une main et, de l'autre, se rhabillait adroitement, ce dont il lui fut infiniment reconnaissant.

— Justement, repartit-elle. C'est l'occasion de t'exercer.

— Il vaudrait peut-être mieux proposer à quelqu'un d'autre, suggéra-t-il avec un mouvement de recul quand elle lui fourra le petit dans les bras. Non, non, je ne crois pas...

Mis devant le fait accompli, il n'eut pas le choix. Il referma les deux mains autour de la taille d'Austin et avala sa salive avec difficulté.

— Et, maintenant, qu'est-ce que je fais ? demanda-t-il, gagné par la panique, en lui posant avec précaution les pieds sur son genou.

Le bébé était chaud et souple entre ses mains. Une bulle se formait sur ses lèvres roses. Comme ses jambes potelées ne le soutenaient pas encore, il manœuvra de façon à l'installer à califourchon sur sa cuisse.

Ils se regardèrent.

Austin se mit à battre des bras rapidement en gazouillant. La bulle éclata et lui coula sur le menton, suivie d'une traînée de salive mêlée de lait. L'odeur aigre souleva le cœur de Jean-Baptiste. Néanmoins, il trouva encourageant qu'Austin n'ait pas peur de lui. Il se dandinait en souriant de toutes ses gencives dans lesquelles perçaient deux petites dents du bas.

— Alors, pour lui faire faire son rot, il suffit de lui tapoter fermement le haut du dos. Tu peux le laisser assis comme cela, mais ce sera plus facile si tu l'installes contre ta poitrine et ton épaule, indiqua Beth en mimant le geste de ses mains vides.

Délicatement, Jean-Baptiste souleva Austin et le posa contre lui. Heureusement qu'il avait mis un polo bleu marine tout simple. Il pressentait qu'il pourrait y avoir du vilain quand le bébé expulserait l'air de son estomac. En attendant, son contact l'émouvait étrangement. Son petit corps était lourd et doux à la fois, il lui semblait bien fragile, et pourtant suffisamment fort pour tenter de se jeter en arrière de façon répétée. Ses cheveux tout fins sentaient bon le shampooing. Il aimait bien les petits gazouillis qu'il émettait en permanence.

— C'est la première fois que tu tiens un bébé? s'enquit Beth.

— Oui. Enfin, corrigea-t-il dans un deuxième temps, à part mon petit frère qui est né quand j'étais adolescent. Mais j'étais absent presque tout le temps puisque j'étais pensionnaire.

Et Edgar était mort de phtisie avant d'avoir atteint l'âge de dix ans, ce qui avait entraîné le déclin fatal de leur mère.

Il tapota prudemment le dos d'Austin.

— Plus fort, l'encouragea Beth. Il ne va pas se casser. Il faut être un peu plus ferme pour qu'il puisse faire sortir l'air.

Jean-Baptiste se racla la gorge et refit une tentative un peu plus appuyée, mais encore très prudente. Avec sa force de vampire, il ne voulait pas risquer de décoller la plèvre du bébé ou Dieu sait quoi.

— Fermement. Calmement. Près de lui, ordonna Beth en posant la main sur le bras d'Austin pour faire la démonstration et en posant un linge sur l'épaule de Jean-Baptiste.

Ce dernier inspira à fond et imita son geste doux mais ferme. Il fut aussitôt récompensé par un rot long et sonore venu du fin fond du ventre du bébé. Un peu choqué, il le détacha de son épaule pour évaluer les dégâts qu'une éruption de cette magnitude avait pu causer, mais l'enfant lui sourit d'un air ravi.

— Ça fait du bien? lui demanda-t-il, sous le charme.

En guise de réponse, Austin poussa un cri strident.

— Maintenant qu'il est nourri, je vais m'éclipser, annonça Beth. Vous allez pouvoir parler de trucs de garçons et apprendre à le changer. Tu t'es très bien débrouillé, ajouta-t-elle avec un grand sourire.

— Vous allez le reprendre, non? demanda Jean-Baptiste qui ne pouvait se résoudre à tutoyer une inconnue.

Affolé, il lui tendit son fils.

— Non, non. Tu le gardes. Sam va t'aider à le changer.

Sur quoi elle se retourna pour dire quelque chose à son mari. C'était ce qui s'appelait se faire refiler le bébé, songea Jean-Baptiste.

Il reposa le petit sur son épaule et chercha de l'aide autour de lui. C'était Travis le plus près.

— Tu veux le prendre ? lui proposa-t-il en se forçant à adopter le tutoiement qui semblait être de mise. Puisque c'est ta femme qui doit accoucher la première…

L'intéressé secoua la tête d'un air dégoûté.

— Pas question. Il a la gerbe.

— Quoi ? fit-il avec inquiétude.

Mais, à la vérité, il savait déjà ce que Travis voulait dire. Il sentait une chaleur humide sur son épaule. Austin avait manqué le linge.

— Il a vomi, précisa tout de même son voisin. Ça sent le caillé, mec.

Jean-Baptiste se sentit soudain plus proche d'Austin et de Beth Adams qu'il n'aurait voulu.

— Allez, prends-le, insista-t-il.

— Pas question, contra Travis en reculant sa chaise.

À tâtons, Jean-Baptiste prit le linge en partie humide sur son épaule et essuya la bouche du bébé tout en le maintenant précautionneusement de son autre bras.

— Il est malade ? s'inquiéta-t-il en examinant Austin.

En tout cas, il ne semblait pas avoir de fièvre.

— Nan. Je crois que les bébés font tous ça. Ils gerbent. Quand ils ont mangé.

— Génial, commenta Jean-Baptiste en essayant de s'essuyer l'épaule.

— Je vais le prendre, proposa Dave en tendant les bras d'un air émerveillé.

Jean-Baptiste lui passa l'enfant avec reconnaissance.

— Je vais essayer de nettoyer un peu mon polo, annonça-t-il.

— Dépêche-toi, lui conseilla-t-il en faisant des mimiques au bébé qui se mit à rire. On va parler de sexe, après la pause. Il ne faut pas que tu loupes les mauvaises nouvelles.

— Je meurs d'impatience, marmonna Jean-Baptiste entre les dents en se levant pour sortir.

Brittany se concentrait sur la vidéo montrant une femme en train d'accoucher. Était-il vraiment indispensable qu'elle soit nue ? Elle n'était pas prude, mais, tout de même, un peignoir ou une chemise de nuit ne serait pas de trop. Là, les images de cette femme dont les seins ballottaient alors qu'elle suait et soufflait, ahanait, s'ébrouait comme un cheval après l'effort n'avaient vraiment rien de plaisant.

C'était même plutôt angoissant. Elle n'était pas sûre du tout d'être capable d'expulser un bébé de son corps pendant que Jean-Baptiste Corbin et toute l'équipe médicale auraient les yeux rivés sur son entrejambe. Et si cela faussait pour toujours l'image que Jean-Baptiste avait d'elle ? Ils avaient déjà suffisamment de problèmes comme cela. Ce n'était pas la peine qu'il la voie dans cet état.

Les participantes étaient censées prendre des notes, mais Brittany ne voyait pas qu'écrire d'autre que « AU SECOURS ! ».

— Je crois que quelqu'un cherche à attirer ton attention, lui signala sa voisine en désignant la porte.

Brittany se tourna et vit Jean-Baptiste qui regardait par la porte vitrée, l'air consterné. Il leva la main et indiqua sa montre. Le cours venait de commencer.

Elle le quitta des yeux et soupira en entendant la porte s'ouvrir. Elle fixa résolument les yeux sur la vidéo en retenant une grimace quand, à l'écran, la future mère laissa échapper encore un grognement animal.

Jean-Baptiste s'accroupit entre sa voisine et elle.

— Pardon de vous déranger, fit-il avec un accent plus marqué qui ne faisait qu'ajouter à son charme. J'en ai pour un instant.

Brittany leva les yeux au ciel quand l'autre femme répondit :

— Bien sûr, pas de problème.

— Qu'est-ce qu'il y a ? chuchota-t-elle.

Mais Jean-Baptiste avait découvert la vidéo sur laquelle il fixait un regard horrifié.

— *Mon Dieu*...

— Ne regarde pas ça ! s'exclama-t-elle à mi-voix en lui prenant le menton pour lui faire tourner la tête vers elle.

Ce n'était surtout pas l'image qu'elle voulait qu'il retienne de la salle de travail.

— Ce film est vieux. Totalement années quatre-vingt, en plein trip déesse de la fertilité, trop bizarre.

Enfin, elle l'espérait.

— Bon, qu'est-ce que tu veux ?

Il secoua la tête et reporta son attention sur elle.

— Le bébé m'a vomi dessus. Je rentre à la maison me changer et je reviens te chercher.

— Il y a un bébé dans ta classe ?

— Oui, le fils de l'animateur. Et il...

Jean-Baptiste désigna son épaule marquée d'une tache humide de la taille d'une balle de base-ball.

— Tu n'as qu'à utiliser le sèche-mains des toilettes, lui suggéra-t-elle.

S'il partait, il ne reviendrait jamais, elle en était sûre. Or le but était qu'il soit plus à l'aise avec les bébés, pas qu'il fuie, terrifié, à la première occasion.

— Brittany, contra-t-il sur un ton exaspéré, je sens mauvais.

— Ça, ce n'est pas de la faute du bébé, chéri, repartit-elle en contenant son envie de rire.

Il lui fallut une seconde pour comprendre.

— Très drôle, lâcha-t-il sans l'ombre d'un sourire. Je suis écroulé. Ça se voit, non ?

Elle gloussa mais lui tapota le genou pour le rassurer.

— Tout le monde s'en fiche. Et, moi, je ne sens rien. Allez, retourne en classe et profite bien de la fin du cours.

— Mais…

— Vas-y ! le coupa-t-elle, perdant patience, en lui indiquant la porte. Ça ne va pas te tuer, tu sais.

Il lui jeta un regard noir, l'équivalent masculin d'une moue boudeuse.

— Très bien.

— Parfait, répondit-elle en souriant. À dans une heure.

Sur quoi il ressortit de la salle en marmonnant quelques mots en français.

— Pardon, murmura Brittany à sa voisine qui s'était retournée pour le regarder s'en aller.

— Qu'est-ce qu'il y avait ? s'enquit-elle.

— Oh, rien de grave, assura-t-elle avec un geste évasif. Mais il est français, ajouta-t-elle comme si cela expliquait tout.

— Ah. D'accord.

La femme hocha la tête d'un air entendu. Puis elle reporta son attention sur la vidéo et fit la grimace.

— Oh, beurk ! Voilà la tête du bébé qui apparaît.

C'était vrai. Brittany comprit soudain ce que ressentait Jean-Baptiste. Elle aussi avait envie de rentrer chez elle et de faire l'autruche. Pourquoi leur bébé ne pourrait-il pas éclore comme par magie, déjà grand ?

Sept

Quand Austin lui urina dessus, Jean-Baptiste jugea que la coupe était pleine.

— Il ne faut jamais découvrir un garçon, souligna Sam en souriant.

Ç'aurait été gentil de le prévenir avant, songea Jean-Baptiste en soupirant et s'essuyant le bras sur la serviette que Sam avait dépliée sur le coussin à langer.

— Eh ben, c'est pas ton jour de chance, mon pote, commenta Travis en grattant le tatouage diable qu'il portait sur l'avant-bras.

— C'est peut-être parce que je touche le bébé, répliqua Jean-Baptiste en lui tendant une couche propre. Tu veux essayer ?

— Nan, nan. Pas question. J'observe, tu vois. J'apprends en vous regardant faire.

Mouais. Il n'était pas très courageux, surtout. Austin donna un coup de talon à Jean-Baptiste qui reporta toute son attention sur lui. Il déplia la couche comme Sam le lui avait montré et, à la troisième tentative seulement, parvint à la centrer sous le derrière du bébé. Assez fier de lui, il était en train de rabattre le devant entre ses jambes quand le petit roula à gauche sur son ventre rond, à côté de la couche.

— Mais qu'est-ce que… ?

— C'est pour cela qu'il ne faut *jamais* laisser un bébé seul sur la table à langer, expliqua Sam sévèrement. Et que nous faisons cet exercice par terre. Les bébés roulent. On ne peut pas les quitter des yeux, même deux secondes.

Manifestement, oui. Jean-Baptiste reprit doucement Austin et le remit sur le dos. Se rendant compte juste à temps que sa tête allait heurter le sol, il glissa la main sous son crâne pour le déposer doucement sur le petit matelas.

— Bon réflexe, commenta Sam avec un hochement de tête approbateur.

Jean-Baptiste n'en revenait pas lui-même. Tout cela lui était complètement étranger, mais il se rendait compte qu'il suffisait de quelques conseils de base et d'un peu de bon sens. Il reprit la couche.

Austin roula de nouveau, les fesses en l'air. Les enfants humains étaient à la fois étranges et drôles, d'apparence comme de comportement, découvrait Jean-Baptiste. En reprenant le bébé qui se mit à gigoter maladroitement pour tenter de lui échapper, il ne put retenir un sourire.

— Tu vas être sage, oui ? fit-il en le reposant à sa place et en lui passant l'index sur sa joue ronde pour sentir la douceur de sa peau.

Il s'approcha trop de la bouche du petit garçon qui tourna la tête pour lui engloutir le doigt. De la salive lui coula sur la main, mais, pendant qu'il rongeait, Austin ne bougeait plus. De ses petites mains potelées, il saisit même le poignet de Jean-Baptiste et se mit à mâchonner plus énergiquement.

Jean-Baptiste en profita pour placer la couche d'une main et, en la bloquant de son coude, fixa les autocollants. Le résultat n'était pas très régulier ni très joli, mais il avait réussi à assez bien serrer la couche qui devrait tenir et rester étanche. Enfer et damnation ! c'était épuisant. Il allait falloir qu'il s'arrête boire un verre en rentrant. Cependant, c'était aussi comme s'il avait eu... une révélation. Il commençait même à comprendre l'adoration que les enfants inspiraient à leurs parents. Austin était adorable, amusant, irrésistible. Et il fallait énormément s'occuper de lui. Investir tant de temps et de sentiments dans un être rendait forcément un peu obsessionnel.

Quand il eut fini, Jean-Baptiste récupéra son doigt baveux et souleva Austin. Un curieux instinct le poussa à embrasser l'enfant sur la joue, bruyamment, avec de petits bruits de déglutition qui le firent glousser et pousser des cris de joie.

S'il ne songeait pas au film qu'il avait vu en entrant dans la classe de Brittany, ce qu'il éprouvait, c'était surtout une profonde impression de contentement. Oui, il allait y arriver. Il serait capable d'être père et vampire à la fois.

Brittany se sentait mal. Elle avait la phobie des aiguilles. Alors, quand des images d'échographie et d'examens avaient succédé à celles de l'accouchement et qu'elle avait vu une aiguille géante s'enfoncer dans le ventre d'une femme pour une amniocentèse, elle avait eu une bouffée de chaleur et des taches noires s'étaient mises à danser devant ses yeux.

Pas question. PAS QUESTION. Il faudrait l'assommer si on voulait lui faire subir cela. En attendant, elle avait la nausée, le visage en feu et les mains moites. Elle s'excusa pour aller boire un verre d'eau.

Mais, une fois dans le couloir, elle décida qu'elle aimait mieux rentrer. Elle lirait le manuel chez elle. Elle ne trouvait pas ces vidéos instructives : elle les trouvait terrifiantes.

En se glissant au fond de la classe de Jean-Baptiste, elle fut soulagée de voir qu'il ne s'agissait pas d'une espèce de cours magistral. Tous les hommes étaient par terre, penchés – sans doute sur le bébé que Jean-Baptiste avait évoqué. Il serait moins gênant de les interrompre.

En s'approchant, elle découvrit que c'était Jean-Baptiste qui changeait l'enfant. Ses sourcils froncés trahissaient sa concentration tandis que, plié en deux, il essayait de mettre les autocollants d'une seule main.

Il était adorable, avec ses cheveux qui lui retombaient sur les yeux et son polo qui sortait de son pantalon. Malgré son mal de cœur, elle se prit à sourire et sortit son téléphone de son sac. Elle allait le prendre en photo.

Quand il souleva le bébé, elle crut défaillir d'émotion. Il jouait avec lui ! Il l'embrassait sur la joue !

Elle était émerveillée. Elle avait le cœur gonflé de joie. Elle avait du mal à respirer. Elle était un petit peu amoureuse, en fait. Amoureuse ? Oui. C'était de la folie, mais, oui. Et, sinon, cela y ressemblait énormément. Amoureuse du père de son enfant.

Peut-être que cela allait marcher, entre eux, tout compte fait. Peut-être allaient-ils arriver à élever ce bébé ensemble.

Jean-Baptiste Corbin était donc le genre d'homme capable de voir le charme d'un bébé, songea-t-elle avec autant de soulagement que de reconnaissance en prenant une photo.

Quand le flash se déclencha, Jean-Baptiste se retourna et son sourire se dissipa, faisant place à un air gêné.

— Brittany.

— Vu ! lança-t-elle en riant et en appuyant de nouveau sur le bouton. Tu aimes les bébés et j'en ai la preuve, maintenant.

— Non, Brittany…

Il se leva, le bébé serré contre sa poitrine.

— Trop tard.

Amusée, elle jeta un coup d'œil à l'écran en espérant que les clichés étaient bons.

Mais ce qu'elle vit fit refluer tout le sang de son visage. Seigneur ! Elle avait oublié. Tout simplement oublié.

Sur la photo, Austin était suspendu dans l'air, souriant, riant. Mais rien ni personne ne le tenait. Jean-Baptiste n'apparaissait pas.

Elle le regarda, horrifiée. C'était un vampire.

Non. En fait, elle ne l'avait pas vraiment oublié. Mais elle s'était laissé aveugler par la normalité de ce qu'ils faisaient – préparer la venue de leur enfant.

N'empêche que c'était un vampire.

Et que, très probablement, son bébé aussi.

Elle fit son possible pour résister à la panique, mais se sentit devenir écarlate et lâcha son téléphone.

— Brittany ! appela Jean-Baptiste en se précipitant vers elle, donnant au passage le bébé à un autre homme.

La vue brouillée par les larmes, elle parvint de justesse à ne pas s'évanouir.

— Ça va, assura-t-elle. Ça va. J'ai un peu mal au cœur, c'est tout.

Sur quoi elle tourna les talons et sortit de la salle en courant.

— Je suis surpris de te voir ici, Columbia, observa Donatelli devant le Rockefeller Center en enfilant une paire de gants de cuir fauve. Il me semblait t'avoir vu avec un bracelet électronique, à Vegas.

— On m'a peut-être libéré pour bonne conduite, suggéra Rick en se penchant sur la balustrade pour observer la patinoire.

Une grosse adolescente poussa un glapissement en perdant l'équilibre et tomba sur les fesses.

— Peut-être, concéda Donatelli. À moins que tu te sois débrouillé pour que ta jolie petite copine pique la clé au gardien.

— Peut-être.

Ce n'était pas un secret. Tout le monde, à Las Vegas, devait savoir qu'il était parti avec Kelsey. Et le gardien avait dû raconter ce qui s'était passé, même s'il n'avait sans doute pas révélé aux autorités où se trouvait l'autre main de Kelsey quand elle l'avait soulagé de la clé. Rick alluma une cigarette et tira une longue bouffée.

— Elle est pleine de ressources, dis-moi. Enfin, il n'est pas bien difficile de contourner ces petits désagréments. Carrick est assez laxiste.

Donatelli releva un peu la jambe de son pantalon noir et Rick découvrit un bracelet de métal semblable au sien.

— Je suis certain que je pourrais m'affranchir de ma peine, déclara-t-il. Mais j'attends mon heure. Je n'ai pas de raison de quitter Manhattan pour le moment, et je préfère ne pas faire de vagues. C'est pourquoi je ne suis pas ravi de ta visite.

Il était toujours aussi odieux, songea Rick en lui soufflant la fumée au visage et en jetant des regards appuyés autour de lui. Il n'y avait que des touristes qui flânaient et des gens qui se dépêchaient de rentrer du travail.

— Personne ne vous surveille, je crois, déclara-t-il. Tout le monde se fiche pas mal de ce que vous faites du moment que vous gardez votre petit bracelet et que vous vous tenez tranquille. Alors détendez-vous, merde.

Il prit un gobelet en carton dans le socle de transport posé à ses pieds et but quelques gorgées à travers le couvercle. C'était du sang, Rick le sentait. La faim lui vrillait l'estomac. Dans sa hâte de trouver un hôtel et de se coucher, il avait sauté un repas hier soir. Maintenant, il le regrettait.

— Je suis parfaitement détendu.

En effet, cette ordure de Donatelli était l'image même de la satisfaction.

Il prit une nouvelle gorgée.

— Tu veux boire quelque chose, peut-être ? lui proposa-t-il. Smith est rentré plus tôt que prévu avec une copine, et il n'a pas touché à son cocktail.

Il se baissa pour prendre un autre gobelet qu'il offrit à Rick.

Ce dernier secoua vivement la tête. Il savait ce qu'était le « cocktail » destiné à Smith. Du sang – avec de l'héroïne, parce que Smith était drogué, comme Rick autrefois. Et Donatelli était bien placé pour le savoir.

— Non, merci, dit-il le cœur battant.

Dieu sait qu'il aurait bien bu quelque chose, pourtant. Désespérément. Il aurait voulu se vautrer dans le sang, s'en gorger. Le laisser déferler dans tout son corps, le cribler de picotements de plaisir, lui vider l'esprit et le plonger dans un paradis artificiel.

— Si je suis là, expliqua-t-il à la place, c'est parce que j'ai une information à vous vendre.

— À quel sujet ?

Donatelli avait gardé le gobelet à la main et faisait tourner le liquide à l'intérieur.

La sueur se mit à perler sur le front de Rick. Il avait eu tort de venir. La cupidité l'avait poussé à prendre un trop gros risque. Maintenant, il craignait de replonger. Il n'avait pas prévu que la tentation serait aussi grande, qu'il serait aussi difficile de regarder Donatelli dans les yeux sans se rappeler le passé, l'époque où Rick consommait la drogue que son patron d'alors lui fournissait. Il serra les poings au fond des poches de sa veste et articula :

— Au sujet de la reproduction des vampires.

Donatelli parut légèrement surpris.

— Tu m'intéresses. Mais ce n'est pas ton domaine de compétence.

— Sauf que c'est Corbin qui s'est occupé de ma désintoxication.

— Ah ! Là, tu excites ma curiosité. Je mords à l'hameçon. Combien ?

— Cent mille.

Donatelli s'esclaffa et se tourna vers la patinoire.

— C'est ridicule. Et que fait cette femme en pantalon violet ? C'est un crime contre la mode.

Rick s'était attendu à cette réaction.

— Et si je vous disais que Corbin allait être père ? insista-t-il.

— Je répondrais félicitations. D'autant qu'il n'est pas connu pour être très sociable.

— Et si je vous disais que la mère est à moitié vampire ?

Là, il obtint enfin ce qu'il espérait. Donatelli lui jeta un bref regard surpris.

— Je dirais que c'est très intéressant, mais que ça ne vaut pas plus de cinq mille dollars.

— Vingt de plus et je vous dis qui c'est.

— Je n'ai pas besoin de toi pour ça. Il suffira que je fasse surveiller Corbin pour voir à qui il rend visite.

— Sauf que, d'après mes sources, il ne voit personne. Personne n'est au courant pour l'enfant. Ni pour la mère. Personne, à part lui. Elle. Et moi.

Rick avala sa salive avec difficulté. Il sentait le sang, épais, chaud, avec ce mélange un peu piquant d'alcool et de drogue. Ses mains se mirent à trembler.

— Pour quand est l'heureux événement ?

Rick haussa les épaules.

— J'en ai assez dit, déclara-t-il.

Il cala son pied au bas de la balustrade pour se soutenir. Les vampires n'étaient pas censés sentir le froid, n'empêche que Rick avait la sensation que de l'eau glacée coulait dans ses veines. Il voulait ce sang.

— Je suis encore en ville ce soir, annonça-t-il. Je pars demain. Appelez-moi sur mon portable si vous voulez en parler davantage.

Comme Donatelli ne prenait pas la carte qu'il lui tendait, il la glissa dans la poche de son élégant manteau italien.

— Tu as bien conscience d'avoir dévoilé ton jeu, n'est-ce pas ?

— Rien que la première carte, répliqua Rick en se reculant. Il m'en reste quatre.

Sans compter qu'il avait délesté Donatelli de son portefeuille. Ce soir, c'était lui qui paierait leur note d'hôtel, à Kelsey et à lui. C'était le moment de s'installer au Ritz.

— Toujours aussi sûr de toi. Toujours aussi tête brûlée, lâcha Donatelli en souriant. Reste tueur à gages, va. Ça te va mieux que la politique vampire.

Rick se contenta de lui rendre son sourire.

— À un de ces jours, Donatelli.

Il lui fit un petit signe et s'éloigna en direction de la Quarante-deuxième rue pour ne plus être soumis à la tentation du sang contenu dans le gobelet en carton.

Kelsey attendit que Rick soit parti et ait levé le bras pour appeler un taxi. Elle avait surveillé la rencontre du magasin de vêtements juste en face, cachée parmi les femmes qui faisaient des courses, derrière une table de cols roulés.

Donatelli observait toujours la patinoire. Pour ne pas courir le risque de le voir disparaître, elle se pressa tout de même. La sentant arriver derrière lui, il se retourna. Un sourire éclaira son visage.

— Ah, mademoiselle Kelsey. Quel plaisir de vous revoir. J'aurais dû me douter que vous traîneriez dans les parages. Quand on voit Rick, Kelsey n'est pas loin.

Sa peur et son dégoût menaçaient de prendre le dessus, mais elle ne s'arrêta qu'à moins d'un mètre de lui et prit son courage à deux mains. Cet homme avait peut-être ordonné qu'on la vide de son sang et l'avait laissée pour morte à peine quelques mois plus tôt, mais il ne pouvait pas lui faire de mal, ici, avec ces centaines de gens autour d'eux.

— Fichez la paix à mon mari, jeta-t-elle.

Il haussa un sourcil surpris.

— Ton mari ? En voilà une surprise ! Félicitations, ma chère. Te voilà donc liée pour l'éternité à un tueur toxicomane. Faut-il que je t'envoie une soupière en argent ? Ou des draps, peut-être. Quoi qu'il en soit, je te souhaite de mieux réussir ton mariage que moi.

Kelsey glissa les deux mains dans la poche manchon de son sweat-shirt à capuche.

— Je ne plaisante pas, le prévint-elle. Fichez la paix à Rick.

— Tu oublies que c'est *lui* qui a pris contact avec *moi*. Je m'occupais tranquillement de mes affaires, je faisais quelques courses avant Noël, un peu de tourisme, quand il m'a appelé.

Son arrogance, la façon dont il parlait et dont il faisait tourner le doigt sur le bord de son gobelet en carton faisaient horreur à Kelsey. Elle se tendit. Elle savait parfaitement ce qu'il y avait dans son gobelet, ainsi que dans l'un de ceux qui étaient posés par terre. Elle savait que c'était cet homme qui était responsable de la dépendance de Rick.

— Vous ne le croyez pas vraiment, hein ? Il essaie de vous arnaquer parce qu'on n'a plus un rond et qu'on est en cavale.

Rick se croyait capable de lui cacher ses pensées, mais elle parvenait encore à en capter des bribes çà et là, ce qui lui avait permis de comprendre qu'il était venu vendre des informations à Donatelli. Elle savait aussi qu'il l'aimait, même s'il ignorait que c'était de l'amour qu'il ressentait. Et elle l'aimait en retour. Hélas, son sens du bien et du mal était quelque peu faussé et il avait fait de mauvais choix. Beaucoup de mauvais choix. Celui-ci, au moins, elle pouvait y remédier.

Donatelli but une gorgée de son verre.

— Tu sais, je trouve ta stratégie tout à fait fascinante. Tu es prête à risquer sa colère pour le protéger de moi. Je suis flattée que tu aies peur à ce point de ce que je pourrais lui faire. Mais je ne crois pas qu'il invente cette histoire. Il n'aurait pas été capable de la fabriquer de toutes pièces et encore moins de comprendre son importance. Désolé, Kelsey, tu ne me feras pas lâcher l'affaire. J'ai bien l'intention de négocier avec ton mari.

Les gens la prenaient souvent pour une idiote, une jolie brune un peu nunuche. Parfois, c'était vrai. Elle était bizarre, surtout, elle en avait conscience. Et cela conduisait toujours les gens à la sous-estimer.

— J'ai soif, fit-elle d'une petite voix plaintive.

Elle se pencha et prit un gobelet sur le socle en carton aux pieds de Donatelli.

— Je t'en prie, répondit-il flegmatiquement. Mais je te préviens qu'il y a un petit quelque chose en plus dans l'un de ces trois verres. Mais je ne me souviens pas lequel.

Kelsey, qui s'était droguée elle aussi dans les années soixante, n'avait pas l'intention de recommencer. Elle ne voulait non plus voir replonger Rick. Elle serait éternellement reconnaissante à M. Carrick de l'avoir aidée à s'en sortir quand elle avait touché le fond, et elle ne voulait que son mari recule sur la voie de la guérison. Quoi qu'il en soit, elle n'avait pas l'intention de boire une goutte des gobelets de Donatelli. Elle se releva en haussant les épaules.

— Je vais les renifler, annonça-t-elle en soulevant le couvercle qu'elle porta délicatement à son nez. Vous savez que, dans les situations désespérées, Rick est capable de tout.

— Comme tout le monde, non ? répliqua Donatelli en plissant les yeux.

Manifestement, il cherchait à deviner à quel jeu elle jouait.

— Non, pas tout le monde. Tenez, Gwenna, par exemple… Elle n'est pas capable de faire quoi que ce soit de mal, si ?

Cela lui valut la réaction qu'elle espérait.

— Qu'est-ce que Gwenna a à voir avec tout ça ?

— Aucune idée, avoua Kelsey en clignant des yeux. Mais elle est revenue à Vegas.

Donatelli ouvrit la bouche et la referma avec un haussement d'épaules appuyé.

— Qu'est-ce que ça peut me faire que mon ex-femme rende visite à son frère ?

— Je n'en sais rien. Mais je trouve ça drôle qu'elle passe autant de temps avec le Français que personne n'aime. Celui qui a soigné Rick. Elle a l'air si calme… Enfin, ils vont bien ensemble, en fait.

Kelsey mentait comme une arracheuse de dents. Gwenna ne connaissait sans doute même pas Corbin. Tout ce qu'elle voulait faire, c'était faire revenir Donatelli à Las Vegas afin que Rick y rentre aussi. Au moins, là-bas, les autres vampires pourraient intervenir. Et elle pourrait empêcher son mari de retomber dans la drogue.

— Un couple ? Enfin, c'est absurde.

Sauf qu'il n'en paraissait pas si convaincu que cela. Et qu'il avait l'air furieux.

— Un couple à proprement parler, peut-être pas, concéda-t-elle d'un air détaché. Peut-être qu'ils couchent seulement ensemble.

Les yeux de Donatelli lancèrent des éclairs de haine. Le gobelet s'écrasa dans son poing serré et le sang gicla sur son beau manteau brun clair. Kelsey bondit en arrière quand une éclaboussure fut projetée sur son bras.

— Merde ! maugréa-t-il en laissant tomber le gobelet écrasé tandis que, à leur gauche, une femme se mettait à hurler.

Kelsey se retourna et la vit pointer le doigt vers eux, vers la poitrine tachée de sang de Donatelli, en poussant des cris de terreur. Un mouvement se fit. Les gens venaient vers eux. D'instinct, Kelsey recula. Elle allait s'enfuir en courant quand elle heurta Donatelli. Avant qu'elle ait pu se rendre compte de ce qui se passait, il avait refermé les bras autour d'elle.

Puis elle sentit qu'il la soulevait et elle bascula et tomba sur la patinoire. Elle entendit encore des cris et perçut une certaine précipitation quand les patineurs s'écartèrent.

Elle s'écrasa sur l'épaule et sur le dos dans un grand craquement. La douleur fut si forte qu'elle en eut la nausée. Elle regarda en l'air, vers la balustrade.

Donatelli avait disparu.

Et elle espérait bien qu'il allait retourner à Vegas.

Dans ce cas, cela vaudrait la peine de s'être brisé la moitié des os du corps.

Huit

Jean-Baptiste s'excusa rapidement auprès de Sam et des autres élèves, ramassa le portable de Brittany par terre et lui courut après. Il effaça la photo qu'elle avait prise après avoir examiné un instant l'image troublante du bébé suspendu dans l'air sans rien ni personne pour le tenir. L'absence d'image des vampires était une chose que, même après toutes ses recherches, il n'était jamais vraiment parvenu à expliquer.

Assise sur un banc, dans le couloir, Brittany s'essuyait les yeux.

— Hé, fit-il.

— Coucou, répondit-elle.

— Je suis désolé, assura-t-il en tournant et en retournant le téléphone dans ses mains.

Elle soupira.

— Tu n'y es pour rien. Je ne m'attendais pas à cela, c'est tout. Et puis j'ai mal au cœur. C'est pour cela que je suis sortie de mon cours, d'ailleurs.

— Tu veux que je te ramène chez toi, alors ?

Il lui posa la main sur le genou. Il ne savait pas comment se conduire dans cette situation. Il ne comprenait pas très bien ce qu'il ressentait pour Brittany et il ignorait quoi faire pour mener à bien leur relation. Qu'attendait-elle de lui ? Jusqu'où avait-il le droit d'aller ?

— À vrai dire, je crois que je vais appeler ma sœur pour lui demander de venir me chercher. Je préfère que tu assistes à la fin de ton cours.

Elle regardait par la fenêtre en face d'elle qui donnait sur le parking plongé dans l'obscurité. Il y avait dans sa voix une distance qui ne lui dit rien qui vaille.

— Je m'efforce d'être normal, fit-il valoir, frustré.

— Je le sais.

Elle se tourna vers lui et lui fit un pâle sourire avant d'ajouter :

— Et moi je fais semblant de croire que je vais pouvoir être une maman foot. Il ne m'a jamais semblé que j'essayais d'aller à l'encontre de mon enfance, mais je crois que tout ce que je souhaite, depuis que je suis adulte, c'est être normale. La preuve : je suis devenue dentiste. Quoi de plus classique ? Cependant, on a beau faire, on ne peut pas changer ce que l'on est profondément, Jean-Baptiste. Tu es un vampire, et moi, au fond de mon cœur, je reste la fille insouciante et pas très sage d'une strip-teaseuse. On ne peut rien y changer et, à la vérité, je n'en ai pas envie. Mais je ne sais pas si le rôle de parents nous va très bien.

Jean-Baptiste exerça une pression tendre sur son genou, le cœur transpercé par ses paroles. Il la décevait, parce qu'il n'était pas l'homme qu'elle avait pensé rencontrer et épouser. Il ne pouvait pas lui offrir l'existence bourgeoise inoffensive à laquelle

elle aspirait. Quoi qu'elle éprouve pour lui, il représenterait toujours la perte de son père. Cela le désolait et le rendait très triste.

Toutefois, il n'était pas d'accord avec elle.

— Ce n'est pas l'endroit où l'on habite ou ce que l'on peut offrir à son enfant qui détermine si l'on est ou non un bon parent. Un bon parent, c'est celui qui aime son enfant et lui enseigne valeurs et limites dans un environnement épanouissant.

Depuis deux mois qu'il regardait religieusement *Super Nanny*, il avait forcément appris quelques trucs. Ou, plutôt, il savait désormais formuler des choses qu'il avait toujours senties d'instinct.

Il se tourna vers elle et lui posa un doigt sur le menton pour qu'elle le regarde.

— Cela, *ma chérie*, nous l'avons, souligna-t-il. Si nous devions être de mauvais parents, nous ne nous inquiéterions pas tant. Si nous nous faisons du souci, c'est parce que nous aimons déjà cet enfant. Et, au bout du compte, c'est l'essentiel. Avoir deux parents qui feraient n'importe quoi pour lui ou pour elle.

De grosses larmes coulaient sur les joues de Brittany.

— Tu es vraiment quelqu'un de bien, Jean-Baptiste Corbin, murmura-t-elle.

Il l'embrassa sur le front.

— Laisse-moi te raccompagner chez toi.

— Non. Il faut que tu restes. Tu apprends beaucoup de choses.

— C'est vrai.

Il sourit avec un mélange de bonheur et de tristesse quand elle posa la tête sur son épaule.

C'était bon de la sentir s'appuyer sur lui. Ils étaient bien, tous les deux, silencieux mais ensemble.

Un quart d'heure plus tard, quand Alexia fut venue chercher Brittany, Jean-Baptiste retourna dans sa classe. Il le fallait. Il devait montrer à Brittany qu'ils pouvaient être des parents *normaux*, même s'il n'était pas facile de définir ce que c'était que la norme.

— Allez, messieurs, disait Sam quand il rentra. À terre.

Les élèves se regardèrent d'un air indécis.

— Je ne plaisante pas. À plat ventre. Rampez. Il faut que vous voyiez le monde du point de vue d'un bébé. Ensuite, nous parlerons sécurité.

Déterminé à faire tout ce qu'il fallait, Jean-Baptiste s'allongea à côté de Travis sur le sol dur et froid.

— C'est glacial ! se plaignit son voisin.

— Première bonne remarque. Ayez toujours une couverture pour y allonger le bébé. Le sol peut être froid, dur ou couvert de dangereux microbes.

Jean-Baptiste regarda les autres, qui se traînaient dans la salle en se conformant de leur mieux à l'exercice. Cependant, ils avaient l'air assez mal à l'aise, à l'exception de Dave qui rampait partout avec enthousiasme. Travis s'était retourné sur le dos.

— Ce n'est pas l'heure de mon biberon et de mon bain, plutôt ? demanda-t-il à Jean-Baptiste.

Ils éclatèrent de rire.

Si c'était ce que Brittany trouvait « normal », il n'était pas mécontent de ne pas être tout à fait conforme.

— Pourquoi ne pouvait-il pas te raccompagner ? demanda Alexia en sortant du parking de l'hôpital à quatre-vingt-dix kilomètres-heure.

Brittany avait l'impression que, parfois, elle oubliait combien elle était forte quand elle venait de boire du sang. Si elle appuyait un tout petit peu plus, elle ferait passer la pédale d'accélérateur à travers le plancher de la voiture.

— Tu peux lever le pied, un peu ? Tu vas me tuer. En plus, je te rappelle que, si j'ai voulu m'en aller, c'est parce que j'avais mal au cœur.

— Pardon, fit-elle en ralentissant. Mais quel connard, quand même. Je te jure, Brittany, qu'il aille se faire voir ! Il n'a pas à te traiter comme ça.

Brittany se massa le ventre en s'efforçant d'oublier l'odeur métallique qui émanait de sa sœur. Comme si elle venait de boire du sang. Depuis sa grossesse, son odorat s'était considérablement développé, et, franchement, c'était un peu écœurant. Très écœurant, même. Mais Alexia était toujours sa sœur chérie, alors il allait falloir qu'elle s'y habitue. Elle était entourée de buveurs de sang. Que Jean-Baptiste et elle arrivent ou non à construire un couple, il n'en resterait pas moins le père de son enfant.

— Calme-toi, Alex. Jean-Baptiste n'est pas un connard. Il voulait me raccompagner; c'est moi qui lui ai demandé de rester. Ce cours lui est très utile, puisqu'il s'y connaît autant en bébés que moi en alpagas – c'est-à-dire pas du tout. L'animateur avait amené son fils et Jean-Baptiste jouait avec lui. Il aime les enfants, Alex. C'est juste qu'il n'a aucune expérience et qu'il manque de confiance en lui. Donc ce cours lui fait le plus grand bien et je préfère qu'il le suive jusqu'au bout.

Les yeux rivés sur la route, les mains crispées sur le volant de son gros SUV noir, Alexia faisait la grimace.

— Si je pouvais changer une seule chose dans la vie, maugréa-t-elle, je ferais en sorte que tu sois enceinte d'un homme normal. Là, ça complique tout.

Cette remarque blessa Brittany. Elle avait beau savoir qu'Alexia ne la jugeait pas, qu'elle lui souhaitait seulement une vie plus simple, pour son bien, cela lui faisait mal. Un peu comme une coupure de papier. C'était superficiel, accidentel mais extrêmement douloureux.

— Je n'ai pas fait exprès de compliquer la vie de tout le monde, se défendit-elle. Je me doute qu'Ethan, Jean-Baptiste et toi aimeriez tous que nous puissions remonter de le temps et faire en sorte que nous n'ayons pas eu de rapports non protégés – mais ce n'est pas possible. Alors il va falloir te faire à l'idée. On est dans la réalité. J'essaie d'y faire face et j'apprécierais que tu m'aides au lieu de te plaindre.

Voilà.

Alexia pila au milieu de la contre-allée qui menait à l'appartement de Brittany.

— Oh, Brit, je suis désolée. Vraiment désolée.

Elle secoua énergiquement la tête pour écarter ses cheveux blonds de son visage.

— Ce n'est pas ce que je voulais dire, assura-t-elle. Tout ce que je veux, c'est te faciliter les choses, ma chérie.

— Je sais, mais il n'y a pas moyen. C'est comme ça.

Brittany tapota le genou de sa sœur qui avait l'air malade d'inquiétude.

— Je te promets que ça ne va pas si mal que ça, entre Jean-Baptiste et moi. Je sais que tu ne l'aimes pas, mais nous nous entendons bien. Il est très gentil avec moi.

— Ce n'est pas que je ne l'aime pas, mais je n'approuve pas ses recherches. Ça me fait peur. Et puis il a tué une femme.

— Les faits ont été considérablement exagérés, protesta Brittany.

Elle nota non sans intérêt que les doutes qu'émettait sa sœur faisaient disparaître ceux qu'elle avait pu avoir.

— De toute façon, ajouta-t-elle, il m'a dit que, quand le bébé serait né et que nous serions mariés, il arrêterait.

— Mariés ? répéta Alexia sur le visage de qui la terreur le disputait à l'horreur la plus extrême. C'est... c'est...

— C'est une possibilité, pas une certitude. Nous verrons comment ça se passe.

Brittany se sentait remarquablement lucide. Cette conversation lui avait fait du bien. Elle lui avait montré la futilité de ses inquiétudes. Tout ce qu'il fallait, c'était qu'elle vive sa vie. Se prendre en charge et arrêter d'attendre que les autres agissent pour réagir.

— Je crois qu'il y a une voiture derrière nous, observa-t-elle. Tu devrais te remettre à rouler.

Alexia émit un son incohérent mais redémarra.

— Est-ce que Gwenna a un e-mail ? s'enquit Brittany. J'aimerais bien lui poser quelques questions. De mère à mère.

Alexia se gara sur une place réservée aux visiteurs et secoua la tête.

— J'en doute, avoua-t-elle. D'après Ethan, elle vit dans un vieux château moisi de York. Pas d'électricité. Pas de réseau de portable. C'est la préhistoire. Ethan lui envoie des trucs par la poste ou, si c'est urgent, par transporteur. Cela dit... ne le répète pas à Ethan, surtout, mais je crois qu'il manque quelque cases à Gwenna. Ce n'est pas franchement la personne à qui demander conseil.

Brittany ne tiendrait pas compte de ce commentaire. Alexia était tellement logique, elle avait tellement les pieds sur terre que les gens un petit peu décalés lui paraissaient toujours bizarres, voire fous. Elle voyait la vie en noir et blanc. Brittany, en revanche, estimait que tout le monde avait ses petites étrangetés et qu'être un peu bizarre ne signifiait pas ne pas être intelligent. Elle avait envie d'échanger avec une femme qui avait donné naissance à un enfant au patrimoine génétique unique. Elle sentait que cela la réconforterait.

— Ça m'est égal. Je voudrais lui parler. Ethan a-t-il un moyen de la joindre ? Tu crois qu'elle préférerait que je lui rende visite ?

— Mon Dieu ! ne fais pas ça. Reste tranquille, je vais demander à Ethan de lui parler. Et promets-moi de ne pas t'envoler au bout du monde, insista-t-elle avec un regard sévère. Je ne plaisante pas.

Brittany glissa la main sous sa cuisse pour croiser les doigts. Elle ne voulait pas faire de promesse qu'elle ne pourrait pas tenir. Certes, elle n'avait pas l'intention de sauter dans un avion pour l'Europe tout de suite. Cependant, elle voulait se réserver la possibilité de le faire au besoin.

— O.K., fit-elle, délibérément vague.

— O.K., quoi ?

Zut. Alexia la connaissait trop bien.

— O.K., je n'irai pas tout de suite en Europe. Pas sans t'en parler avant.

Alexia soupira et verrouilla les portières de la voiture pour qu'elle ne puisse pas sortir.

— Tu me tues, fit-elle dans un soupir.

— Je te rappelle que tu es immortelle, repartit Brittany avec un sourire narquois.

— Sale gamine.

Brittany éclata de rire. Il était bon de savoir que certaines choses ne changeraient jamais.

— Eh, tu veux boire une bière ? proposa Travis à Jean-Baptiste quand ils sortirent enfin du cours, submergés d'informations et avec une toute nouvelle perception des mots « grosse responsabilité ».

Jean-Baptiste s'était savonné le bras au lavabo des toilettes et s'était assuré que le vomi d'Austin n'avait pas laissé de trace sur son polo. Bon, il était présentable et il fallait sans doute son odorat de vampire pour détecter l'odeur aigre.

— Volontiers, accepta-t-il donc.

— Dave, Jason, vous êtes partants ? demanda Travis aux deux autres.

— Moi, oui, répondit le second en passant la main dans ses cheveux courts pour se masser le crâne. Il me faut bien un verre après tout ça. La vache. Être parent, c'est comme travailler dans la police : des règles, des règlements, des paperasses.

— Moi, il faut que je rentre, fit Dave à regret. Ma femme n'aime pas rester seule.

Tandis qu'il leur faisait un petit signe en s'éloignant au trot dans le couloir, Travis secoua la tête.

— Ce type se laisse mener à la baguette.

— Mais tellement, convint Jason. Moi, je me dis qu'on fait aussi bien de sortir pendant qu'on peut, non ? On ne pourra plus boire un coup avec les copains une fois que le bébé sera là. Pas avant un bout de temps, en tout cas.

— Comme tu dis, renchérit Travis en frappant la poitrine de Jean-Baptiste du dos de la main. Allez, les gars, passez un coup de fil à vos baronnes et j'appellerai la mienne. Il faut quand même qu'on les tienne au courant.

— Oh, je n'ai pas besoin de prévenir Brittany, fit Jean-Baptiste en secouant la tête quand Travis lui proposa son téléphone. Mais allez-y, tous les deux.

Ils le regardèrent, bouche bée. Travis avait l'air horrifié et Jason sceptique.

— Tu vas te faire tuer, mon pote, commenta-t-il.

— Elle est chez sa sœur, expliqua Jean-Baptiste un peu gêné que Brittany et lui ne soient pas mariés. Elle ne se sentait pas bien alors elle est venue la chercher.

— D'accord, mais elle ne va pas y rester dormir. Et si elle rentre et que tu n'es pas là, elle ne sera pas contente.

Jean-Baptiste émit un son évasif avant de dire :

— Vas-y, appelle ta femme.

Travis haussa un sourcil.

— Eh, vous ne vous êtes pas disputés, au moins ? Si elle est de mauvais poil, faut que tu t'y fasses. Les hormones et tout le merdier, faut que tu apprennes à faire avec, si tu vois ce que je veux dire. Mon père disait toujours qu'il ne fallait pas se coucher en ayant envie d'étrangler sa bonne femme, et c'est un bon conseil.

Jean-Baptiste faillit éclater de rire. Cela lui rappelait une conversation qu'il avait eue avec son père à lui au sujet du mariage. « Mieux vaut se détester et faire des étincelles au lit que bien s'entendre et s'y ennuyer. » Sur le moment, Jean-Baptiste n'avait pas bien compris – et il n'en était toujours pas certain près de deux cents ans plus tard. Mais, apparemment, son père n'était pas le seul à donner des conseils douteux.

— Nous ne nous sommes pas disputés, assura-t-il. La vérité, c'est que nous ne vivons pas ensemble. Donc elle ne s'attend pas à me voir ce soir.

— Vous ne vivez pas ensemble ? s'écria Travis d'une voix tonitruante qui résonna dans le couloir. Vous êtes mariés, mais vous ne vivez pas ensemble ? Comment tu as fait pour obtenir un arrangement comme ça ?

Jean-Baptiste porta son poids sur son autre pied et glissa la main dans sa poche.

— Nous ne sommes pas mariés. Je n'ai jamais dit que nous étions mariés.

— Ah. Merde. O.K. Pardon. Bon, on va la boire, cette bière ?

Apparemment, pour boire une bière à Las Vegas, il fallait se rendre dans un bar sombre avec des sièges brillants et des femmes qui dansaient autour de barres métalliques sur une scène éclairée en rose.

Jean-Baptiste considéra la brune d'un œil critique. Elle avait l'air de s'ennuyer et de prendre tout le monde de haut. Chacun de ses gestes, de ses mouvements semblait fait uniquement pour l'argent. Elle n'y mettait rien d'elle-même, aucune émotion. Jean-Baptiste s'ennuyait autant qu'elle. Il n'y avait rien de séduisant ni d'attirant chez une femme qui se contentait de tourner nue autour d'une barre. Où était la sensualité ? Quid de la montée du désir, de la découverte progressive du corps de la femme, de l'excitation ? Cette femme avait beau être nue, elle dégageait à peu près autant de sensualité qu'une bûche.

Jason avait les yeux rivés sur la blonde dont les seins étaient bien trop ronds pour être naturels.

— Ma femme avait un corps comme le sien. Les cuisses fermes, le ventre plat, des tétons hauts fermes, décrivit-il en portant les mains à ses pectoraux. Elle était tout le temps en string. Maintenant, elle met des culottes de grand-mère.

— C'est dur, c'est vrai, concéda Travis. Mais ne t'en fais pas, elle va retrouver la ligne.

— On s'est rencontré chez Hooters. Elle était serveuse et moi cuisinier. Elle avait une façon de se pencher en avant en me souriant pour me transmettre les commandes de burgers… Ça a suffi. Je suis fou d'elle.

— Oh, c'est beau, ça mon pote, commenta Travis.

Jean-Baptiste but une petite gorgée de sa bière et fronça les sourcils. Il aimait bien les strings de Brittany. Elle avait un faible pour les couleurs vives qui tranchaient joliment sur sa peau claire. Il regretterait bien de les voir disparaître.

— Qu'est-ce que c'est, des culottes de grand-mère ? voulut-il savoir.

— Tu le découvriras bien assez tôt, assura Jason en vidant sa bouteille.

— Ce sont des slips qui couvrent tout. Tu sais, genre de là à là, précisa Travis en balayant du bras une zone qui allait de ses cuisses à ses côtes. En coton blanc, en général, ou bleu ciel ou rose. Des horreurs.

Jean-Baptiste fit la grimace.

— Mm. Enfin, j'imagine que c'est plus confortable pour les femmes…

— Mouais. Enfin quand même. Bon alors, comment ça se fait que vous ne viviez pas ensemble ? enchaîna Travis en lui donnant un petit coup de coude. Vous avez rompu ?

— Nous n'avons jamais vécu ensemble. En fait, nous ne sommes qu'à moitié ensemble. C'est… c'est compliqué.

— Tu peux nous dire, tu sais.

Leur air sympathique décida Jean-Baptiste à leur dévoiler la situation. En laissant de côté le problème du vampirisme, bien sûr. Et quelques autres détails.

— Nous ne nous connaissons que depuis quatre mois à peine, expliqua-t-il. Nous nous étions vus quelquefois, nous étions sortis...

Ils s'étaient vus trois fois en tout et n'étaient jamais sortis, sauf si l'on comptait le soir où il l'avait entraînée sur le toit du casino. Et, encore, tout dépendait du sens que l'on donnait au mot « sortir ». Bref, ils avaient dû passer en tout et pour tout quarante minutes ensemble avant qu'il la mette enceinte.

— Entre nous, l'attirance a été immédiate. Vous voyez ce que je veux dire ? Le coup de foudre.

Cela, c'était la vérité.

Les deux autres hochèrent la tête.

— Oui.

— Très bien : c'est ce que je ressentais quand Sue se penchait pour prendre les frites. J'avais l'impression que mon pantalon allait prendre feu.

— *Exactement*, confirma Jean-Baptiste en français. Oui, c'est exactement ça. Et nous éprouvions la même chose tous les deux. Alors nous sommes passés à l'action.

— Et..., le pressa Travis.

— Et, après, je ne lui ai pas reparlé pendant huit semaines.

Dit tout haut, cela faisait très grossier.

— Franchement...

— Merde.

Précisément.

— Et elle est venue me voir pour m'annoncer qu'elle était enceinte de moi. J'ai été pris un peu par surprise, c'est le moins que l'on puisse dire.

— J'imagine, fit Travis en secouant la tête. Alors, du coup, vous essayez de vous entendre pour le petit ? Bravo. C'est toujours mieux pour les enfants quand les parents s'entendent bien même s'ils ne sont pas ensemble.

— Hm... le problème, c'est que j'ai compliqué les choses. Après qu'elle m'a annoncé la nouvelle, je... enfin, nous avons recouché ensemble. Alors je me suis dit... Mais, maintenant, elle n'a plus l'air d'avoir envie de... de rien. Du coup, je ne sais pas si nous sommes ensemble ou séparés ni ce qu'elle attend de moi.

Leur mine horrifiée et compatissante était presque comique. Rien que d'avoir formulé ses craintes tout haut, il se sentait déjà mieux. Peut-être ces hommes, qui avaient certainement plus d'expérience que lui des femmes modernes, auraient-ils des conseils à lui donner.

— Tu es mal barré, commenta Jason.

— Que feriez-vous, à ma place ? demanda Jean-Baptiste en fronçant les sourcils.

— Je pleurerais, repartit Travis en souriant.

— Je partirais en courant, conseilla Jason.

Et ils éclatèrent de rire tous les deux.

— Je voudrais que ça marche, précisa Jean-Baptiste, qui ne partageait pas leur hilarité, après avoir bu une gorgée de bière. La situation actuelle est assez difficile.

— Eh bien, parle-lui, suggéra Jason. Mais, avant, il faut que tu saches si tu veux être avec elle ou non. Si tu le veux, dis-le-lui et, sinon, propose-lui de rester bons amis et de faire pour le mieux pour le petit. En tout cas, tu as intérêt à être honnête et à ne pas jouer avec elle.

Lui, il voulait être avec elle. Mais Brittany avait reculé. Loin. Et, manifestement, le fait que Jean-Baptiste soit un vampire lui posait toujours des problèmes.

— Moi, je veux être avec elle, déclara-t-il. Mais je ne suis pas certain que ce soit ce qu'elle souhaite.

— Pose-lui donc la question, dit Jason en se retournant vers la danseuse sur scène.

Jean-Baptiste regarda Travis.

— Et toi, qu'est-ce que tu en penses ?

— Ne me demande pas mon avis : je ne connais rien aux femmes. La mienne, elle est gentille, et on va avoir un bébé et tout, mais quelquefois je me dis qu'on aurait dû être simplement amis. Il manque quelque chose. J'essaie de ne pas y faire attention, mais c'est vrai, vieux. Souvent, j'ai l'impression que ça ne colle pas tout à fait. Je ne sais pas. C'est plutôt comme si c'était ma mère, tu vois, conclut-il en vidant sa bière. C'est bizarre.

Certes, c'était bizarre. Bien trop pour que Jean-Baptiste puisse faire un commentaire.

— Ce n'est pas parce que votre relation a changé à cause du bébé ? avança-t-il tout de même. Sa vie tourne autour d'autre chose que toi, maintenant.

Travis haussa les épaules et lui donna une tape dans le dos.

— On fait une belle bande de nuls, hein ? On a des nanas super et on merde sur toute la ligne.

— C'est vrai, reconnut Jean-Baptiste en se redressant. On devrait peut-être aller les voir et leur montrer combien on tient à elles.

— Bonne idée, répondit Jason en faisant un petit signe de main à la strip-teaseuse qui semblait prête à s'endormir. Ma femme n'a rien à envier à ces filles. Elle est magnifique.

— Tu as peut-être bien raison, renchérit Travis en sortant un billet de sa poche et en le posant sur la table. Ça ne me tuerait pas de me demander ce qu'elle ressent, pour changer un peu. Tiens, je vais peut-être bien m'arrêter lui acheter des fleurs, en rentrant.

— Ouais, fit Jason en hochant la tête avant de terminer sa bière lui aussi.

Jean-Baptiste allait faire l'impasse sur les fleurs. Brittany n'avait pas eu l'air d'apprécier particulièrement ses précédents envois. En revanche, il allait aller la voir et lui dire ce qu'il ressentait.

— Et moi, annonça-t-il, je vais parler à Brittany.

Il se levait quand il sentit la présence d'un autre vampire. Il se retourna et balaya la salle du regard. Quelle ne fut pas sa surprise, quand il découvrit Gregor Chechikov qui s'approchait du bar, une cigarette à la main.

— Excusez-moi, dit-il aux deux autres. Je vois quelqu'un que je connais.

— Bon, alors à plus, fit Travis en lui donnant une bourrade amicale sur le bras avant de lui tendre sa carte de visite.

Jason lui serra la main.

— Il faudrait qu'on recommence, un de ces jours.

Cette suggestion fit plaisir à Jean-Baptiste. Il n'avait plus d'amis. Il ne serait pas mécontent d'avoir des hommes à qui parler, de temps à autre. Carrick et le reste du gouvernement actuel le toléraient, mais la plupart des vampires se méfiaient de lui. Il menait donc une existence plutôt solitaire. Quand ils eurent tous échangé leurs numéros de téléphone et se furent promis de se revoir dans quelques semaines, Travis et Jason partirent et Jean-Baptiste alla rejoindre Gregor.

Il était encore à quelques pas quand ce dernier se retourna.

— Corbin, dit-il en français. Toi ici ? Tiens tiens…

— Je te retourne le compliment, Chechikov. Je te croyais à Saint-Pétersbourg.

Mû par la curiosité, il se glissa à côté de lui et s'appuya au bar. À sa connaissance, cela faisait des siècles que Gregor n'avait pas quitté la Russie. C'était une espèce d'ours, aussi impressionnant de stature que de tempérament. Associé politiquement à Vladimir de Kiev, au XXe siècle, il avait fait des affaires avec l'Empire ottoman. Alors qu'il était extrêmement puissant au sein de la Nation et riche comme Crésus, il s'était soudain retiré de la scène politique, bien avant que Jean-Baptiste n'entre dans le monde des morts-vivants. Aujourd'hui, il restait à Saint-Pétersbourg et ne faisait pas parler de lui, si ce n'est par l'argent qu'il distribuait à diverses causes et factions qu'il soutenait – y compris les travaux de Jean-Baptiste.

— J'ai décidé de m'aventurer hors de chez moi pour l'élection, expliqua-t-il avec un mince sourire.

— Pour la primaire ?

Jean-Baptiste trouvait cela pour le moins étrange. Et illogique, ce qui ne lui plaisait pas. D'autant qu'il aurait juré que Chechikov n'était membre d'aucun parti.

— Oui. Et aussi pour l'élection proprement dite. Cela se révèle fort intéressant. C'est la première fois que je viens à Las Vegas.

Il comprit qu'il ne lui en dirait pas davantage.

— Ça fait plaisir de te voir, commenta-t-il poliment.

À la vérité, il n'aimait pas Chechikov même s'il ne savait pas trop pourquoi. Toutefois, il était bien obligé de jouer le jeu puisque le Russe finançait ses recherches. Pratiquement sans poser de questions. Il n'avait même pas l'air de se préoccuper de ce que Jean-Baptiste faisait dans son laboratoire. C'est tout juste s'il avait manifesté un vague intérêt pour les manipulations génétiques durant l'une de leurs rares conversations téléphoniques.

— Toi aussi, assura Gregor en levant son petit verre de liquide transparent et en le vidant d'un trait avant de le reposer sur le comptoir. Bon, je m'en vais. Je suis descendu au Bellagio, si tu veux venir dîner un soir.

Dîner ? Jean-Baptiste hocha la tête.

— Entendu, répondit-il malgré la bizarrerie de l'invitation.

Cela ne correspondait pas du tout aux rapports qu'il avait avec son mécène.

Ou, alors, les choses avaient changé.

Jean-Baptiste le regarda sortir avec une pointe d'inquiétude. Quelque chose clochait. La présence de Gregor à Vegas au moment où Carrick venait de remporter la primaire et où le nom de son adversaire allait être annoncé n'avait certainement rien d'une coïncidence.

Le barman lui demanda s'il voulait boire quelque chose. Il secoua la tête distraitement en gardant les yeux rivés au verre de Chechikov. Cédant à une vieille habitude, il regarda autour de lui pour s'assurer que personne ne faisait attention à lui et prit une serviette en papier avec laquelle il essuya soigneusement le bord du verre avant de la replier et de la glisser dans sa poche.

Il n'aurait peut-être pas d'autre occasion d'ajouter Chechikov à sa base de données ADN.

Neuf

Rick faisait les cent pas, dévoré par l'envie de drogue, mort d'angoisse pour Kelsey. Il n'avait pas eu l'intention de revenir la chercher, d'accord, mais, en fin de compte, il l'avait fait. Et elle n'était pas là. Alors cela l'inquiétait. Il était revenu au motel après s'être arrêté dans un restaurant boire deux whiskys coup sur coup. Cela n'avait pas suffi à apaiser son désir de quelque chose de plus fort. Quelque chose comme ce que Donatelli avait dans ce gobelet tout à l'heure. De l'héroïne.

En revanche, l'alcool l'avait rendu audacieux, imprudent. Pour tenter de calmer la faim dévorante qui le tenaillait, il avait pris du sang à la source, quatre fois. Il avait sucé ses victimes trop vite, trop fort, leur en prenant plus qu'il n'aurait dû pour tenter de trouver un semblant de satiété. Cela n'avait pas marché. Tout ce qu'il avait réussi à faire, c'était à laisser quatre femmes hébétées et désorientées dans Central Park. Du coup, il s'était senti coupable, ce qui l'avait énervé. Alors, quand il avait regagné leur chambre miteuse et découvert que Kelsey avait disparu, c'était contre elle qu'il avait retourné sa colère.

Elle n'était pas censée bouger sans lui. C'était pour cela qu'il n'en pouvait plus de la traîner partout, comme une ancre autour de son cou. Et comment le remerciait-elle ? Il aurait pu la laisser en plan, mais il était revenu la chercher – et voilà le résultat. Merde. Il était mieux tout seul, tiens, sans ces complications. Quelle emmerdeuse ! C'était comme ça depuis leur rencontre. Il ne savait même pas pourquoi il la supportait, pourquoi il la gardait avec lui, pourquoi il risquait sa peau pour elle. Et encore moins pourquoi il s'inquiétait pour elle.

Parce qu'elle était complètement timbrée, sans doute. Ou pour Dieu sait quelle autre raison qui faisait qu'il tenait à elle. En tout cas, cela le mettait hors de lui. Hors de lui. Il ne voulait pas tenir à elle. Ni s'inquiéter pour elle. Ni regretter de ne jamais pouvoir être l'homme qu'il lui faudrait.

Il attrapa la lampe de chevet dont la fiche s'arracha de la prise murale et la jeta à toute volée au-dessus de la commode où elle se fracassa avec un bruit assez satisfaisant. Il en fit autant avec la seconde. Avant de renverser le seau à glace par terre. Il en était à sortir les tiroirs de la commode et à les piétiner quand la porte s'ouvrit et que Kelsey entra. En la voyant, saine et sauve, son beau visage troublé par un froncement de sourcils d'incompréhension, il fut empli d'un intense soulagement. Et sa fureur redoubla.

— Où étais-tu passée, merde ? explosa-t-il en broyant le bois sous ses pieds dans un craquement sinistre.

Kelsey se précipita vers lui en agitant les mains.

— Arrête, Rick ! Nous n'avons pas les moyens de rembourser les dégâts.

— Et alors ? contra-t-il en prenant un autre tiroir.

Elle lui prit le bras pour le retenir.

— Chéri, qu'est-ce qu'il y a ? demanda-t-elle d'une voix apaisante tout en le caressant. Excuse-moi d'être partie. J'espère que tu ne t'es pas inquiété. Je suis sortie me nourrir. Je ne savais pas combien de temps tu serais absent, comme tu ne m'avais pas laissé de mot ni rien.

Un mot ? Maintenant, il était censé laisser un mot quand il voulait aller quelque part ?

— Tu aurais dû faire ce que je t'ai dit et rester ici, aboya-t-il. Tu ne m'écoutes jamais, Kelsey !

Elle se rapprocha de lui et glissa la jambe le long de la sienne. Soudain, elle grimaça comme sous l'effet d'une vive douleur.

— Chuuut. Mais si, je t'écoute. Ne te fâche pas contre moi, mon cœur. Tu sais que je ne veux que te rendre heureux. Je suis désolée, chuchota-t-elle les lèvres contre son oreille tout en lui caressant le bras et la poitrine.

Il s'immobilisa, le souffle court. Sa colère ne retombait pas. Son angoisse et ses envies ne diminuaient pas, redoublaient même d'intensité. Il avait l'impression de perdre le contrôle et luttait pour tenter de regagner un semblant de maîtrise de soi.

— Lâche-moi, dit-il très prudemment.

— Oh !

Elle laissa échapper un petit gémissement et recula, les larmes aux yeux.

— On va partir d'ici ce soir, annonça-t-il. On rentre à Vegas.

Il avait eu tort d'en partir. C'était trop tôt. Il n'était pas prêt. Son entrevue avec Donatelli avait été un échec, parce qu'il lui avait montré qu'il était encore vulnérable. Maintenant, il n'y avait plus rien à faire. Si Donatelli voulait jouer, c'était à lui de prendre contact avec Rick. Plus question de lui courir après.

— Je ne veux pas retourner à Vegas, protesta Kelsey. Tout le monde va être furieux après moi. Je n'ai même pas fait mes deux semaines de préavis chez M. Carrick.

Elle avait l'air terrorisée, les bras enroulés autour de la taille, noyée dans son sweat-shirt trop grand. C'était un sweat-shirt à lui, remarqua-t-il, furieux d'aimer la voir porter ses vêtements, furieux qu'elle reste avec lui et le soutienne, furieux qu'elle soit aussi mignonne. Et furieux qu'elle attache de l'importance à cet abruti de Carrick et à son travail pour lui.

— Tu aurais dû y penser avant de t'enfuir et de m'épouser, répliqua-t-il impitoyablement et remettant en place le tiroir encore intact qu'il tenait entre ses mains. Maintenant, on va rentrer et il faudra bien que tu te débrouilles. Sauf si tu veux qu'on se sépare ici, ajouta-t-il pour la tester, certain par avance de sa réponse. Qu'on déchire notre certificat de mariage et qu'on parte chacun de notre côté.

Elle ouvrit de grands yeux effarés et tout son visage s'adoucit.

— Mais pourquoi veux-tu que je fasse une chose pareille ? Je t'aime.

Eh bien, elle était idiote. Ce qu'il savait depuis le début. Ce qu'il savait aussi, même s'il ne pouvait pas le dire tout haut, c'était qu'il l'aimait aussi. Et ça craignait.

— On part tout de suite ? demanda-t-elle en se baissant lentement pour ramasser les morceaux de bois qu'elle empila soigneusement à côté de la poubelle. Je peux faire nos bagages en dix minutes.

Rick se massa le front.

— Tu n'as pas à faire le ménage. Laisse ça.

— Ce n'est rien, assura-t-elle. J'en ai pour deux secondes.

— Relève-toi, cria-t-il, énervé de la voir nettoyer derrière lui.

Elle se hâta d'obéir, en faisant encore une grimace.

— Quoi ? demanda-t-elle, troublée. C'est quoi ton problème ? Il faut bien que quelqu'un le fasse, non ?

— Je vais m'en occuper, déclara-t-il en la tirant vers lui par le bras. Et qu'est-ce que tu as à te tenir comme si tu avais mal ?

Elle détourna la tête avant de répondre :

— J'ai eu un petit accident, tout à l'heure. Je suis tombée dans un escalier.

— Ah bon ?

Cela lui semblait un peu en dessous de la vérité, mais il n'avait pas envie de parler.

— Raison de plus pour ne pas t'en occuper. Ça va ?

— Oui, oui.

— Tant mieux, parce que j'ai besoin de te baiser. Tout de suite.

Le regard de Kelsey se fit plus sombre.

— Pourquoi ? demanda-t-elle dans un souffle en réagissant à la crudité de ses mots exactement comme il l'avait escompté.

Il lui enleva son sweat-shirt et l'embrassa, la mordilla sur la joue, dans le cou.

— Parce que tu es à moi, Kelsey, et que ça me plaît.

Elle noua les bras autour de son cou et plaqua les hanches contre les siennes.

— Nous appartenons l'un à l'autre, susurra-t-elle.

Il lui baissa d'un coup son pantalon et son slip.

— Eh bien, on est mal barré.

Sur quoi il la plaqua contre la porte du placard, ouvrit sa braguette et la pénétra avec un frisson de plaisir. Aussitôt, elle se mit à émettre ces petits sons qu'il aimait tant, ces cris étranglés, ces feulements et il commença à aller et venir. Quand il était en elle, quand n'existait plus qu'eux et leur plaisir brutal et exigeant, Rick se rappelait presque ce que c'était d'avoir été humain, il revivait presque le temps où il était normal. Heureux.

Parce que, lorsqu'il s'introduisait en elle, Kelsey l'accueillait toujours sans la moindre réserve et qu'il se délectait de cette ouverture qu'il désirait ardemment en même temps qu'elle le terrifiait.

Elle jouit rapidement, une jambe enroulée autour des siennes, les pupilles dilatées. Alors, Rick se laissa aller et, les dents serrées, explosa en elle. Quand il eut cessé de trembler et rouvert les yeux, il se rendit compte que sa main droite était passée à travers la porte du placard. Il n'était pas encore habitué à sa force de vampire. Cela dit, il appréciait fort l'impression de pouvoir qu'elle lui procurait.

— Merde, fit-il avec un petit rire en dégageant son poignet.

Heureusement qu'il avait le portefeuille de Donatelli. Il allait pouvoir laisser de l'argent pour réparer les dégâts.

Son portable sonna dans la poche de son pantalon descendu à mi-cuisses.

— Dring, dring, chantonna Kelsey affaissée contre le placard, un sourire satisfait aux lèvres.

Cela le fit rire. Vraiment, de temps en temps, elle disait de ces idioties...

Il se baissa pour récupérer son téléphone et répondre.

— Allô ?

— C'est Donatelli. Vingt-cinq mille. Je n'irai pas plus haut. Et il faudra que tu récupères l'argent à Vegas auprès de Gregor Chechikov.

Rick remonta son pantalon d'un geste brusque.

— Vous croyez que je vais retourner jusqu'à Vegas sans garantie ? Qu'est-ce qui me prouve que vous n'allez pas me livrer aux autorités ?

Il avait prévu de rentrer, d'accord, mais le fait que Donatelli le lui demande le mettait mal à l'aise.

— Nous allons voyager ensemble. Donc, si tu te fais prendre, moi aussi. Alors, tu veux l'argent, oui ou non ?

— Oui.

Rick regarda Kelsey qui faisait non de la tête.

— Mais vous allez partir le premier et je vous suivrai. Je n'ai pas l'impression que ma femme apprécie beaucoup votre compagnie, Donatelli.

Elle ouvrit de grands yeux horrifiés quand il prononça son nom.

— À l'évidence, elle a très mauvais goût en matière d'hommes : regarde qui elle a épousé.

— Allez vous faire foutre, répliqua Rick d'un ton égal.

Donatelli éclata de rire.

— Je pars dans une heure. Quelqu'un te retrouvera à 4 heures du matin devant le Bellagio. Et pas de blague, Columbia. Je connais trop tes faiblesses pour que tu puisses gagner contre moi.

— Et réciproquement.

Sur quoi Rick raccrocha et se tourna vers Kelsey qui semblait prête à protester.

— Laisse tomber, Kels. Je n'ai pas besoin d'un sermon. Je vends une petite info à Donatelli, c'est tout. Il nous faut de quoi vivre. Allez, on fait nos bagages.

— C'est un méchant, déclara-t-elle de cette voix inquiétante qu'elle avait quelquefois, celle qui lui donnait l'air vide et désincarné.

Une voix qu'il détestait.

— Je ne suis pas un enfant de chœur non plus, tu sais, poupée.

Elle resta là à le regarder sans faire un geste pour se rajuster.

— Non, c'est sûr, convint-elle.

Troublé, Rick lui tourna le dos et sortit son sac. Il regrettait d'avoir entrepris ce voyage.

— Elle dort, annonça Alexia à Jean-Baptiste quand il frappa à la porte de l'appartement de Brittany vers 11 heures. Allez-vous-en.

— Je voudrais seulement lui parler quelques minutes, fit-il valoir de son air le plus charmant.

Il voulait faire part à Brittany de ce qu'il ressentait, lui dire qu'il avait envie d'être avec elle, qu'il voulait un vrai mariage construit sur l'amour et l'affection, qu'il voulait qu'ils élèvent leur enfant ensemble, en couple. Oui, il y tenait. Il en avait besoin. Avant de perdre courage. Il dormirait plus tard, cela pouvait attendre.

— Et alors ? Revenez demain, quand elle sera réveillée.

De la main, il bloqua la porte qu'Alexia allait lui claquer au nez.

— Je peux entrer une seconde ? Pour la voir. Elle ne se sentait pas très bien, au cours, tout à l'heure, plaida-t-il.

— C'est précisément pour cela qu'elle a besoin de dormir. Je ne vois pas en quoi c'est si difficile à comprendre, contra-t-elle en lui jetant un regard noir.

— Je ne vais pas la réveiller : j'aimerais juste la voir.

Il ne savait pas lui-même pourquoi il insistait tant, mais il voulait s'assurer *de visu* que tout allait bien. Il en avait besoin. Parce que, malgré lui, une certaine inquiétude se mêlait à l'excitation que lui procuraient sa grossesse et leur relation potentielle. Il fallait qu'il se rassure.

Alexia soupira.

— Si je vous envoie balader et que je vous ordonne de partir, votre bonne éducation vous empêchera de protester, n'est-ce pas ? Vous vous en irez sans faire d'histoire ?

— Je ne crois pas, non.

Il fut le premier surpris de se rendre compte que c'était la vérité. Il ne bougerait pas d'ici avant de l'avoir vue. Sa crainte ne faisait qu'enfler et il était prêt à faire fi des bonnes manières pour protéger Brittany. Il ne savait pas vraiment quel danger elle pouvait courir, d'accord, mais il avait besoin d'être certain que tout aille bien.

— Merde. Je me doutais que vous diriez cela, fit Alexia en ouvrant la porte à la volée. Sachez tout de même que je ne vous aime pas, et que, si vous la réveillez, vous le regretterez.

Jean-Baptiste avait l'habitude que les gens ne l'aiment pas. En temps normal, cela ne le dérangeait pas. C'était le prix à payer pour ses travaux, auxquels il croyait fermement et qu'il n'avait pas l'intention d'interrompre. Cependant, là, il s'agissait de la sœur de Brittany. Ils allaient être forcés de se voir assez fréquemment.

— Qu'ai-je fait pour vous déplaire à ce point ? demanda-t-il en entrant dans l'appartement.

— Vous voulez dire : à part avoir couché avec ma sœur environ deux minutes après avoir fait sa connaissance, sans préservatif, puis l'avoir plantée là avant de lui promettre que vous resteriez auprès d'elle pour de bon et de disparaître huit semaines ? À part ça ?

Jean-Baptiste la considéra d'un air de défi. Que savait-elle de sa relation avec Brittany ? Ce qu'elle énumérait là, c'était des faits superficiels, point final.

— Oui, répondit-il. À part ça.

Son aplomb la désarçonna manifestement. Tout en refermant la porte, elle le regarda en fronçant les sourcils.

— À part ça, vous avez tué une femme. Et vous êtes plongé jusqu'au cou dans des recherches des plus controversées qui posent toutes sortes de problèmes moraux. Je n'ose même pas imaginer où nous entraînerait la congélation d'embryons vampires. Moi, je voulais que ma sœur épouse un comptable. Je voulais qu'elle mène une vie normale, avec un mari normal et un bébé normal. Elle le mérite, merde. Je me suis donné un mal de chien pour lui offrir tout cela et il suffit d'une partie de jambes en l'air avec vous pour que tout soit fichu.

Eh bien, comme cela, c'était clair. Jean-Baptiste la laissa aller au bout de sa tirade et soutint sans broncher son regard furieux.

— Autre chose ? s'enquit-il.

— Vous êtes bizarre.

S'il n'était pas aussi en colère, il aurait sans doute éclaté de rire. Au lieu de cela, il enfonça les mains dans ses poches et s'efforça de recouvrer un semblant de maîtrise de soi.

— Je refuse de me défendre, déclara-t-il. J'ai couché avec Brittany alors que je la connaissais à peine, c'est vrai. Et elle a couché avec moi alors qu'elle me connaissait à peine. Je n'ai pas pensé au préservatif : elle non plus. Et, ensuite, c'est d'un commun accord que nous avons décidé de ne pas nous revoir. Voici les faits – qui ne vous regardent pas. Mais, puisque vous avez décidé de vous en mêler, tout ce que je vous dirai, c'est que si les choix de votre sœur ne vous conviennent pas, c'est dommage. Mais vous n'y pouvez rien. Ce que vous souhaitez n'a aucune espèce d'importance. Ce qui compte, c'est ce que veut Brittany. Elle mérite d'être heureuse. Et elle mérite qu'on la soutienne. Vous ne faites rien pour en jugeant ses actes, en la désapprouvant, en étant désagréable avec moi.

Sentant que sa colère menaçait de prendre le dessus, Jean-Baptiste prit une seconde pour se calmer avant de conclure :

— Maintenant, je vous demanderai de passer outre mes bizarreries par égard pour votre sœur.

Sur quoi il contourna le canapé de chintz rose pour se diriger vers la chambre de Brittany.

— La vache, fit Alexia derrière lui. Vous avez plus de cran que je ne le croyais, Corbin.

Il l'ignora et ouvrit la porte tout doucement. Brittany dormait, comme le lui avait annoncé sa sœur, la couette remontée jusqu'au menton. Il fut un peu déçu qu'elle ne souligne pas mieux les contours de son corps. Il aurait voulu la voir en pyjama, ou, mieux, en petite culotte, voir son corps, le ventre dans lequel grandissait son enfant. Depuis neuf semaines qu'elle n'avait pas été nue devant lui, il devait y avoir bien des changements.

En lui passant la main sur le front, il ébouriffa ses petits cheveux courts et poussa un soupir de soulagement. Il avait essayé d'ignorer la réalité, mais sa rencontre avec Chechikov lui avait rappelé qui il était et pourquoi ils n'auraient jamais une vie normale. En tout cas, pas tant qu'il n'aurait pas trouvé le remède au vampirisme et transmis ses connaissance à quelqu'un en qui il pouvait avoir confiance. Mais qui ? Hélas, il n'en avait aucune idée.

En attendant, il était grand temps de retourner au labo. Il avait déjà perdu deux nuits, et il fallait qu'il teste son vaccin. Il toucha l'épaule toute chaude de Brittany, sentit l'odeur du sang qui coulait dans ses veines et de ses suées nocturnes, écouta les battements réguliers de son cœur. C'est alors qu'il se rendit compte qu'il entendait un autre tempo – celui, plus rapide, de leur enfant. Il se figea, émerveillé. C'était extraordinaire, ce duo de la mère et l'enfant qui ne faisaient qu'un. Et qui étaient à lui.

Seigneur... Il sentit son amour pour le bébé se multiplier pour devenir tangible, et tout-puissant.

Il s'arracha tout de même à la contemplation de Brittany et retourna dans le salon, le cœur gonflé d'émotion, battant plus vite que d'ordinaire. Le bonheur extatique et la peur qui l'habitaient simultanément formaient un curieux mélange qui lui laissait un drôle de goût dans la bouche. Il se dépêcha, pendant qu'elle dormait.

— Alexia, dit-il, il faut que vous la protégiez.

Elle but une gorgée de son verre de sang et le considéra d'un air franchement soupçonneux.

— De quoi ? demanda-t-elle.

— Je tiens à Brittany, répondit-il. Je tiens à notre enfant.

Sentant ses poings se crisper d'eux-mêmes, il inspira à fond avant de poursuivre.

— Vous vous trompez sur pas mal de points, mais vous avez raison sur une chose : mes travaux sont très controversés. J'ignore ce que nous réserve l'avenir, mais je sais que si des gens mal intentionnés apprennent qui est le père du bébé de votre sœur, ils n'hésiteront pas à utiliser l'enfant pour servir leurs intérêts. Sans parler de ceux qui aimeraient mieux me voir mort et qui attendent simplement l'aboutissement de mes recherches pour tenter de me tuer. Si je ne peux pas protéger Brittany, il faudra que vous le fassiez. Vous, et votre mari.

— Je suis prête à tuer quiconque touchera à un cheveu de ma sœur, déclara Alexia. Mais pourquoi voudrait-on s'en prendre au bébé ?

Jean-Baptiste jeta un coup d'œil à la porte de la chambre avant de répondre.

— Cet enfant sera immortel mais n'aura pas besoin de boire de sang. Je ne l'ai pas dit à Brittany, parce que je ne veux pas lui faire peur, mais Carrick est au courant de la vérité. Et je vous le dis parce que vous êtes le premier rempart entre votre sœur et ceux qui pourraient lui faire du mal.

— Seigneur..., fit Alexia très pâle. Et vous vous demandez pourquoi je ne vous aime pas ?

— Personne ne doit savoir que c'est moi le père. Il faut que les gens croient que c'est un enfant mortel. Ensuite, j'épouserai Brittany pour être auprès d'elle et pouvoir la protéger, tout en veillant à ce que personne n'apprenne jamais la vérité.

— Et elle est d'accord pour dire qu'elle a fait un enfant avec un type de passage ?

Il vit à son expression qu'elle en doutait fort.

— Je ne le lui ai pas demandé. Vous la connaissez : je ne pense pas qu'elle accepterait de mentir, répondit-il en se passant la main dans les cheveux. Je n'aurais pas dû revenir aussi tôt. Mais j'avais trop envie de la voir. Je ne pouvais plus rester éloigné. J'éprouve des sentiments très forts pour elle.

Alexia parut horrifiée de cette révélation.

— Oh, non ! Vous n'êtes quand même pas amoureux d'elle, si ?

— Peut-être.

Il n'était pas absolument certain de ce que c'était que l'amour, mais ce qu'il ressentait pour elle était très profond, et n'avait fait que grandir au cours de ces huit semaines de séparation.

— Je crains bien que ce soit réciproque, avoua Alexia. Alors on dirait qu'il va falloir que je m'y fasse et que je vous accepte. Merde.

Elle posa bruyamment son verre sur la table basse.

— Cela dit, je ne suis pas certaine de pouvoir lui mentir.

— Il va pourtant bien falloir, souligna Jean-Baptiste en se rapprochant d'elle. Et, dites-moi, savez-vous qui est le père de Brittany ?

— Non. Pour la millième fois, non, dit-elle en secouant la tête. Ethan et Seamus me l'ont déjà demandé. Tout ce que je sais, c'est que ma mère l'a rencontré quand elle travaillait dans une boîte. Et je me souviens du jour où mon père a découvert la vérité. Mes parents se disputaient et il a menacé de la quitter en nous emmenant toutes les deux. Elle lui a répondu qu'il pouvait m'emmener, moi, mais pas Brittany parce que ce n'était pas sa fille. Sympa, hein ? commenta-t-elle en levant les yeux au ciel. Il l'a traitée de menteuse et elle a fait valoir que Brittany avait les cheveux noirs, au cas où il n'aurait pas remarqué, alors que ceux de mon père étaient blond cendré. Alors il l'a traitée de pute. Elle a ri et répondu que les Italiens étaient réputés pour être de bons amants, pas comme les ploucs de Virginie occidentale. Alors, il est parti – sans moi, ajouterai-je, malgré la proposition de ma mère. Ils auraient pu parler plus bas, puisque j'étais dans la pièce à côté en train de regarder un dessin animé, mais…

Jean-Baptiste prit une profonde inspiration.

Alexia releva vivement la tête et il vit à son air qu'elle venait de se rendre compte de ce qu'elle avait dit.

— Les Italiens… d'où ça sort ? J'avais complètement oublié ce détail… Merde, qu'est-ce que ça veut dire ? J'ai toujours cru que c'était ma mère qui était d'origine italienne. C'est de là que nous vient le nom de Baldizzi. C'est son nom de jeune fille.

— Cela signifie soit que votre mère a menti pour énerver votre père, soit qu'elle pensait que l'homme avec lequel elle avait couché était italien, soit qu'il l'était pour de bon.

Jean-Baptiste réfléchissait à toute vitesse et passait mentalement en revue sa base de données. Avait-il des vampires italiens dans son fichier pour trouver une éventuelle compatibilité d'ADN ? Il possédait un cheveu de Brittany, depuis la nuit qu'ils avaient passée ensemble, et il l'avait analysé quelques semaines plus tôt. Mais il avait à peine démarré le laborieux processus de comparaison avec des pères potentiels. Il avait commencé par un groupe de vampires européens, mais ils étaient plus de douze cents. Pour l'instant, il en était à trois cents sans compatibilité. S'il pouvait procéder par élimination et s'en tenir aux Italiens…

Cela leur permettrait peut-être de savoir enfin qui était le père de Brittany.

Toutefois, la base de données de Jean-Baptiste ne recensait que vingt pour cent de la population vampire. Et, comme la population était à soixante-quinze pour cent masculine, cela laissait plus de cinq mille pères possibles dans la nature.

— Combien y a-t-il de vampires italiens ? l'interrogea Alexia.

— Je ne sais pas trop. Une centaine. Deux cents, peut-être.

— Alors comment faut-il procéder ? Va-t-on devoir leur demander à tous de faire un test de paternité ? Et quelle importance cela a-t-il, de toute façon ?

Jean-Baptiste se mit à faire les cent pas dans le salon.

— C'est important parce que l'identité du père peut jouer un rôle important dans la guerre politique autour de notre enfant, si jamais son ascendance était révélée au grand jour. Le père de Brittany pourrait être en mesure soit de protéger notre enfant, soit, au contraire, de lui nuire – ou alors se révéler incapable d'empêcher ceux qui le voudraient de lui faire du mal. Par ailleurs, c'est important en termes de génétique. Si le père de Brittany présente un gène particulier, cela signifie que notre enfant pourra avoir des talents ou des pouvoirs inattendus.

— Tout cela a l'air tellement épouvantable que je n'arrive même plus à savoir quel serait le pire scénario. Alors, comment allons-nous découvrir l'identité du père de ma sœur ?

— Par l'ADN, bien sûr. Et, quand les membres de la Nation vampire s'inscrivent sur les listes électorales, ils stipulent leur nationalité. Seamus Fox ne pourrait pas nous retrouver ça ?

— Si c'est sur un fichier informatique, je parie que si. Au fait, ajouta-t-elle en se mordillant un ongle, pour votre information, pendant un temps, je recevais de drôles de courriels d'un groupe de soi-disant chasseurs de vampires. Ça avait l'air d'être n'importe quoi, et ça s'est arrêté, de toute façon, mais enfin je préfère que vous le sachiez.

— Des chasseurs de vampires ? répéta-t-il en s'étranglant de rire. Mais cela n'existe pas. C'est un mythe.

— Peut-être, mais les messages que j'ai reçus étaient bien réels. Et, si les chasseurs de vampires n'existent pas, il y a des gens assez détraqués pour y croire et même s'imaginer qu'ils en sont.

— Il ne nous manquait plus que ça. Des groupes d'autodéfense, marmonna-t-il en sortant ses clés de voiture de sa poche. Vous voudrez bien dire à Brittany que je suis passé et que j'aimerais lui parler ?

— Vous voulez qu'elle vous appelle, ou quoi ? Parce que, à ma connaissance, elle ne sait même pas où vous habitez.

Cette remarque l'arrêta net.

— Ah bon ? fit-il surpris.

En effet, ce n'était pas très brillant. C'était même franchement nul.

— Vous avez du papier ? demanda-t-il. Je vais lui noter mon adresse et mon numéro.

Il n'avait pas de portable puisque personne ne l'appelait jamais ou presque, mais il avait tout de même une ligne fixe chez lui.

— Eh bien, il est grand temps, grommela Alexia en ouvrant le tiroir du petit bureau à côté de la porte de la cuisine, d'où elle sortit un bloc qu'elle lui tendit.

Tout en écrivant, il suggéra :

— Vous pourriez demander à Seamus de récupérer ces renseignements ? En attendant, je vais commencer à traiter les données que j'ai déjà en ma possession.

— Vous ne pouvez pas déjà faire une recherche par nationalité ? Autrement, je peux lui demander, mais Seamus et moi ne nous entendons pas très bien. Il ne se mettra pas en quatre pour m'aider.

— Il y a des gens avec lesquels vous vous entendez ? s'enquit-il avec une curiosité sincère.

— Brittany, répondit-elle. Et Ethan. Presque tout le temps, ajouta-t-elle en haussant les épaules. Et Cara. Et Kelsey. Et ma copine de fac Judith. Et mon ancien voisin, Bob, qui loue ma maison pour l'hiver afin que sa mère puisse venir le voir du Dakota du Sud sans habiter chez lui.

— Vous avez une maison ?

Cette information éveilla l'intérêt de Jean-Baptiste. Comme lui, Brittany avait un appartement. Mais elle aurait préféré une maison, avec un jardin.

— Il y a du terrain, avec ? voulut-il savoir.

— Un jardin, vous voulez dire ? Oui, mais il n'y a pas de pelouse. Presque uniquement des plantes du désert qui poussent bien ici. Je vais sans doute la vendre, au printemps, quand la mère de Bob repartira dans le nord. Pourquoi ?

— Brittany aimerait que nous habitions une maison, c'est tout. Je pourrais peut-être lui acheter la vôtre.

Alexia fit une grimace en prenant le papier qu'il lui tendait.

— Ouah, fit-elle, ironique. Quelle belle famille de morts-vivants nous allons former…

— Espérons-le, repartit Jean-Baptiste en esquissant une courbette. Maintenant, excusez-moi. Je file passer en revue ma base de données et me nourrir.

— On croit rêver. Nous serions donc les nouveaux Américains moyens ?

— C'est l'idée, en tout cas, assura Jean-Baptiste en souriant. Nous allons former une famille.

Mais, pour commencer, il avait un père vampire à débusquer et un mystère génétique à résoudre.

Dix

Rick se tenait devant la fontaine qui se dressait majestueusement devant le Bellagio. Le ruissellement de l'eau faisait un murmure incessant derrière lui et des projecteurs éclairaient le bassin. À force de prendre sur lui pour ne pas faire les cent pas, il sentait son genou tressauter. Ce connard de Donatelli lui avait dit d'être là à 4 heures du matin. Il avait voyagé toute la nuit pour rentrer de New York, et il était à l'heure.

Kelsey, qui avait peur de rentrer chez elle, à l'Ava, et s'était persuadée que Carrick avait changé sa carte-clé, l'attendait dans un café de l'autre côté de la rue. Ce n'était pas impossible, du reste. Son propriétaire à lui devait avoir résilié son bail depuis des mois et vendu toutes ses affaires sur eBay. Du coup, il n'avait pas protesté quand elle avait tenu à l'accompagner. En vérité, il ne savait pas trop que faire d'elle. L'argent qu'il y avait dans le portefeuille de Donatelli avait tout juste couvert leur note d'hôtel et leurs billets d'avion, mais il ne restait rien. Il avait préféré ne pas se servir des cartes de crédit, de crainte de mettre l'Italien vraiment en colère avant d'avoir pu encaisser le vrai magot.

Vingt-cinq mille dollars. Donatelli lui avait annoncé que c'était le Russe, Chechikov, qui lui remettrait l'argent. C'était à lui qu'il devait dire le nom de la femme qui portait l'enfant de Corbin. Du gâteau.

Alors pourquoi avait-il l'impression qu'il allait se faire piéger ?

Le vent de décembre était glacé, pour les mortels; les quelques touristes qui traînaient dans les parages étaient chaudement vêtus. Il ne serait pas difficile de dissimuler un couteau sous une veste ou un manteau. C'était ce que faisait Rick, du reste. En revanche, il serait difficile à un autre vampire de le décapiter devant le Bellagio, même s'il faisait sombre et qu'il n'y avait pas grand monde.

Cela ne lui faisait pas peur. Ce qui lui faisait peur, c'était l'inconnu. Ne pas savoir comment réagir face à ces ordures qui avaient tous les pouvoirs et manipulaient les autres vampires depuis des siècles. Donatelli était un vrai salaud, un cinglé qui savait qu'il existait des tortures pires que la mort et Rick refusait de marcher dans ses sales combines.

Une femme qui se promenait autour de la fontaine en prenant des photos avec un appareil numérique attira son attention. Elle ne ressemblait pas aux touristes ordinaires empaquetées dans du Nylon et de la laine polaire. Habillée d'un long manteau écossais noir et vert cintré qui laissait tout juste entrevoir ses bas résille au-dessus de ses bottes de daim, elle se détachait des quelques flâneurs par son allure autant que sa démarche et sa tenue qui dénotaient sa sophistication. Elle était d'une minceur de mannequin. Des gants de velours bordeaux, un sac à main blanc d'une matière pelucheuse et une toque de fourrure d'où s'échappaient des cheveux blonds qui tombaient librement sur ses épaules complétaient sa tenue.

Elle ne semblait pas le remarquer, pas plus qu'elle ne faisait attention aux autres touristes. Rick se mit à l'observer, intrigué. Si c'était une célébrité, elle serait entourée d'une nuée de gardes du corps, d'assistants et autres paparazzis. S'il s'agissait d'une séance photo ou d'un tournage, il y aurait toute une équipe. Mais, à l'évidence, elle était seule. Et Rick ne pouvait détacher les yeux d'elle. Elle n'était pas particulièrement sexy. Pas comme les strip-teaseuses ou les danseuses des boîtes de Vegas ? Cependant, il y avait chez elle quelque chose d'exotique, d'exquis, d'irrésistible, hors de sa portée. Et c'était une mortelle.

Le besoin irrépressible de la séduire, de l'entraîner à l'écart et d'enfoncer les crocs dans sa peau parfaite s'empara de lui. Il aurait voulu la goûter, la sentir céder, s'offrir à lui, voir ses yeux révulsés par le plaisir quand il la boirait, quand son sang tiède et riche coulerait sur sa langue et dans sa gorge.

Mais il ne pouvait pas. Il fallait qu'il attende ce Chechikov, ou son messager. Et puis il était marié, maintenant. Il avait la bague au doigt et tout. Or il ne saurait pas se maîtriser suffisamment pour se contenter de goûter son sang. Il voudrait avoir une relation sexuelle aboutie, en même temps, et ce n'était sans doute pas bien. Kelsey ne méritait pas un tel manque de respect, même si elle lui tapait sur le système. Il le savait. Ce qui ne l'empêchait pas d'avoir envie de cette femme.

Surtout que, maintenant, elle s'avançait vers lui tout en rangeant son appareil photo dans son sac à main et en sortant un étui à cigarettes doré. Quand elle releva la tête, une cigarette aux lèvres, Rick retint son souffle. Seigneur, quelle bombe ! Avec ses lèvres framboise un peu renflées, sa peau laiteuse, ses joues rosies par le froid et son nez fin et droit, elle était sublime. Mais ce furent ses yeux qui faillirent lui faire perdre la tête et oublier pourquoi il serait mal de la toucher. En amande, un peu allongés, ils avaient un iris bleu pâle séparé de la pupille par un cercle vert.

Quand elle sourit à Rick en indiquant sa cigarette, il sortit son briquet de sa poche. Au moment de lui donner du feu, il sentit son parfum fleuri un peu capiteux et inhala profondément pour s'en emplir. Elle se tourna légèrement pour souffler la fumée par-dessus son épaule, sans le remercier. Mais sans s'éloigner non plus.

— Vous êtes seule ? lui demanda-t-il en songeant qu'une femme aussi belle ne pouvait pas, ou ne devrait pas l'être.

Vegas ne dormait jamais, il y avait tout le temps du monde partout et les rues étaient bien éclairées. N'empêche qu'il n'était pas raisonnable de se promener seule à 4 heures du matin.

Elle plissa le nez et lui répondit dans une langue qu'il ne comprenait pas. Puis elle sortit de son sac une grosse enveloppe qu'elle lui fourra dans la main.

Il l'accepta automatiquement et, au même moment, comprit à qui il avait affaire.

— Chechikov ? demanda-t-il.

C'était logique. Elle avait un visage slave et pouvait tout à fait s'être exprimée en russe. Mais que faisait une mortelle avec un vampire hors norme comme lui ?

— *Da*, répondit-elle en hochant la tête sans sourire ni froncer les sourcils, d'un air sérieux, presque solennel.

Elle prit l'autre main de Rick et la referma sur l'enveloppe, puis elle le lâcha et parla très vite.

Avant qu'il ait pu réagir, dire quelque chose, elle avait fait demi-tour et s'éloignait si rapidement qu'elle se balançait en se déhanchant comme sur un podium. Elle tira une bouffée de sa cigarette tout en marchant. Les talons de ses bottes claquaient sur le ciment.

Rick attendit qu'elle ait tourné derrière la fontaine et se soit engouffrée dans le hall de l'hôtel. Qui était donc cette femme ? Pourquoi ne lui avait-elle pas demandé le nom de la petite amie de Corbin ?

C'est avec une érection, une enveloppe et de gros soupçons qu'il traversa la rue pour aller retrouver sa femme.

Brittany tapota l'épaule de sa dernière patiente de la journée, Louise Zandermann, et ôta ses gants.

— Ça n'a pas été trop affreux, si ? lui demanda-t-elle. Vous pouvez vous rincer la bouche : c'est fini. Ne mangez rien de dur ni de croquant d'ici ce soir. On se revoit dans cinq mois pour le prochain contrôle; espérons que, cette fois, vous n'aurez pas de carie…

Louise, une charmante dame d'une cinquantaine d'années, cracha énergiquement.

— Je ne comprends pas qu'il me reste de la place pour des caries. Mes dents ne sont plus que des plombages. De toute façon, j'imagine que, quand je reviendrai pour mon prochain contrôle, vous serez en congé maternité.

Surprise, Brittany posa la main sur son ventre.

— Ça se voit que je suis enceinte ? s'étonna-t-elle.

Louise lui sourit.

— Bien sûr que ça se voit : je vous ai toujours connue toute mince. Cette petite bosse sous votre blouse ne peut pas être un dîner un peu trop copieux. C'est forcément un bébé. Vous devez en être à peu près au cinquième mois, non ?

Elle rougit, heureuse.

— C'est à peu près cela, confirma-t-elle. Mais je n'imaginais pas que ça se voyait. Il y a à peine deux semaines que j'ai commencé à vraiment grossir.

Louise arracha la serviette de papier qu'elle avait autour du cou.

— Félicitations, dit-elle. La grossesse vous va bien : vous êtes radieuse. Savez-vous si c'est un garçon ou une fille ?

— Non.

Lors de sa dernière échographie, l'échographiste lui avait demandé si elle voulait connaître le sexe de l'enfant, mais il lui avait semblé que c'était une décision qu'elle ne devait pas prendre sans Jean-Baptiste. Même si c'était au moment où il avait disparu de la circulation, et où seuls ses envois de fleurs hebdomadaires lui rappelaient son existence. À l'époque, comme aujourd'hui, d'ailleurs, elle voulait encore croire qu'ils allaient vivre cette grossesse ensemble.

— J'ai dit que je ne voulais pas savoir, répondit-elle. Cela m'est égal que ce soit un garçon ou une fille.

— Et votre mari, qu'est-ce qu'il en pense ? demanda Louise en se redressant. Beaucoup d'hommes rêvent d'avoir un garçon en premier.

— Oh, je crois que cela lui est égal aussi.

Sans doute Jean-Baptiste souhaitait-il seulement que leur enfant naisse sans crocs.

Son assistante, Sandra, qui entrait au même moment pour noter des renseignements sur la fiche de Louise, intervint :

— D'accord, mais on ne sait pas quoi vous offrir, docteur. Vous ignorez si c'est un garçon ou une fille et vous n'avez pas ouvert de liste au *Baby Superstore*.

— Il reste quatre mois avant la naissance, fit valoir Brittany. On a tout le temps.

Et il allait en falloir, sûrement, pour traîner Jean-Baptiste dans les boutiques et lui faire choisir les articles à mettre sur la liste.

Brittany jeta ses gants et se lava les mains en se demandant quelle tête il ferait devant un tire-lait. Tout compte fait, fallait-il vraiment qu'elle l'emmène ?

Louise se leva et reprit son sac à main sur le portemanteau.

— D'accord, fit-elle, mais il faut que vous ne tardiez pas trop à organiser la fête pour avoir le temps de voir ce que vous aurez reçu comme cadeaux et acheter vous-même ce qui vous manque pour compléter. Et si le bébé naît en avance ? Non, vraiment, la fête, c'est aux sixième mois.

— Ah, vous voyez ? renchérit Sandra d'un air de triomphe. Je vous l'avais dit. Il vous faut une liste.

— Il n'est pas question que je fasse une fête, protesta-t-elle.

Sa famille se résumait à Alexia et à la sœur de leur mère qu'elles ne voyaient jamais et qui ne leur faisait jamais signe. Quant à ses amies, elles étaient dispersées dans tout le pays. Et ses collègues étaient adorables, elle les considérait d'ailleurs comme des amies, mais elle ne voulait pas les déranger avec ça. Ce dont il fallait qu'elle s'occupe, en revanche, songea-t-elle en se passant la main sur le ventre, c'était de trouver des vêtements de grossesse. Les deux tenues qu'elle avait achetées il y a quelques semaines n'allaient pas suffire. Et elle ne rentrait vraiment plus dans ses pantalons normaux.

— Quoi ? Pas de fête ? s'exclama Sandra, horrifiée. C'est… c'est un vrai blasphème. Il faut absolument une fête. C'est *nous* qui allons l'organiser, ici, au cabinet. Alors allez faire une liste. Tout de suite.

Tremblante d'indignation, l'assistante pointa un doigt autoritaire en direction de Brittany.

— Je crois que vous feriez mieux d'y aller, lui conseilla Louise.

Brittany se mit à rire, touchée par la véhémence de Sandra.

— Boooon, d'accoooord. Vous êtes adorable de faire tout ça pour moi.

Sur quoi elle raccompagna Louise et revint chercher ses affaires. Sandra était en train de nettoyer la salle.

— Sortez votre agenda que nous puissions fixer une date, commanda-t-elle. On pourrait peut-être aller chez Don Juan, en face, un soir après le travail ? On y mange bien et il y a une salle de réception. Et il faut *absolument* que vous ameniez le papa du bébé.

Oh, mon Dieu…

— Je… je ne sais pas. Il est français. Il a quelquefois du mal à suivre quand beaucoup de gens parlent en même temps.

Gros mensonge. Mais elle avait du mal à imaginer Jean-Baptiste entouré de femmes en train de s'extasier sur de petits ensembles pastel. Il était sans doute un peu trop traditionnel pour ce genre de réunion.

— Qu'est-ce qu'il y a à suivre ? Il suffit d'ouvrir les cadeaux et de les faire circuler pour que tout le monde les voie. Hé ! je vous rappelle que vous êtes enceinte. La moindre des choses, c'est qu'il vienne pour tout porter jusqu'à la voiture.

Hm, elle n'avait pas tort. C'était lui qui l'avait mise enceinte, après tout. Au nom de quoi serait-il dispensé des corvées comme les listes ?

La veille au soir, il avait laissé un message à Alexia disant qu'il voulait parler à Brittany. Elle avait prévu de l'appeler ce soir vers 21 heures, mais elle était en train de se dire qu'elle pourrait passer chez lui pour une petite visite impromptue. Elle était curieuse de voir où il habitait. Et puis il était préférable de dire certaines choses en face.

Par exemple, lui demander d'être présent à la fête, et à son prochain rendez-vous de médecin. Il avait beau suivre les cours d'Objectif bébé, elle risquait de devoir user de tous ses pouvoirs de persuasion…

Jean-Baptiste vivait dans une fumerie d'opium.

C'est l'impression qu'eut Brittany en pénétrant dans son appartement. De l'extérieur, tout paraissait normal. C'était un immeuble de béton tout ce qu'il y avait de plus banal, à la limite du centre-ville; un bâtiment des années soixante-dix, sans doute. À l'intérieur, en revanche, on aurait dit qu'un marchand de soieries d'Extrême-Orient avait jeté des étoffes blanches et dorées partout, avec un peu de rouge ici et là pour faire bonne mesure. Les meubles sombres, de noyer sculpté, étaient bas et les sièges garnis de coussins. Des tableaux d'inspiration française dans des cadres dorés ornaient tous les murs. Les livres empilés dans tous les coins ne collaient certes pas avec l'hypothèse de la fumerie d'opium, mais ils ajoutaient à l'impression de bric-à-brac excentrique de l'ensemble. L'odeur de vanille qui flottait dans la pièce lui fit croire un instant qu'il avait mis un gâteau au four mais, en passant devant la salle à manger, elle découvrit six grosses bougies allumées sur un chandelier votif.

Un homme qui faisait brûler des bougies…

Elle ne savait pas trop à quoi elle s'était attendue, mais pas à cela, en tout cas. Pas à cette intensité, à ce foisonnement à la limite de l'encombrement, mais qui savait rester accueillant et chaleureux. Elle l'aurait plutôt imaginé minimaliste, sans doute. Cependant, maintenant qu'elle découvrait son appartement, elle sentait à quel point il lui correspondait, et cela lui plaisait infiniment, à elle qui avait opté pour un décor fleuri et parfois un peu kitsch.

— Désolé, il fait un peu sombre, s'excusa-t-il. Je n'ouvre pas les rideaux dans la journée, et j'ai une excellente vision nocturne.

Il se racla la gorge et lui indiqua le canapé.

— Veux-tu t'asseoir ? lui proposa-t-il, très formel.

Elle avait peut-être eu tort de débarquer sans s'annoncer.

— Oui, merci.

Elle se laissa tomber dans le canapé et failli glisser par terre.

— Houlà ! fit-elle en riant et en se retenant à l'accoudoir. J'aime bien ton appartement, ajouta-t-elle.

— Merci. C'est pratique d'avoir mon labo sur place. J'ai fait communiquer mon appartement avec celui d'à côté, expliqua-t-il en désignant la porte au bout du salon.

Brittany ne voyait pas de l'autre côté, mais elle se demandait si c'était un laboratoire semblable à celui d'un hôpital, stérilisé et plein d'ordinateurs, ou un antre à la Dr Frankenstein.

— Oui, c'est vrai que ça a l'air pratique, convint-elle.

Sur quoi ils se turent tous les deux.

Zut, comment se faisait-il qu'ils recommencent ? Deux pas en avant, six en arrière. Ils avaient couché ensemble. Deux fois. Ils allaient avoir un enfant. Pourtant, on aurait cru deux parfaits inconnus assis l'un à côté de l'autre à un mariage.

— Alexia m'a dit que tu étais passé, hier soir, dit-elle.

— Je voulais m'assurer que tu n'étais pas malade.

— Ça allait. J'étais fatiguée, je crois, et ce cours a été un peu trop pour moi après une longue journée de travail.

Elle n'évoqua même pas la longue aiguille.

— Je suis désolé.

La situation devenait pénible, songea Brittany en tambourinant du bout des doigts sur son genou. La veille au soir, elle s'était sentie proche de lui, comme s'ils avaient passé une espèce d'accord. Et maintenant ? Maintenant, rien. Il la regardait en clignant des yeux comme une chouette et en jetant des regards furtifs à son laboratoire. Manifestement, elle le dérangeait dans son travail.

— J'allais faire des courses, annonça-t-elle. Il me faut des vêtements de grossesse. Alors je me suis dit que j'allais passer, puisque tu voulais me parler.

Elle ne pouvait pas lui tendre une plus grosse perche. Elle avait tellement envie qu'il dise quelque chose de sérieux... Quelque chose de vrai. Quelque chose qui ne soit pas une platitude polie.

— Oh ! Dans ce cas, je ne te retiens pas, s'empressa-t-il de déclarer en sortant son portefeuille. Tiens, pour tes dépenses, ajouta-t-il en lui tendant une carte Visa Platinum.

Curieusement, sa réaction l'horrifia et la vexa à la fois. Elle secoua la tête et refusa de la prendre.

— Je n'ai pas besoin de ta carte, se défendit-elle. Je suis parfaitement capable de m'acheter des vêtements.

Alex et elle travaillaient, étaient des femmes indépendantes. Elles n'avaient pas besoin d'hommes pour subvenir à leurs besoins. Et il n'était pas question qu'il se décharge de ses responsabilités en lui achetant des habits.

Son cerveau avait beau lui dire que sa réaction n'était pas rationnelle, qu'il ne cherchait qu'à l'aider, elle perdit le contrôle de ses émotions.

— Si tu voulais vraiment te rendre utile, attaqua-t-elle, tu viendrais avec moi. Il faut que j'ouvre une liste de cadeaux pour le bébé, et ce ne serait pas mal que tu m'aides à choisir des choses. D'autant qu'il va nous en falloir certaines en double pour que tu puisses avoir ce qu'il faut chez toi.

Elle jeta un coup d'œil autour d'elle et vit soudain la pièce sous un tout autre jour. Elle avait du mal à imaginer un bébé rampant sur une édition reliée de *L'Enfer* de Dante ou jouant avec de la porcelaine de Chine.

— Et ton appartement n'est vraiment pas très sûr pour un tout-petit, ajouta-t-elle avec irritation.

— J'ai fait quelque chose de mal ? s'inquiéta Jean-Baptiste, éberlué, tendant toujours sa carte bancaire. Pourquoi te mets-tu en colère contre moi ?

Parce qu'il n'était pas amoureux d'elle. Parce qu'ils n'étaient pas mariés. Parce qu'elle ne pouvait pas donner à son enfant la famille nucléaire dont elle avait tant rêvé durant sa propre enfance.

— Je ne suis pas en colère contre toi, jeta-t-elle. Seulement je suis venue jusqu'ici dans les bouchons parce que je croyais que tu voulais me parler, et tu restes planté là à me regarder sans rien dire. J'en ai marre de ce malaise entre nous. Soit nous sommes ensemble, soit non. Choisis maintenant, une bonne fois pour toutes, parce que je n'en peux plus. Avec ma grossesse, j'ai trop de choses en tête.

Voilà qui n'était guère plus rationnel. Brittany inspira à fond et s'efforça de rester immobile sur le canapé, confiante, sûre d'elle. C'était difficile dans la mesure où elle ne cessait de glisser sur l'assise en satin, mais elle tint bon, vaillamment. Elle voulait conserver toute sa dignité quand il lui annoncerait qu'il n'avait aucune envie de sortir avec une folle comme elle.

Jean-Baptiste plissa les yeux. Puis fronça les sourcils. Puis il lui fit le choc de sa vie en énonçant d'une voix ferme :

— Oui. C'est ce dont je voulais te parler. Nous sommes ensemble. Point final.

Avant qu'elle ait eu le temps de dire quoi que ce soit, il s'était accroupi devant elle et avait passé une main derrière sa tête. Puis il l'attira vers lui pour lui donner un baiser dur, possessif. Elle lâcha l'accoudoir et se laissa couler entre ses bras. Dieu ! qu'elle y était bien, que le contact de son torse musclé était bon… Avec lui, elle se sentait merveilleusement sexy et féminine. Cependant, elle finit par détacher sa bouche de la sienne.

— Et si je disais non ? fit-elle après avoir pris une longue inspiration.

Elle n'en avait pas l'intention, bien sûr, mais elle avait besoin de lui préciser qu'elle n'était pas une jeune fille protégée et soumise du XIXe siècle. Dans leur relation, ils seraient deux à porter la culotte.

Toutefois, comme il était déjà en train de lui caresser le sein, elle supposa qu'il ne prenait pas son objection très au sérieux. Il lui mordilla le lobe de l'oreille et promena les lèvres le long de sa joue.

— Dans ce cas, je ferai tout ce qu'il faudra pour te convaincre que nous sommes faits l'un pour l'autre. Je vous serai entièrement dévoué, à toi et à notre enfant. J'irai dans tous les magasins que tu voudras. Je lirai tous les livres que tu voudras. Je m'acharnerai à te prouver ma sincérité. Je viendrai chez toi toutes les nuits te donner du plaisir pendant des heures et des heures, jusqu'à ce que tu ne saches même plus comment tu t'appelles, jusqu'à ce que tu ne puisses plus imaginer ton lit sans moi. Mais nous serons ensemble. Pour toujours, conclut-il en posant la bouche sur la sienne.

Voilà. Elle était fichue. Elle fondait. Comme à chaque fois qu'il lui faisait le coup de l'arrogance sensuelle, elle était prête à arracher ses vêtements et à faire des folies de son corps avec lui. Elle lui rendit son baiser. Il insinua la langue entre ses lèvres, exigeant et doux à la fois.

Était-ce les hormones liées à sa grossesse ? Toujours est-il que Brittany sentit sa féminité s'embraser. Elle avait déjà la main sur la boucle de la ceinture de Jean-Baptiste quand il s'écarta.

— Allons-y, déclara-t-il.

— Où ça ? demanda-t-elle bêtement, haletante.

Il la regarda. Apparemment, il n'était pas affecté par le désir qui la consumait. Pourtant, il suffisait qu'il la regarde pour qu'elle en ait envie. C'était trop bizarre.

— Faire les courses, répondit-il. On va acheter des vêtements de grossesse et faire la liste pour le bébé, non ?

— Tu viens avec moi ?

Elle n'en revenait pas. Pour la liste, d'accord, elle avait peut-être un peu espéré qu'il l'accompagnerait. Mais pour les vêtements ? Même sa sœur avait refusé cette corvée aussi éprouvante que l'achat d'un maillot de bain.

— Oui, confirma-t-il en lui tendant la main pour l'aider à se lever. C'est ce qu'on fait quand on est en couple et qu'on va avoir un bébé. Des courses. Alors comme nous sommes en couple, nous allons faire les courses.

Raisonnement logique.

Sauf que Brittany n'était pas certaine qu'ils forment un couple très standard. D'un autre côté, la norme était une notion relative et essayer d'acheter seule un soutien-gorge d'allaitement lui faisait trop peur.

— Attention, Baby Superstore, on arrive ! s'exclama-t-elle.

Quitte ou double

Assis sur un banc devant les cabines d'essayage du magasin de vêtements de grossesse, Jean-Baptiste se demandait jusqu'où il devait pousser la franchise.

Brittany avait une si belle silhouette, élancée et voluptueuse à la fois, qu'il aurait cru que tout lui allait. Mais il s'était trompé. Le pantalon de Stretch noir qu'elle avait sur elle la rapetissait de quinze centimètres, lui collait au derrière et attirait bien trop l'attention sur la jonction de ses cuisses pour qu'il accepte qu'elle le porte en public.

— Qu'est-ce que tu en dis ? lui demanda-t-elle. Il est très confortable, mais j'ai l'impression qu'il me fait de grosses fesses.

C'était un piège. Jean-Baptiste sentit une sueur froide lui couler dans le dos.

— Je n'adore pas la couleur, répondit-il.

— Mais il est noir, objecta-t-elle en fronçant les sourcils. Comment peux-tu ne pas aimer le noir ?

Elle se contorsionna de nouveau devant la glace pour essayer de se voir de dos.

— Tu vas avoir froid aux pieds.

Il changea de position sur le banc et fit signe à la vendeuse qui arrivait avec le même pantalon dans trois autres coloris de s'en aller. Le noir était déjà assez peu seyant. Elle n'avait vraiment pas besoin de passer le rose.

— C'est vrai. Mais j'ai trop chaud tout le temps, en ce moment.

Elle se tordit de nouveau, dans l'autre sens.

Jean-Baptiste se retint de soupirer. D'accord, il s'ennuyait et il était mal assis. Et il avait l'impression qu'il suffirait d'un mot de travers pour qu'elle se mette à crier après lui. Mais ce ne devait pas être une partie de plaisir pour elle non plus, et elle semblait avoir besoin d'un œil extérieur. Bref, c'était pénible, mais il était de son devoir de la soutenir.

On étouffait, dans ce magasin. Il tenait la pile de « peut-être » de Brittany sur ses genoux. Elle avait les joues rouges et les cheveux en bataille. Maintenant, il comprenait pourquoi elle avait évité cette épreuve le plus longtemps possible. Il fallait qu'elle essaie dix-sept articles pour en trouver un qui lui aille et qui lui plaise. C'était l'enfer – un enfer de miroirs, de cintres et d'antivols.

Et cela n'en finissait pas. Toutes les questions qu'elle lui posait étaient minées.

« Pourquoi mes seins ont l'air aussi énormes ? »

« Tu crois qu'il y a une erreur d'étiquetage sur ce pantalon ? Il est très serré. »

« Quelle est la couleur qui me va le mieux ? »

« Pourquoi j'ai le nez qui brille autant ? »

Et, la pire de toutes, au bout d'une heure et demie de torture, murmurée d'une voix tremblante, les yeux brillants : « Tu n'aimes pas mes cheveux courts, c'est ça ? J'ai fait une énorme erreur en les coupant. »

Jean-Baptiste se leva et posa la pile de vêtements sur le banc avant de s'approcher d'elle. Il lui prit le visage entre ses mains et lui déposa un léger baiser sur les lèvres.

— Si, j'aime tes cheveux, assura-t-il sincèrement.

Certes, il les aimait encore plus longs, mais peu importait.

— J'aime ton corps et ton cœur, enchaîna-t-il. Ta façon de mordre dans la vie à belles dents, ton optimisme, ta passion, ta tendresse, ton dévouement, ton désintéressement.

Il posa la main sur son ventre qui s'arrondissait sous son chemisier de coton.

— J'aime que tu sois la mère de mon enfant, conclut-il.

Il faillit ajouter « je t'aime », mais les mots lui restèrent dans la gorge. S'il les prononçait maintenant, cela aurait l'air d'un baume, d'un geste d'apaisement. Et puis, de toute façon, il n'était pas certain que ce soit vrai. Il le croyait, mais comment pouvait-on être certain de ce genre de chose ?

Tout ce qu'il lui avait dit, pour l'instant, il le pensait sincèrement. Mieux valait en rester là.

Elle renifla.

— Mais qu'est-ce qui m'arrive ? gémit-elle. Je ne suis jamais comme cela, hébétée, les larmes aux yeux. C'est exaspérant.

— Je crois que c'est une question d'hormones, avança-t-il en glissant les cheveux de Brittany derrière son oreille.

Elle s'empressa de les dégager.

— Ne fais pas ça ! protesta-t-elle. Je déteste quand ils sont comme ça.

Aussitôt, elle fit la grimace.

— Berk ! Non mais écoute un peu comme je suis désagréable et geignarde.

C'était elle qui le disait… Jean-Baptiste décida de prendre la situation en main.

— C'est épuisant, voilà ce qu'il y a, déclara-t-il. On en a assez fait pour aujourd'hui.

Il pinça le pantalon qu'elle portait entre le pouce et l'index.

— Celui-ci me plaît moins que l'autre. Laisse-le et prends le jean, suggéra-t-il avant de se retourner pour reprendre la pile qu'il avait laissée sur le banc. Ça te fait déjà quatre ensembles, et tu pourras les associer différemment. Ça suffit pour ce soir.

Apparemment soulagée de le voir prendre des décisions, elle hocha la tête et retourna dans la cabine.

— Bon, j'essaie les soutiens-gorge parce qu'il m'en faut d'autres. J'éclate dans les miens.

Jean-Baptiste fit signe à la vendeuse et lui tendit la pile.

— Vous voulez-bien commencer à enregistrer cela ? la pria-t-il.

Afin qu'ils sortent d'ici le plus vite possible, ajouta-t-il intérieurement.

— Jean-Baptiste, appela Brittany à travers la porte fermée. J'ai besoin d'aide.

— Il te faut une autre taille ? Passe-le-moi et je vais demander à la vendeuse.

— Non, je voudrais que tu règles les bretelles. Entre deux minutes, ajouta-t-elle en entrebâillant la porte.

Il ne lui semblait pas convenable du tout d'entrer avec elle dans la cabine d'essayage au vu et au su de tout le magasin. Cela dit, on n'était plus en Angleterre à l'époque de la Régence, mais à Las Vegas au XXIe siècle. Il fallait qu'il se souvienne que les règles de bienséance avaient changé.

Il la rejoignit donc en passant de côté pour qu'elle n'ait pas à ouvrir trop grand la porte. Il la trouva en petite tenue, les deux mains sur les bretelles visiblement bien trop longues de son soutien-gorge dont les étiquettes se balançaient dans son dos. Il fut heureux de constater qu'elle n'était pas encore passée à ce que Jason appelait des culottes de grand-mère. Mais il apprécia moins l'érection que lui procurait la vue de son string noir et qui était parfaitement déplacée dans ce lieu.

— Que faut-il que je fasse ? s'enquit-il en s'efforçant de ne pas regarder trop ouvertement sa poitrine qui s'arrondissait nettement.

Ni ses cuisses douces. Ni ses fesses nues bien fermes dont le reflet lui apparaissait dans la glace. Ni le triangle de sa féminité souligné par le tissu noir. La bouche sèche, Jean-Baptiste sortit ses crocs.

— Tire un peu sur les petites agrafes blanches pour raccourcir les bretelles. Elles sont tout en bas : je ne peux pas les atteindre.

Elle se retourna et tendit les bretelles comme il fallait pour lui montrer ce qu'il y avait en trop. Il avala sa salive et examina les petites barrettes pour comprendre comment elles marchaient. Le bruit du souffle de Brittany, les battements de son cœur le distrayaient. Et il aurait juré que c'était l'odeur de son désir qui lui parvenait. Être ainsi presque nue devant lui l'excitait !

Cette découverte raviva encore sa propre ardeur. Neuf semaines, ce n'était pas très long, pour un vampire. Pourtant, cela lui semblait une éternité. Il ne pouvait pas attendre une minute de plus pour la toucher, pour sentir sa peau sous ses doigts, pour goûter son sang vif et savoureux.

Il fit glisser le clip pour raccourcir la bretelle et frôla sa peau du bout des doigts en passant à l'autre côté. Quand il l'eut également réglée, il regarda Brittany dans le miroir.

— C'est comment, maintenant ?

— Beaucoup mieux, assura-t-elle d'une voix un peu rauque.

Il passa la main devant elle et, de l'index, suivit la ligne du soutien-gorge, par-dessus le coton.

— Tu es sûre qu'il n'est pas trop petit ?

— Non, je ne crois pas. Je suis bien dedans.

Il fit glisser les bretelles sur ses épaules.

— Tu devrais peut-être en essayer un autre pour vérifier, suggéra-t-il en dégrafant l'arrière et en le lui ôtant d'un geste habile.

Elle retint son souffle et soutint le regard de Jean-Baptiste dans le miroir.

— J'en ai aussi choisi un noir.

Il posa le soutien-gorge à cheval sur la porte et contempla le reflet de Brittany.

— Tu es magnifique, dit-il en prenant ses seins bien fermes dans le creux de ses mains avant de les faire glisser jusqu'à la drôle de petite bosse sur son ventre, tout en lui baisant l'épaule. Je te trouvais déjà sexy avant, mais, maintenant que tu portes mon enfant, je reste sans voix devant ta beauté.

Elle ferma les yeux tandis qu'il continuait de la caresser.

— Merci, murmura-t-elle. Je me sens super bien, là. J'ai entendu dire que le deuxième trimestre était le plus facile. Il faudrait que nous en profitions.

Aux oreilles de Jean-Baptiste, cela sonnait comme une invitation. Il souleva un peu le devant de son string et glissa un doigt à l'intérieur, dans la chaleur humide et accueillante de son corps. Il ne s'était pas trompé. Elle était prête à le recevoir. Elle poussa même un petit cri étranglé.

— Profitons-en tout de suite, proposa-t-il.

— Ici ?

Elle avait l'air un peu choqué. Pourtant, elle se mit à onduler des hanches, très lentement, pour aller et venir sur son doigt.

— Je ne sais pas…, chuchota-t-elle.

Ce n'était pas très convaincant, comme protestation. Alors, Jean-Baptiste acheva de lui baisser son string tout en l'embrassant dans le cou.

— C'est si bon, fit-il. Tu m'as manqué.

Il ôta son T-shirt et ouvrit sa braguette pour sentir le contact de son corps. Quand sa peau toucha la sienne, torse contre dos, il ferma les yeux pour mieux en profiter, tous les sens en alerte.

Il se mit à bouger le doigt en elle tout en lui écartant les cuisses. À mesure qu'il allait plus vite, plus loin, son souffle se faisait plus haché, plus rapide. Son membre dressé plaqué contre les fesses de Brittany, il se mit à la désirer presque sauvagement, avec une intensité primitive et irrationnelle. Comme la première nuit. Et la deuxième. Avec elle, ce n'était pas comme avec les autres. C'était de la passion à l'état brut. Et lui-même était différent.

— Jean-Baptiste, murmura-t-elle. Je ne peux pas m'en empêcher. Je crois que je vais…

Il rouvrit les yeux juste à temps pour la voir jouir dans la glace, approcher les doigts du mur, se mordre la lèvre pour étouffer un cri, rejeter la tête en arrière. Sa jugulaire palpitait violemment et son ouïe de vampire lui permettait d'entendre les battements désordonnés de son cœur. C'était magnifique, et tellement satisfaisant de savoir qu'il était capable de lui faire vivre cela, de la déshabiller entièrement dans une cabine d'essayage. Et que c'était lui, lui seul qui l'avait fécondée. Que, ensemble, ils allaient donner vie à un enfant.

Elle était à lui.

En la pénétrant par-derrière, en glissant son sexe douloureux dans la douceur de son corps, il lui mordit l'épaule pour l'immobiliser et l'unir à lui totalement. Elle laissa échapper un petit gémissement auquel il se serait joint s'il n'avait été en train de boire son sang. Ils ne formaient plus qu'un, songea-t-il en s'abandonnant à cette extase et en s'enfouissant plus profondément entre ses cuisses tandis que ses crocs s'enfonçaient dans sa veine. Il ne boirait pas trop, à cause du bébé. Juste ce qu'il fallait pour imprégner ses lèvres et sa langue de son goût et pour sentir leurs pensées se rejoindre.

Ce n'était pas des phrases cohérentes qui émanaient de Brittany, plutôt des pensées, des sentiments, des sensations. Il entendait, il sentait, il percevait le plaisir, l'émerveillement, l'espoir qui provenaient d'elle en ondes successives.

Brittany, murmura-t-il dans sa tête pour voir si ce lien entre eux, qui avait étrangement disparu ces derniers mois, était toujours là, intact. *Tu aimes me sentir en toi ?*

Oui, répondit-elle aussitôt, très clairement. *J'adore. Tu as une queue extraordinaire.*

Jean-Baptiste cessa de la mordre et laissa échapper un gémissement. Tout son corps se tendit et ses coups de reins se firent plus puissants. Quel homme n'aimerait pas entendre cela ? Même si elle mentait, même si elle flattait son ego ou récitait une réplique de film porno, il s'en moquait. Ses mots le firent exploser dans un orgasme magistral.

— Brittany, fit-il, les doigts enfoncés dans ses cuisses, tandis que ses mouvements la plaquaient contre le miroir. Ma belle Brittany.

Elle remuait les lèvres, mais aucun son n'en sortit tandis qu'elle jouissait une seconde fois, un peu moins fort, et qu'il sentait son corps se refermer autour de lui, prolongeant son plaisir. Il ralentissait mais répugnait encore à se retirer de sa douce chaleur quand on frappa à la porte de la cabine. Ils sursautèrent tous les deux.

— Tout va bien ? demanda la vendeuse.

— Oui, répondit-il d'une voix qui tenait plus du grognement.

— Dans ce cas, pourriez-vous sortir de la cabine, monsieur ? Cela ne fait pas très bonne impression.

Brittany laissa échapper un petit rire.

— Oups ! On s'est laissé un peu emporter, on dirait.

— Je l'aide à essayer les vêtements, protesta Jean-Baptiste avec autant de dignité que possible dans sa situation.

— Hm, fit la vendeuse.

Jean-Baptiste lécha l'épaule de Brittany pour faire disparaître les traces de sa morsure et se retira avec autant de satisfaction que de regret. Ils reprendraient une fois rentrés.

Brittany se pencha pour ramasser son string.

— Me voilà prête à attaquer le Baby Superstore, déclara-t-elle. Je suis beaucoup plus détendue.

Détendue ? Jean-Baptiste, lui, se sentait tendu à l'extrême. C'était comme si son pantalon avait rétréci. Il n'avait aucune envie d'aller acheter des biberons. Ce qu'il voulait, c'était ramener Brittany chez lui et lui faire l'amour lentement, habilement, toute la nuit.

— Le Baby Superstore ? répéta-t-il avant de se rajuster et de lui donner son jean accroché à la poignée de la porte.

— Oui. C'est beaucoup plus facile d'ouvrir une liste maintenant. Nous n'aurons rien d'autre à faire que de scanner les produits. C'est du gâteau.

Onze

Rien n'était du gâteau avec Jean-Baptiste, songea Brittany en regardant son vampire de petit ami passer en revue les sièges-auto. Après s'être exclamé : « Mais pourquoi y en a-t-il autant ? », il avait commencé méthodiquement à un bout du rayon et détaillait la fiche de chaque modèle.

Heureusement qu'il lisait vite.

— Quand j'étais enfant, ma nurse me tenait sur ses genoux, observa-t-il quand il en fut à peu près au milieu.

— Aujourd'hui, c'est interdit. Elle se ferait arrêter.

Elle n'avait qu'une envie : lui dire d'en choisir un sans faire autant de manières. Mais elle avait déjà essayé cette stratégie dans le rayon des babyphones et elle l'avait profondément blessé. Pire, cela ne l'avait absolument pas fait accélérer. Habitué à avoir l'éternité devant lui, il avançait à une allure d'escargot.

— Je trouve celui-ci trop masculin, remarqua-t-il en désignant un siège bleu marine. Et si c'était une fille ?

Brittany ne trouvait pas que cela ait tellement d'importance. Leur fille ne risquait pas de problèmes d'identité sexuelle sous prétexte que son siège-auto était bleu. D'ailleurs, elle n'était pas pour encourager ce genre de stéréotype. Cependant, si cela pouvait l'aider à réduire la liste, elle voulait bien renoncer au bleu.

— C'est vrai, concéda-t-elle.

— D'un autre côté, c'est le mieux placé au point de vue sécurité, ajouta-t-il.

S'il n'était pas aussi adorable, elle regretterait de l'avoir amené. Mais il était réellement adorable. Si gentil, si concentré, si mignon qu'elle le trouvait à croquer. Quelle chance elle avait… Tomber enceinte suite à des rapports non protégés avec un vampire que l'on connaissait à peine, ce n'était pas très prometteur, comme début. Pourtant, non seulement il s'était montré franchement à la hauteur en endossant d'emblée ses responsabilités, mais il l'emmenait au septième ciel dans une cabine d'essayage, discutait des avantages et des inconvénients des sièges-auto comme s'ils s'apprêtaient à investir un demi-million de dollars dans une maison et pas une centaine dans un siège qui ne leur servirait que six mois. Et la sécurité de leur bébé lui importait énormément. Il y avait de quoi tomber en pâmoison.

N'empêche que la soirée commençait à traîner un peu en longueur. Heureusement que le magasin était ouvert jusqu'à minuit. Elle s'était toujours demandé qui pouvait acheter des affaires pour bébés à 23 heures. Maintenant, elle savait. Des pères épuisés venus chercher du lait en poudre et des couches. Des mères stressées en quête d'un médicament pour calmer la fièvre du bébé tout rouge qui hurlait dans leurs bras. Et des dentistes enceintes dont le compagnon mort-vivant dormait toute la journée.

Lorsque Jean-Baptiste eut réduit le choix à trois modèles, il lui demanda son avis.

— Lequel ?

— Celui-ci, je crois, répondit-elle en en indiquant un presque au hasard, parce que sa couleur de terre lui plaisait.

— Il a l'air plus difficile à installer que les autres, objecta-t-il en fronçant les sourcils.

— Alors celui-là, proposa-t-elle en montrant le vert.

— Je crois qu'il est moins confortable.

— Alors celui-là ? avança-t-elle en se rapprochant du dernier.

— Excellent choix, approuva-t-il en hochant la tête.

Au lieu de lever les yeux au ciel comme elle en aurait eu envie, Brittany lui passa le lecteur de code-barres. Il adorait utiliser la douchette magique pour ajouter des articles à leur liste. À chaque fois, il avait le sourire.

— Et voilà, annonça-t-il fièrement. Enregistré.

Ah, les hommes… Un rien les amusait.

— Scanne un appui-tête, pendant que tu y es, le pria-t-elle.

Il n'y en avait que trois, qui lui semblaient tous à peu près identiques.

— Prends le moins cher, précisa-t-elle.

À sa grande surprise, il obtempéra.

— Allez, on passe aux chaises hautes, déclara-t-il en consistant la check-list Futurs parents qu'il tenait dans l'autre main.

Brittany remarqua que la concentration que lui demandait l'élaboration de cette liste détériorait sa prononciation. Soudain, on avait l'impression qu'il venait d'arriver de Paris. Il ne manquait pas de vocabulaire, en revanche. Elle était même impressionnée par sa maîtrise de la langue. Mais il ne s'était jamais vraiment défait de son accent. Subitement, elle se demanda s'il apprendrait le français à leur bébé. Ce serait génial, un enfant bilingue. Sauf quand il râlerait après elle parce qu'elle lui demanderait de ranger sa chambre et qu'elle ne comprendrait rien. Bon, pas si génial que ça, tout compte fait.

— Qui va nous acheter tout cela, exactement ? voulut savoir Jean-Baptiste en passant la main sur une chaise haute blanche d'un design contemporain. Je ne comprends pas pourquoi nous ne nous en chargeons pas nous-mêmes.

— D'où vient ton argent ? laissa-t-elle échapper par curiosité.

Il haussa les épaules.

— De ma famille. Nous étions très riches, au XIXe siècle, et j'étais le seul héritier, donc tout m'est revenu à la mort de mes parents. Je vis modestement et mon capital a plutôt augmenté au fil des investissements. Quant à mes recherches, elles sont financées par un très vieux vampire, ce qui fait que je ne dépense pas ma fortune personnelle. J'ai donc beaucoup d'argent. Je suis largement capable de subvenir aux besoins de notre enfant.

Comme il avait l'air vexé, elle leva une main pacifique.

— Du calme, je n'ai jamais dit le contraire, assura-t-elle. Simple curiosité. Quant à cette liste, elle sert à ce que les gens puissent nous offrir des cadeaux. C'est la tradition. Surtout pour un premier enfant. Au cabinet, tout le monde va vouloir nous offrir des cadeaux de naissance. Ethan et Alexia aussi. Et mes copains de fac. Ma voisine. Tes amis vampires…

— Je n'ai pas d'amis, l'interrompit-il avec une grimace. Pas celles-ci, déclara-t-il en avançant dans le rayon. Nous n'avons ni l'un ni l'autre ce type de mobilier. Il nous faut quelque chose de plus traditionnel.

Brittany eut soudain le cœur gros. Elle n'avait pas voulu lui rappeler sa solitude. C'était tout juste si elle percevait la réalité de ce qu'il venait de lui dire. Certes, Alexia, Ethan et Cara lui avaient dit que Jean-Baptiste n'était pas bien accepté par la communauté vampire. Elle imaginait pourtant qu'il avait tout de même des amis ou au moins des copains quelque part. Elle le savait assez solitaire, mais elle croyait que c'était par choix. Maintenant, elle se rendait compte que, quoi qu'il en dise, cela lui pesait.

— Eh, protesta-t-elle en le suivant et en lui touchant le bras. Moi, je suis ton amie.

Il lui sourit et lui caressa la joue du bout du pouce.

— C'est vrai, et j'ai bien de la chance. Autrefois, j'avais des amis, tu sais. Quand j'étais mortel. Et même jeune vampire. Et puis ils sont tous morts. Et je ne me suis pas donné la peine de m'en faire de nouveaux. Mais ton amitié me rend très heureux. Je ne me rendais pas compte à quel point cela me manquait.

« Je t'aime », aurait-elle voulu lui dire. Elle savait que c'était vrai, qu'il était différent des autres et qu'elle n'avait jamais ressenti ce qu'elle ressentait pour lui. Cependant, elle se tut. Elle aurait l'air de vouloir le consoler et sa déclaration semblerait motivée par la pitié plutôt que par des sentiments véritables. Si seulement ils pouvaient encore communiquer par télépathie… Alors, il verrait la vérité dans son cœur, dans son esprit. Il lirait ces mots dans sa conscience. Mais, curieusement, depuis leur séparation de deux mois, elle ne l'entendait plus. Sauf quand ils faisaient l'amour. Et elle avait l'impression que lui non plus ne l'entendait plus. Ce qui n'était pas sans la perturber.

— Travailler tout le temps sans jamais se distraire, ce n'est pas bon, même pour un vampire. Ne t'en fais pas, je vais te faire sortir de chez toi.

Voilà qui devrait le rassurer. Il faisait une tête si comique qu'elle avait envie de rire.

— Tu es trop bonne, repartit-il pince-sans-rire. Celle-ci ? proposa-t-il en désignant une chaise haute en acajou.

— Oui. Elle est très jolie.

Et elle allait et avec le mobilier de Jean-Baptiste, et avec le sien.

C'était fou ce qu'ils s'entendaient bien. On se serait cru dans une publicité. Le couple vampire-mortelle idéal.

Elle sourit quand il scanna l'étiquette d'un geste agressif.

Tout allait bien se passer.

— Comment cela, ta sœur sera là dans une heure ? s'écria Alexia en regardant le désordre ambiant et en s'efforçant de ne pas céder à la panique.

Elle faisait une femme d'intérieur épouvantable. Il y avait des papiers partout. Les factures s'entassaient. Un sac Wal-Mart plein d'articles de toilette traînait sur le bar et le canapé était couvert de piles de linge.

— Brittany ne t'a demandé d'appeler Gwenna qu'hier !

— À vrai dire, je l'avais invitée à venir nous voir il y a plusieurs mois, après que tu l'avais toi-même suggéré. Je pensais que ça te ferait plaisir. Et Brittany va pouvoir parler avec elle.

Ah, les hommes...

— J'aurais bien aimé être prévenue un peu à l'avance. L'appartement est dans un état épouvantable, et moi aussi.

Ethan resta perplexe.

— Je ne crois pas que Gwenna nous reproche de ne pas avoir fait les poussières de la semaine.

Ce n'était pas le moment de lui expliquer la psychologie féminine ni l'importance de faire une bonne première impression.

Elle passa à l'action, commençant par ramasser les piles de linge qu'elle fourra en vrac dans le panier.

— Ramasse les papiers, lui ordonna-t-elle. Cache-les dans un tiroir ou empile-les au moins correctement.

Elle courut dans la chambre cacher le panier à linge dans le placard dont elle ferma la porte. Zut. Le lit n'était même pas fait. Elle déploya l'édredon sur les draps en désordre et jeta les oreillers dessus puis retourna prendre le sac Wal-Mart en secouant la tête pour rejeter ses cheveux en arrière. Maintenant, il fallait qu'elle saute dans la douche.

Ethan était tranquillement en train de classer ses papiers, imperméable à toute notion d'urgence. Elle allait recourir au karaté pour le stimuler un peu quand on sonna à la porte.

— Oh, merde...

Pas déjà. C'était impossible.

— C'est elle. Je le sens, annonça Ethan.

Génial. Alors non seulement la maison était dans un état indescriptible, mais elle aussi, suante et soufflante dans son pantalon de survêtement. Pour une première rencontre avec sa belle-sœur, on ne pouvait pas rêver mieux. Elles n'avaient pas eu l'occasion de parler, le jour de leur mariage, parce que Gwenna était arrivée à la dernière minute et repartie dès la fin de la cérémonie sans même leur dire bonjour.

Alexia jeta le sac de déodorant et de shampooing dans un placard de la cuisine. Elle n'avait plus vraiment besoin de déodorant, désormais, mais il n'était pas si facile de perdre les vieilles habitudes. Si elle n'en mettait pas, elle se sentait nue.

C'était sans espoir, mais elle tenta de se recoiffer du bout des doigts et afficha son plus beau sourire.

Ethan ouvrit la porte et fit entrer sa sœur pour la serrer dans ses bras.

— Gwenna, dit-il. Alex et moi sommes tellement heureux que tu aies pu venir…

Elle l'étreignit en retour, mais avec un peu de réserve et d'impatience. Alexia lui trouva l'air aussi pâle et tragique que le jour de leur mariage. Cependant, il y avait quelque chose de changé chez elle. Peut-être sa façon de se tenir plus droite. Quand elle s'écarta d'Ethan, ses cheveux blonds ondulés découvrirent son visage pour révéler une expression d'inquiétude, de peur.

— Tout va bien ? lui demanda Alexia, soudain gagnée par son angoisse.

Gwenna s'approcha d'elle les deux mains tendues et prit les siennes entre ses doigts délicats en la regardant. Ses lèvres roses faisaient presque fiévreuses comparées à la pâleur de son teint.

— Roberto est de retour, révéla-t-elle. Et il est au courant pour le bébé.

— Tu es de retour plus tôt que convenu, lâcha Chechikov en le regardant froidement par-dessus sa vodka.

Roberto Donatelli ne se laissa pas intimider.

— J'ai des affaires personnelles à régler, expliqua-t-il. Et personne ne saura que je suis ici : j'ai laissé mon bracelet électronique sur mon homme de main, Smith. Je suis stupéfait de la facilité avec laquelle j'ai pu l'enlever. L'ordre et la sécurité au sein de la Nation vampire ont clairement souffert sous le gouvernement Carrick.

Il croisa les jambes tout en admirant la suite de Chechikov au Bellagio, son élégance discrète, son mobilier bleu pâle et taupe.

— J'en viens à croire que même un meurtre pourrait rester impuni.

— Sans aucun doute, confirma le Russe en rejetant la tête en arrière pour vider son verre. C'est pourquoi je suis ici. Et que je me présente à l'élection présidentielle. Il est temps de rendre à la Nation sa gloire d'antan.

Donatelli était d'accord avec la fin, mais il aurait espéré que, le moyen, ce serait lui et non Chechikov. Mais Carrick et Fox avaient déjoué ses plans, de sorte qu'il avait dû se retirer de la course. Pour avoir sous-estimé les sentiments que Fox portait à Cara, la strip-teaseuse, il avait bien failli se faire décapiter. Il n'était pas près de commettre à nouveau une telle erreur.

— Tu sais que je suis à ta disposition, assura-t-il.

Chechikov se montrait un allié fiable depuis deux siècles. Leur arrangement avait profité à Donatelli et financièrement et politiquement.

Gregor hocha la tête.

— Et je te remercie de m'avoir mis au courant de la future paternité de Corbin, dit-il.

— Qui est la mère ? s'enquit Donatelli, curieux.

Si Corbin se tapait une mortelle, il ne pouvait pas coucher avec Gwenna comme l'avait laissé entendre cette petite garce de Kelsey. La seule idée de Gwenna au lit avec ce radical lui faisait grincer des dents et le mettait dans une colère noire. Cependant, il était certain que le Français n'entretenait pas deux relations en même temps. Ce n'était pas son style.

— Ah, c'est ça le plus intéressant. Ton petit informateur n'a pas dit son nom à ma femme, mais cela n'a pas d'importance parce que j'ai fait quelques recherches depuis mon arrivée à Vegas. Il semble que la première dame de la Nation, Alexia Baldizzi-

Carrick, ait une sœur qui soit une Impure. Et que cette sœur soit enceinte.

— S'il était si facile de le découvrir, pourquoi avons-nous payé Rick Columbia ?

— Pour le remercier. Sans lui, nous n'aurions pas fait le rapprochement.

— Mais comment sais-tu que l'enfant de Brittany Baldizzi est de Corbin ?

— Elle a été vue en sa compagnie il y a deux jours, en train de suivre des cours à l'hôpital. Des cours d'accouchement. Grosse imprudence de la part de Corbin. Je ne comprends pas qu'il ne soit pas un peu plus discret.

En effet, c'était étonnant. Corbin n'était ni stupide ni sociable.

— Peut-être que l'enfant n'est pas de lui. Peut-être qu'il cherche à se faire bien voir de Carrick pour obtenir des faveurs.

— En assistant à une préparation à l'accouchement ? ironisa Gregor. Non. C'est lui le père.

— Cela n'explique pas son imprudence.

— Va savoir. Il se croit peut-être amoureux de cette fille, avança-t-il avec un sourire narquois.

Donatelli ne partagea pas son amusement. Il ne savait que trop bien quelles bêtises un homme pouvait être amené à faire quand il s'autorisait à éprouver des sentiments pour une femme. C'était pour cela qu'il était en ville en ce moment même et qu'il risquait sa peau. Depuis la première fois qu'il l'avait vue, il y a neuf cents ans, il n'avait jamais été capable de contrôler ce qu'il ressentait pour Gwenna. Elle le rendait fou de désir, de passion, de colère. D'amour.

— Peut-être, concéda-t-il. À propos d'amour, toutes mes félicitations pour ton mariage. Ta femme doit avoir un charme extraordinaire, pour t'avoir convaincu de lui passer la bague au doigt.

En arrivant, Roberto avait aperçu de longues jambes et des cheveux flottants dans la chambre de la suite de Gregor, mais il n'avait pas vu son visage.

Chechikov haussa les épaules.

— Sacha est une perle. Et elle me servira bien quand je commencerai à faire campagne. Un maître vampire avec une mortelle : tout le monde croira que c'est par amour.

La façon dont il haussa les sourcils fit froid dans le dos à Roberto.

— Je suis très romantique, tu sais, Donatelli. Je t'ai déjà raconté l'époque où je servais sous les ordres du prince de Kiev et où il était de mon devoir d'écraser les rebellions dans les campagnes. Tu sais comment je m'y prenais ?

— Non.

Qu'est-ce qu'il racontait, ce vieux cinglé ? se demanda Donatelli en changeant de position dans son fauteuil club.

— On m'appelait l'Ours noir. Les hommes tremblaient de peur en me voyant arriver avec mes guerriers, et ils avaient bien raison. Nous les tuions tous, un à un, pour l'exemple, pour passer aux autres l'envie de défier le prince. Et une fois que les hommes étaient morts, dans la poussière, je prenais leurs femmes crasseuses et édentées et je laissais mes soldats faire d'elles ce qu'ils voulaient. Si ce n'est pas romantique, ça…

Le regard vague, il semblait perdu dans le souvenir de ses exploits de jeunesse.

Donatelli s'appliqua à garder une expression neutre alors que ce récit lui soulevait le cœur. Gregor était un malade, découvrait-il. Il n'aurait pas imaginé qu'il puisse faire preuve de tant de cruauté – et s'en délecter encore des siècles plus tard.

Lui-même, Roberto, n'avait pas toujours été un enfant de chœur. Question de survie. Au cours de sa vie, il avait menti, manipulé des gens, recouru à la violence, parfois, et au contrôle mental pour soumettre les autres à sa volonté. Mais jamais, jamais il n'avait violé une femme. Chaque homme avait ses limites morales, et c'était celle de Donatelli. Le meurtre, à la rigueur, si c'était justifié, il pouvait l'admettre. L'humiliation et la torture aussi. Mais pas le viol.

— Maintenant, commenta-t-il, tu vas devoir te contenter de la présidence. C'est loin d'être aussi excitant.

— Exact. Mais c'est toujours une question de pouvoir. C'est le pouvoir qui m'attire.

Comme eux tous, non ?

Jean-Baptiste était comblé. Il s'amusait comme un fou avec le lecteur de code-barres et, surtout, Brittany et lui étaient de plus en plus proches. Ils étaient enfin à l'aise ensemble, ce qui leur faisait défaut jusque-là, et ils s'amusaient bien. C'était drôle de choisir ensemble toutes les affaires du bébé, de se moquer du grotesque des blousons de cuir pour nourrissons.

Ils devaient avoir enregistré au moins neuf mille articles, estima-t-il. Il en venait à se demander comment l'espèce humaine parvenait à survivre si la première année de la vie requérait autant d'efforts et d'argent. Cela dit, force lui était de reconnaître que, une fois passé le stress généré par la surabondance de l'offre, il ne lui avait pas déplu de choisir tous ces produits. Il s'était même découvert un goût aussi soudain qu'inexplicable pour le thème de la lune et des étoiles qui avait eu sa préférence à chaque fois qu'il était proposé. Brittany l'avait bien un peu taquiné, mais elle n'avait pas protesté quand il avait choisi ce motif pour toute la literie, les rideaux et une frise de papier peint. Était-ce parce qu'il souhaitait que son enfant apprécie la nuit, le monde de son père ou parce que, tout simplement, ces petites étoiles lui plaisaient ? Il n'aurait su le dire. En tout cas, il était heureux d'être associé à ces détails qui concernaient leur enfant. Soudain, tout lui semblait important, merveilleux, plein d'espoir.

C'est en proie à cette myriade de sentiments complexes et extraordinaires que, dans la voiture, il demanda à Brittany :

— Passe la nuit avec moi.

Appuyée à la portière côté passager, elle le regarda.

— Je travaille, demain, rappela-t-elle. Et il est déjà très tard.

Elle avait les yeux cernés, nota-t-il, et c'était l'épuisement qui l'empêchait de se tenir droite. Raison de plus pour ne pas la raccompagner chez elle. Il aimait mieux pouvoir veiller sur elle, s'assurer que tout allait bien. Il avait du travail, et il fallait qu'il se nourrisse, mais l'idée de la savoir dans son lit, de l'entendre respirer alors qu'il se trouvait dans la pièce voisine le tentait infiniment.

Il haussa les sourcils et lui fit un rapide sourire avant de reporter son attention à la route.

— Je n'ai pas de vues sur ta personne, *ma chérie*. D'autant que j'ai déjà eu ce plaisir une fois ce soir. Mais je n'ai pas envie de me séparer de toi. Tu comprends ce que je veux dire ? J'aimerais te garder auprès de moi.

C'était exactement ce qu'il fallait dire, comprit-il en voyant son visage s'adoucir d'un coup.

— Oh, oui, je comprends, assura-t-elle. Et j'ai même acheté une chemise de nuit, tout à l'heure…

— Alors c'est réglé. De toute façon, nous sommes bien plus près de chez moi. Tu crois que c'est un garçon ou une fille ? demanda-t-il en s'arrêtant à un feu rouge.

— Aucune idée.

— Moi, déclara-t-il, j'ai l'impression que c'est une fille.

C'était un pressentiment qui ne reposait sur aucune raison particulière.

Qu'il était bon de savoir que, pour la première fois depuis bien longtemps, une grande partie de ses pensées tournait autour d'autre chose que lui-même..., songea-t-il. Brittany et lui partageaient un merveilleux centre d'intérêt. Ils partageaient ce beau secret de leur enfant.

— Comment allons-nous l'appeler ?

— Mon Dieu ! Je ne sais pas du tout. Le choix est infini, fit-elle avec un soupir de contentement. Une petite fille, ce serait bien. Mais un garçon aussi. Tout ce que je souhaite, c'est un bébé en bonne santé.

— Elle sera en bonne santé.

Jean-Baptiste ne pouvait pas le garantir plus qu'un autre père. Cependant, il ne voulait pas que Brittany s'inquiète. Et il ne voulait pas s'inquiéter non plus. L'important, dans l'immédiat, c'était de découvrir qui était le père de Brittany et de tester son vaccin, car il était convaincu d'avoir enfin trouvé la bonne formule. Et agir valait toujours mieux que de rester assis à attendre la catastrophe.

— Moi, j'aime bien Renée, avança-t-il.

— C'est un joli prénom, convint Brittany d'une voix qui indiquait que pour rien au monde elle n'appellerait sa fille ainsi. Moi, je pensais à Coco.

— Mais c'est un nom de chien ! protesta Jean-Baptiste horrifié. Ce n'est pas portable. Je croyais que tu n'avais pas encore d'idée ni de préférence ?

— Et Coco Chanel, alors ?

Alors, rien. C'était un nom de caniche.

— Pourquoi pas Chantal ? Marie ?

— Tu tiens absolument à un prénom français ?

Cette question le déconcerta. Son premier mouvement fut de répondre « *évidemment* », mais il se rendit compte que c'était un peu inflexible.

— Cela me ferait plaisir, expliqua-t-il donc, mais ce n'est pas une obligation. C'est un choix que nous devons faire ensemble, tous les deux.

— Nous avons tout le temps, assura-t-elle. Il faudra que nous choisissions aussi un nom de garçon, au cas où tu te tromperais. Cela peut arriver, tu sais, que tu te trompes, ajouta-t-elle d'un ton taquin en lui tapotant le genou.

Lui reprochait-elle une certaine arrogance ? Il fronça les sourcils.

— Parfois, répondit-il. Mais pas très souvent.

Elle riait quand ils arrivèrent devant son immeuble. Dans la nuit, le quartier faisait un peu délabré, nota Jean-Baptiste. Et la proximité d'une zone où la criminalité était assez forte ne le rendait pas très sûr. Mais il l'avait choisi parce qu'il n'était pas trop loin du centre-ville et des casinos, et la criminalité ne l'inquiétait pas trop. Quel mortel, armé ou non, pouvait rivaliser avec sa rapidité et sa force de vampire ?

N'empêche que ce n'était pas un endroit où ramener Brittany à minuit. Et encore moins où élever un enfant, dans la mesure où il avait les moyens de déménager.

Il se gara, se tourna vers elle et lui prit la main. Il devait avoir l'air sérieux car elle cessa d'un coup de rire.

— Quoi ? demanda-t-elle. Qu'est-ce qui ne va pas ?

— Épouse-moi, dit-il en lui caressant les doigts. Achetons une maison et faisons vraiment notre vie ensemble.

— Il y a à peine quelques heures que nous avons décidé de vraiment sortir ensemble, fit-elle valoir d'un air surpris. Et maintenant… maintenant tu veux que nous nous mariions ?

— Oui.

Évidemment, ainsi présenté, cela ne faisait pas très rationnel. Toutefois, sa conviction n'en demeurait pas moins inébranlable.

— Si tu te souviens bien, j'y tiens depuis le début.

— Tu es dingue. Encore plus impulsif que moi. C'est pour cela que tu me plais tant.

Jean-Baptiste aimait à se croire intuitif plutôt qu'impulsif. Il avait l'esprit scientifique et travaillait lentement, méthodiquement. Cependant, il lui arrivait également de se fier à son instinct. Cela lui avait parfois servi, dans ses recherches, et il était persuadé d'avoir raison cette fois-ci encore.

Il fallait absolument qu'ils se marient.

— Je ne veux pas faire une folie… Il faut que je réfléchisse…

Sentant que c'était le moment de battre en retraite, il l'embrassa sur le front.

— Tout ce que je te demande, c'est d'y réfléchir. Nous sommes bien, ensemble.

Et ils resteraient ensemble. Il ferait tout ce qui était en son pouvoir pour le garantir.

Douze

Ils devraient peut-être bien s'installer ensemble.

Étendue auprès de Jean-Baptiste, Brittany savait qu'il fallait qu'elle se lève, qu'elle rentre chez elle, qu'elle prenne une douche et qu'elle se rende à son cabinet.

Mais elle était encore tout ensommeillée, alanguie, bien au chaud sous la couette. Et Jean-Baptiste venait de se coucher. Il dormait déjà. Elle entendait son souffle régulier s'échapper de ses lèvres entrouvertes. Elle était bien, avec lui. Elle n'avait pas envie de partir. Elle avait trouvé délicieux de s'éveiller à demi au moment où il se déshabillait et se mettait au lit en l'embrassant. Tout comme elle s'était sentie sereine, protégée en s'endormant sachant qu'il travaillait dans la pièce voisine.

C'était bon. C'était bien.

Pourquoi ne pas commencer par transformer son idée de mariage en cohabitation ? Ainsi, ils pourraient encore profiter de plusieurs mois de vie de couple, de relation intime avant l'arrivée du bébé. Brittany était prête à tenter le grand saut. Et même à renoncer à son appartement pour acheter une maison avec lui. Parce que, s'ils s'installaient ensemble, elle était prête à mettre tout son cœur, son énergie, ses ressources pour que cela marche. Elle était comme cela, et elle aimait bien s'imaginer assise sous le patio, avec Jean-Baptiste, en train de regarder leur enfant jouer dans le bac à sable.

La seule chose qu'elle ne se voyait pas faire, au fond, c'était l'épouser. Cette idée la terrifiait, elle ne savait pourquoi. Peut-être par crainte de l'échec. Peut-être parce que le mariage n'avait jamais rendu sa mère heureuse. Peut-être parce que, d'ici une vingtaine d'années, elle commencerait à se flétrir alors que Jean-Baptiste serait toujours aussi beau.

Ou peut-être parce qu'elle était idiote.

Toutes ces hypothèses étaient aussi crédibles les unes que les autres.

Quoi qu'il en soit, tant qu'elle avait des doutes, il ne fallait pas qu'elle se marie avec lui. Mais, vivre ensemble, ce n'était pas la même chose. Et il y avait des chances pour que tout se passe bien.

En s'efforçant de ne pas le déranger, elle roula sur le côté gauche et se leva le plus discrètement possible. Il lui sembla que son ventre avait grossi dans la nuit. Un mouvement du bébé lui fit un petit chatouillis sous le nombril.

— Bonjour, chuchota-t-elle en posant la main à l'endroit où elle l'avait senti bouger.

Elle se rendit dans la pièce voisine en bâillant. La première chose qu'ils auraient à régler quand ils emménageraient ensemble, c'était la question de la nourriture.

— Mon Dieu.

Elle pâlit en ouvrant la porte du réfrigérateur. Au lieu du jus d'orange dont elle avait espéré l'apparition miraculeuse, elle se trouva face à des poches de sang. Elle aurait dû s'en douter. Elle ne fouillait plus jamais dans le frigo d'Alex.

Dans leur nouvelle maison, il leur en faudrait deux. Chacun le sien.

Et qu'est-ce que c'était que ce bruit ? Un bip répétitif provenait du laboratoire de Jean-Baptiste. La curiosité lui fit tourner la tête. Mais entrer dans une pièce pleine de tubes à essai contenant des virus ne semblait pas une très bonne idée. D'un autre côté… Elle pourrait peut-être au moins jeter un œil à l'intérieur. S'il y avait quoi que ce soit de toxique, il ne laisserait pas la porte ouverte.

Un rapide regard lui donna l'impression d'une pièce d'apparence tout à fait normale. On aurait dit un bureau, avec seulement des placards et des comptoirs en stratifié le long de trois des murs. Il y avait effectivement des tubes à essai et un réfrigérateur – dont elle ne voulait surtout pas connaître le contenu – mais tout le reste devait être rangé dans les placards. Jean-Baptiste était très ordonné dans son espace de travail. Elle découvrit que c'était de l'un des trois ordinateurs que provenait le bruit. Ce devait être une espèce d'alarme.

Que devait-il penser à faire ce soir ? s'interrogea-t-elle. Aller chercher des échantillons de sang à 23 heures ? Elle se souvint du plaisir qu'il donnait aux femmes pendant qu'il leur prenait leur sang et espéra qu'il avait cessé de recourir à cette méthode. Tant pis pour la science. Si leur relation devait marcher, elle ne tolérerait pas qu'il pose les lèvres sur une autre femme.

D'ailleurs, que faisait-il de ses nuits ?

Cette question se mit à tourner en boucle dans son esprit et stimula son imagination. Sans doute ne comprendrait-elle rien à ses travaux. Cela dit, elle avait fait une licence de biologie avant ses études dentaires. Elle connaissait l'anatomie et la physiologie et possédait des notions de pharmacologie en général et une grande connaissance des analgésiques en particulier. Qu'y avait-il, au juste, dans le vaccin de Jean-Baptiste ?

Elle se retourna vers la chambre. L'angle de la porte l'empêchait de voir à l'intérieur, mais Jean-Baptiste ne faisait pas un bruit.

Fouiner dans ses affaires comme elle s'apprêtait à le faire, c'était mal. Et s'il y avait des images porno sur son écran ? Et si c'était son relevé de compte bancaire ? Et s'il recevait des courriels obsessionnels de femmes qui voulaient qu'il les morde encore ?

D'un autre côté, si c'était le cas, n'avait-elle pas le droit d'être au courant ?

Elle se mordillait la lèvre, indécise. Depuis le temps qu'elle restait là à se poser la question, Alexia aurait déjà passé en revue tout son disque dur. Elle avança en tirant sa chemise de nuit vers le bas.

Ce n'était pas du porno. Ouf.

L'écran affichait toute une série de chiffres et le bip semblait indiquer que Jean-Baptiste devait faire quelque chose pour que l'analyse ou le programme en cours se poursuive. Rien de particulièrement intéressant. Mais c'est ce qu'il y avait à côté de l'ordinateur qui attira son attention. Un sachet de plastique marqué BALDIZZI, BRITTANY avec un code-barres en dessous. Et, à l'intérieur, l'un de ses cheveux, noir, encore long.

Qu'est-ce que c'était que ça, enfin ? Pourquoi avait-il un de ses cheveux ? Quand le lui avait-il pris ? L'idée qu'il puisse l'avoir ramassé sur l'oreiller après qu'ils avaient fait l'amour lui déplaisait souverainement. S'il faisait des recherches sur elle pour trouver de la drogue, son ADN ou Dieu sait quoi, il aurait pu commencer par lui en parler. Le code-barres portait la mention BB1977. La même série de lettres et de chiffres que celle qui s'affichait sur l'écran, remarqua-t-elle. Il devait faire passer son ADN dans un logiciel quelconque, supposa-t-elle. Ce qu'elle voyait, ce n'était pas un tableur, c'était une recherche en cours.

Un autre code apparaissait à côté de ce numéro – RD1021 – ainsi qu'un paragraphe explicatif composé de toute une série de mots et de chiffres incompréhensibles dont la conclusion était que, compte tenu de tous les points de comparaison, les échantillons correspondaient avec une marge d'erreur de 0,4 % et que le test de paternité était donc positif.

Oh! Mon Dieu. Jean-Baptiste avait trouvé son père biologique. C'était RD1021. Mais encore?

— Comment cela? Qui est Roberto? demanda bêtement Alexia en refermant les mains sur celles, toutes petites, de Gwenna.

— Comment Donatelli peut-il être au courant pour le bébé? demanda Ethan d'une voix tendue par la colère.

Il se tenait derrière elle et la dominait de toute sa hauteur.

— Donatelli? répéta-t-elle.

Oh, merde. N'importe qui, mais pas lui. Ce fumier vendrait père et mère – si ses parents n'étaient pas morts depuis des lustres.

— Oui. Il sait. Et il est ici, à Vegas, pour faire son enquête. Je ne crois pas qu'il soit au courant que c'est votre sœur la mère, mais il sait que le Français va avoir un bébé, et il croit y voir l'occasion rêvée pour négocier avec lui.

— L'ordure, maugréa Alexia en serrant les deux mains de Gwenna alors que sa colère enflait. Je le tuerai avant qu'il ait pu toucher à un cheveu de mon neveu ou ma nièce.

— Mais comment sais-tu que Donatelli est au courant ?

Oh, oh. Le grand frère avait des soupçons. Alexia connaissait ce ton. Quand Ethan l'employait, cela ne présageait rien de bon. Elle lâcha Gwenna et posa la main sur le bras de son mari. Tous ses muscles étaient tendus, durcis.

Gwenna rougit et baissa les yeux.

— J'arrive encore à lire dans les pensées de Roberto si je me donne un peu de mal. Son esprit m'est ouvert et il ne s'en rend pas compte. En temps normal, je ne suis pas tentée de le faire mais, il y a deux jours, j'ai soudain perçu chez lui une grande colère, dirigée contre moi.

Elle remit ses cheveux derrière son oreille. Ses doigts fuselés tremblaient un peu. Sous les regards d'Alexia et Ethan, elle se mit à se balancer d'un pied sur l'autre, mal à l'aise.

— Il y a des siècles que je n'ai rien fait qui puisse le fâcher, expliqua-t-elle. J'ai été surprise de percevoir une telle fureur. Alors j'ai écouté. Apparemment, quelqu'un lui a dit que j'avais une liaison avec le Français. Ce qui est absurde, bien sûr, s'empressa-t-elle d'ajouter. Je crois qu'il le sait, du reste, mais cela l'a tout de même rendu jaloux. Pendant que je glanais ces informations, j'ai appris qu'il savait que Corbin avait fécondé une Impure et qu'il allait y avoir un bébé aux trois quarts vampire. Comme je vous l'ai dit, il est revenu pour voir en quoi cette information pouvait lui servir.

— Pourquoi tu ne m'as pas dit que tu pouvais encore capter ses pensées ? demanda Ethan les dents serrées.

C'était tout ce qu'il retenait de cette révélation extraordinaire ? Alexia eut du mal à ne pas lever les yeux au ciel.

— Qu'est-ce que ça peut faire ? répliqua-t-elle. L'important, c'est qu'elle y arrive. Et ce qu'elle a entendu craint carrément, puisqu'il se trouve que l'Impure qu'il a fécondée est ma sœur.

— Qui le lui a dit ?

Ethan se passa la main dans les cheveux et ferma les yeux comme s'il cherchait à rassembler ses pensées – ou toute sa patience. Les deux, peut-être.

C'est alors que la réponse s'imposa à Alexia comme une évidence.

— Rick, dit-elle. Rick et Kelsey. Ils sont partis juste après que nous avons appris la grossesse de Brittany. Et Rick était dans l'appartement quand elle l'a dit à Jean-Baptiste. Il a dû l'entendre.

À mesure qu'elle exposait sa théorie, elle lui semblait de plus en plus évidente. De quelle autre façon aurait-il pu le savoir ?

— Cela ne nous dit pas comment Rick a contacté Donatelli. Il est à New York. Il y était, en tout cas.

— Kelsey et lui y sont peut-être allés. Ils ont disparu depuis deux mois. Tu aurais dû envoyer quelqu'un à leur recherche.

Comme elle le lui avait conseillé. Alexia ne trouvait pas cool du tout que Rick ait tenté de tuer son mari, ait été condamné et ait filé sans que personne se donne la peine de le rattraper pour le ramener à Vegas. Un tel laxisme lui tapait sur les nerfs. Elle n'était pas procureur pour rien.

— Il ne m'a pas semblé dramatique de le laisser filer, avoua-t-il. Je me suis dit que Kelsey le freinerait un peu et titillerait sa conscience.

— Tu es trop gentil. Quand quelqu'un enfreint la loi, il faut le punir. Autrement, à quoi bon avoir des lois ?

— Elle est procureur, précisa Ethan à l'intention de Gwenna. Mais il ne faut pas que cela t'effraie.

— Je ne plaisante pas ! protesta Alexia en lui donnant une tape. Il faudra que tu te penches sur le problème avec tes ministres après l'élection. Si l'on ne prend pas des mesures énergiques contre la criminalité chez les vampires, c'est un premier pas vers l'anarchie.

— Tu ne veux pas un poste ? fit-il en la regardant attentivement.

— Sérieusement ?

Elle réfléchit à toute vitesse.

— Oui, sérieusement. Je n'ai aucune expérience dans ce domaine et, si la Nation dispose d'un tribunal pénal, il est tout de même possible que nous ayons besoin de faire le ménage.

— Génial. J'adorerais m'en occuper.

C'était la seule façon dont elle aimait faire le ménage. Il lui semblait bien plus satisfaisant de virer des bureaucrates incapables que de passer l'aspirateur.

— En attendant, que fait-on pour Donatelli et ma sœur ? demanda-t-elle.

— Il ne fera pas de mal à votre sœur, affirma Gwenna. J'en suis certaine.

— Peut-être pas avant la naissance du bébé, concéda Alexia qui n'était pas rassurée pour autant. Mais après ?

Gwenna s'essuya les mains sur son jean. Alexia n'en revenait toujours pas de la voir si petite et menue. La veste kaki qu'elle portait devait venir de chez BabyGap.

— Ce qui intéresse Roberto, c'est l'argent et le pouvoir. Il ne tuera personne.

Hum. Il était temps de dissiper ses illusions.

— La dernière fois que je l'ai vu, relata Alexia, il m'a cassé le bras. Et il a planté un couteau dans la poitrine de Kelsey. Je n'ai aucune confiance en lui, Gwenna.

— Tu continues à le protéger, l'accusa Ethan.

Gwenna fronça les sourcils. Son visage s'était coloré d'un rose plus soutenu et marbré.

— Ce n'est pas vrai ! se défendit-elle. Je le connais, c'est tout. Je reconnais qu'il est capable de beaucoup de choses, mais faire du mal à une femme enceinte ou à un bébé, ce n'est pas son style. Il faut que vous me croyiez, Alexia, ajouta-t-elle en se tournant vers elle. S'agissant de Roberto, je reste très vigilante. Cependant, je crois que nous devrions discuter de cela avec lui. Quitte à acheter son silence. L'argent, c'est un langage qu'il comprend. Et, dans la mesure où il est déjà au courant, mieux vaut passer à l'attaque que rester sur la défensive. Il saura se montrer raisonnable.

« Qui vole un œuf vole un bœuf. » Le proverbe disait vrai. Alexia avait passé trop de temps dans le milieu pénal pour ne pas en être convaincue.

— Si vous avez tellement confiance en lui, fit-elle valoir, pourquoi lui avoir caché l'existence de votre fille ?

Gwenna poussa un petit cri et pâlit d'un coup.

Pour nouer de bonnes relations avec sa belle-famille, il y avait mieux, d'accord. N'empêche qu'Alexia jugeait sa question tout à fait légitime.

Le portable d'Ethan sonna au même moment.

— Excusez-moi, dit-il, c'est Seamus. Je réponds.

Tandis qu'il s'éloignait, Alexia soupira.

— Écoutez, ce n'est pas vraiment ce que je voulais dire…

— Votre question était tout à fait justifiée. La vérité, c'est que j'étais jeune et naïve. J'ai obéi à mon frère parce que je n'avais jamais pris de décision moi-même. J'avais le cœur brisé. J'étais persuadée que Roberto m'avait séduite et abandonnée, que je n'avais été pour lui qu'une distraction passagère. Je ne savais même pas comment le joindre quand le bébé est né et Ethan m'a assuré qu'il avait disparu. Ma fille n'a vécu que vingt-cinq ans – vingt-cinq années au cours desquelles je n'ai pas vu Roberto une seule fois. Quand nous nous sommes retrouvés quelques siècles plus tard, il se souvenait pourtant de moi et a juré qu'il m'aimait. Ce qui était vrai, d'une certaine façon. Je me suis mariée avec lui, mais je ne lui ai jamais parlé de notre fille parce que cela me fait trop de peine de l'évoquer, et aussi parce qu'il y a un certain nombre de choses qu'on ne dit pas à Roberto. Vous me comprenez ? Il ne me l'aurait jamais pardonné, alors je me suis tue. Par peur, c'est vrai, mais pas le genre de peur que vous croyez.

— Je suis désolée.

Alexia ne savait pas que dire d'autre. Les relations sociales, ce n'était pas son fort. Brittany, elle, savait réconforter les gens. Alors que la spécialité d'Alexia, c'était plutôt de leur casser la figure.

— Vous n'avez pas à m'en dire davantage, assura-t-elle. Cela ne me regarde pas.

Gwenna sourit.

— Ce n'est pas à vous d'être désolée. Je veux être franche et je veux que vous compreniez. Je l'ai quitté parce que je sais qu'il est immoral, qu'il a des défauts sur lesquels on ne peut pas passer, qu'il est capable de cruauté et de violence. Je ne me fais pas d'illusions. Cependant, il y a des limites qu'il ne franchira pas et, croyez-moi, il ne fera pas de mal au bébé.

— Nous avons un petit problème, annonça Ethan d'un air sombre en remettant son téléphone dans sa poche.

— Super. Qu'est-ce qui se passe, encore ?

— L'opposition vient d'annoncer son candidat à la présidence. C'est Gregor Chechikov.

— Gregor ? fit Gwenna d'un air surpris. Je croyais qu'il ne quittait plus jamais la Russie.

— Moi aussi. Mais il est là, à Vegas, prêt à entrer en campagne. Avec sa nouvelle femme, une mortelle.

— Et alors ? Qu'est-ce qu'il a d'extraordinaire ? demanda Alexia, contrariée d'avoir environ un millénaire de retard sur ce que tout le monde savait.

Il allait falloir qu'elle prenne le temps de lire des livres d'histoire de la Nation vampire.

— Disons que ce n'est pas un type très recommandable. Je n'ai jamais eu la malchance de le rencontrer en personne, car cela fait plusieurs siècles qu'il se tient à l'écart de la scène politique, mais c'est une espèce de légende, dans son genre. Une figure de proue de l'arrogance des vampires et de l'accroissement de la population.

Tout cela ne disait rien qui vaille à Alexia.

— Alors il y a vraiment des gens qui vont voter pour lui ?

Ethan hocha la tête, les lèvres pincées, les épaules raides.

— Et il a des chances très sérieuses de l'emporter. Auquel cas, je n'aurai même plus le pouvoir gouvernemental de protéger Brittany et le bébé. Ni les recherches de Corbin, d'ailleurs.

— Ça suffit, décréta Alexia. Nous allons la placer sous l'équivalent vampire d'un programme de protection des témoins. Elle va changer d'identité et partir en Alaska. Merde, Ethan, pourquoi il n'a pas mis de capote ?

C'était une question que bien des mères devaient se poser depuis la nuit des temps.

Sauf que Brittany était une grande fille et qu'elle était libre de faire ses choix. Ce qui mettait Alexia hors d'elle.

Il ne fallut pas trois secondes à Brittany pour décider de réveiller Jean-Baptiste. Il dormirait plus tard. Elle, c'était tout de suite qu'il lui fallait des réponses.

Elle se pencha sur lui et lui toucha le bras. Elle se préparait à le secouer doucement quand il lui saisit le poignet d'une main de fer et le tordit pour l'éloigner de lui.

— Aïe ! s'écria-t-elle. Jean-Baptiste !

Il ouvrit les yeux et la lâcha dès qu'il la vit.

— Je te demande pardon, dit-il. Ça va ? C'est un vieux réflexe. Mon instinct de soldat qui remonte à la surface. À moins que tous les vampires soient comme ça.

Il s'assit et lui massa le poignet avant de l'embrasser. Les cheveux en désordre, il avait l'air encore tout chaud de sommeil.

— Qu'est-ce qu'il y a, *ma chérie ?* Tu as besoin de moi ?

L'espace d'un instant, Brittany s'abandonna totalement aux délicieuses sensations de la caresse de sa langue sur l'intérieur de son poignet. Puis elle se dégagea doucement.

— Ton ordinateur bipait et faisait un bruit pas possible, expliqua-t-elle. Je ne voulais pas qu'il te réveille alors je suis allée voir si je pouvais l'éteindre.

Bon, ce n'était pas l'exacte vérité, mais sa curiosité n'était pas la question, pour le moment.

— Tu n'as touché à rien, au moins, si ? s'inquiéta-t-il en repoussant entièrement le drap.

— Non.

Il la prenait pour une idiote ? Elle n'allait pas se mettre à appuyer sur les boutons de son ordinateur. D'accord, elle venait de lui dire qu'elle avait eu l'intention de le faire. Sauf que ce n'était pas vrai. Elle avait cédé à l'envie de voir ce qui se passait dans son laboratoire. Mais elle n'avait pas besoin de se justifier.

C'était à lui de s'expliquer.

— Bien, fit-il, visiblement soulagé.

— Pourquoi y a-t-il un de mes cheveux sur ton bureau ? voulut-elle savoir. Et mon ADN sur ton écran ?

Pas de doute, c'était bien de la culpabilité. Il baissa les yeux, les mains sur les genoux.

— C'est vrai, j'ai étudié ton ADN pour isoler le gène du vampirisme. Il vaut mieux avoir une connaissance rudimentaire de ta séquence avant la naissance du bébé.

Cela avait tout l'air d'une demi-réponse.

— Pourquoi ? Il ne t'est pas venu à l'idée de me demander de coopérer ? D'en parler avec moi ?

— Non. Cela ne m'est pas venu à l'idée.

Il se leva, torse nu, magnifique. Zut.

— Brittany, cela fait deux cents ans que je prends toutes les décisions entièrement seul, sans me soucier de l'avis de personne. Je n'ai pas l'habitude de discuter de ce que je considère comme sans importance. Il va falloir que tu me pardonnes et que j'essaie de m'habituer à le faire.

Il lui déposa un baiser sur les lèvres en la prenant par les épaules.

— Il ne faut pas oublier que nous allons avoir besoin de temps pour apprendre à être ensemble. Surtout moi.

Tout cela était fort bien, mais elle ne lui avait pas encore posé la question essentielle.

— Qui est RD1021 ?

— Quoi ?

Brittany sentit la panique enfler dans sa poitrine. Avait-elle vraiment envie de savoir qui était son père ? En quoi cela regardait-il Jean-Baptiste, d'ailleurs ? Qu'est-ce qui lui avait permis de prendre la décision de chercher son identité ?

— Dans ta base de données, expliqua-t-elle. Comme s'il ne suffisait pas que tu étudies mon ADN sans me le dire ! Tu n'avais pas le droit de chercher mon père biologique sans me demander ce que j'en pensais.

— Brittany...

Il tendit les bras vers elle, mais elle se déroba et croisa les bras sur la poitrine.

— Et si je ne voulais pas savoir ? Et si cela n'avait pas d'importance, pour moi ? Si je me trouvais très bien sans père ? À cause de toi, cette décision ne m'appartient plus. RD1021 est mon père et, maintenant, je me sens obligée de savoir qui c'est.

Tant qu'elle n'avait pas eu la possibilité de savoir qui était son père, elle vivait très bien sans s'en soucier. Et voilà qu'il fallait qu'elle sache son nom. Cela l'effrayait. Ce pouvait très bien être un salaud, un fou, quelqu'un d'inquiétant. Il pouvait être mort. Et elle était porteuse de son ADN. L'enfant qu'elle attendait aussi.

— L'ordinateur a trouvé une correspondance ? demanda Jean-Baptiste.

Elle allait répondre quand elle se rendit compte qu'elle était seule dans la chambre.

— Jean-Baptiste ? Où es-tu passé ?

Il faisait exprès de l'énerver, ou quoi ?

— Pardon, répondit-il d'une autre pièce. Je suis dans le labo. Je n'en reviens pas qu'une correspondance soit apparue aussi vite. C'est fantastique.

C'était lui qui le disait. Elle se dépêcha de le rejoindre, en chemise de nuit, et regarda sa montre. Elle allait être en retard au cabinet, mais il lui fallait des réponses. Qui était son père ? Et pourquoi Jean-Baptiste avait-il l'air prêt à sauter de joie ? Il souriait d'une oreille à l'autre.

— C'est bon, lâcha-t-il. Très bon.

— Pourquoi ?

Brittany s'approcha de lui. Il était penché sur l'ordinateur, la main sur la souris. Elle lui posa la main sur l'épaule et serra fort. Il ne semblait pas comprendre qu'elle était contrariée.

— Tu veux bien me dire ce qui se passe ? Pourquoi veux-tu savoir qui est mon père ?

Sans répondre, très concentré, il continua de cliquer et de faire défiler les informations sur son écran dont, à un moment, il approcha même le doigt.

Alors, elle se fit dangereusement féminine. Elle se glissa entre l'ordinateur et lui en poussant sa jambe au passage et se pencha vers lui pour amener son visage au niveau du sien.

— Je veux des réponses, Corbin, le prévint-elle. Et je les veux tout de suite. Pourquoi as-tu lancé cette recherche ? Qu'est-ce que ça peut faire, de savoir qui est mon père ?

— Mais c'est pour l'enfant, bien sûr. Parce que ton père peut-être influent politiquement – ou pas. Il est important de savoir ce qu'il pourra faire pour notre enfant.

Brittany se redressa. Que répondre à cela ?

— Je me fiche pas mal de faire entrer notre bébé dans un Princeton paranormal. Il n'est pas question que j'entre en relation avec un homme que je n'ai jamais vu uniquement pour qu'il puisse le pistonner.

Il se mit à tambouriner du bout des doigts sur l'accoudoir de son siège, le regard détourné vers la droite pour éviter le sien.

C'est alors qu'elle comprit qu'il lui mentait. Elle le connaissait suffisamment pour en déceler les indices dans ses lèvres pincées, ses yeux fuyants, la tension de ses épaules. Elle secoua la tête et se massa les tempes.

— À quoi d'autre cela peut-il servir ? demanda-t-elle. Tu ferais mieux de tout me dire tout de suite, sinon je vais m'en aller et je ne reviendrai pas.

Il redressa vivement la tête et la fixa.

— Tu ne peux pas faire ça ! protesta-t-il.

— Si, je peux. Et je n'hésiterai pas.

Malgré les larmes qui lui brûlaient les yeux, elle parvint à empêcher sa voix de trembler.

— J'ai droit à ton respect, Jean-Baptiste. Je n'ai pas peur d'être seule; je n'en ai jamais eu peur. J'aime mieux la solitude qu'une relation qui ne repose pas sur l'honnêteté.

Elle lui laissa une minute pour se décider. Il essaya de regarder l'écran derrière elle, mais elle se plaça de façon à l'en empêcher.

— Merde, lâcha-t-il en se laissant aller contre le dossier. Ne fais pas ça.

Comme il était inutile de répondre à cela, Brittany attendit la suite.

Il poussa un soupir qui trahissait une extrême irritation.

— Très bien. Alors écoute-moi. Il faut que tu comprennes qu'il m'a paru plus sûr de ne pas te faire part de toutes mes inquiétudes dès le début.

Donc, il lui avait menti volontairement. Ce n'était pas très prometteur, comme point de départ.

— Quelles inquiétudes ?

Il se racla la gorge. Quand il se décida à la regarder, son expression la glaça. Elle frissonna.

— Si, génétiquement, notre enfant est comme je le crois, il sera immortel mais n'aura pas besoin de boire du sang.

Immortel ? Brittany n'eut même pas le temps d'intégrer cette notion. Jean-Baptiste poursuivait.

— Lorsque les origines de notre enfant seront connues, il y a des gens qui vont le vouloir. Pour des recherches. Pour trouver comment reproduire les mêmes caractéristiques génétiques. Parce qu'un homme qui serait immortel, aurait la force d'un vampire sans aucune de ses vulnérabilités, n'aurait pas besoin de boire du sang ni de vivre la nuit, représenterait une nouvelle race et, en fin de compte, le pouvoir. Tu comprends. C'est pour cela que j'ai gardé mes distances avec toi. Je voulais que personne ne se doute que l'enfant était de moi. Je comptais entrer dans ta vie publiquement plus tard dans ta grossesse, de façon à faire croire que je n'étais pas le père. Alors, j'aurais pu me marier avec toi pour protéger notre enfant. Et ton père, selon son identité, pourrait aussi nous aider à le protéger et nous donner une idée de ce que seront ses capacités.

Brittany secoua la tête. Ce qu'il disait était incompréhensible. Et les conséquences que cela impliquait…

— Notre enfant est en danger et tu n'as pas jugé utile de me prévenir ? Pourquoi ne m'as-tu pas mise au courant de la situation ?

Elle se passa une main brutale dans les cheveux, assaillie par la peur et la culpabilité.

— Mon Dieu ! ce que je me sens bête. Dire que je me suis inquiétée de listes de naissance ! Que je me suis vue emménager dans une jolie maison avec un portique dans le jardin ! Comment as-tu pu me laisser croire que tout allait bien, que tout était normal alors que ce n'est pas du tout le cas ? Et comment veux-tu que je protège notre enfant si je n'ai aucune idée de ce qui se passe ?

Elle s'écarta du bureau et laissa libre cours à ses larmes. Elle avait la nausée. Son enfant était en danger et elle ne savait pas comment réagir.

— Est-ce que tout le monde est au courant de ce que tu viens de me dire ?

— Carrick et ta sœur, oui.

— Oh !

Alors elle avait été trahie par sa propre sœur.

— Et j'imagine que la sœur de Carrick et Seamus Fox ont saisi les conséquences.

Génial. Donc, tout le monde savait, sauf elle.

— Je m'en vais, annonça-t-elle.

Elle ne pouvait pas rester avec lui. Elle se sentait complètement idiote. Dire que, tout à l'heure, au lit, elle se représentait la maison de ses rêves, elle se voyait faisant l'amour avec Jean-Baptiste tous les jours, elle… elle tombait amoureuse. Tout cela n'était qu'une illusion qui la laissait pleine de colère et d'angoisse.

Il l'attrapa par le bas de son grand T-shirt et la tira vers lui.

— Eh, fit-il. Ne pars pas comme ça. Il faut que nous parlions.

— Pour nous dire quoi ? Que tu n'es qu'un pauvre type ?

Et elle qui avait cru qu'il voulait l'épouser parce qu'il avait des *sentiments* pour elle. En fait, c'était uniquement pour pouvoir jouer les gardes du corps. Pouvait-on se faire plus d'illusions ? En tout cas, elle comprenait comment sa mère s'était retrouvée dans toutes ces relations pourries. Il était si facile de voir ce que l'on voulait dans le comportement ou les mots d'un homme auquel on tenait…

— Allons, sois raisonnable.

Comme elle ne parvenait pas à se libérer en tirant, elle lui tapa sur la main. Elle se sentait proche de l'hystérie. Si seulement elle avait appris le karaté avec Alexia !

— Va te faire voir, espèce de menteur, de sale buveur de sang !

Il en resta bouche bée.

— Brittany... je ne sais pas quoi dire. Il faut que tu comprennes que j'ai agi comme cela pour te protéger. À quoi cela aurait-il servi de t'inquiéter pour une chose à laquelle tu ne pouvais rien ? Je voulais que ta grossesse se déroule sans stress, dans la mesure du possible.

Qu'il était attentionné, songea-t-elle froidement. Sauf qu'elle n'en croyait pas un mot.

— Si tu ne me l'as pas dit, c'est parce que tu ne voulais pas que je refuse de t'épouser, conclut-elle. Tu as décidé que tu avais raison et, pour que je suive ton plan, tu ne m'as tout simplement pas mise au courant.

Un point pour elle. Il détourna le regard et lâcha sa chemise de nuit. C'était comme un aveu de culpabilité.

Mais ce que c'était douloureux... La vue brouillée par les larmes, elle s'écarta de lui. Il lui fallait son pantalon. Et une voiture.

— Brittany...

Comme elle n'avait aucune envie de rester là à l'écouter débiter des salades, elle s'essuya les yeux et se dirigea vers la porte. Elle allait craquer, et elle ne voulait surtout pas le faire devant lui.

— Attends, Brittany, ne t'en va pas. *Mon Dieu*. Je sais qui est ton père.

À ces mots, elle s'arrêta net. Et se retourna. Les yeux rivés sur l'écran, il n'avait pas très bonne mine. Il était même d'une pâleur extrême, qui ne présageait rien de bon. Le cœur battant la chamade, elle posa la main sur son ventre.

— Et il va... pouvoir nous aider ?

Jean-Baptiste secoua lentement la tête.

— Non, *ma chérie*. Il ne va pas pouvoir nous aider. Ton père, ajouta-t-il en se tournant vers elle d'un air grave et presque assommé, c'est Roberto Donatelli.

Treize

Gnagnagna, songea Rick en jetant un regard noir à Kelsey.

— Qu'est-ce que tu veux que je fasse ? Que je me rende ? Même pas en rêve. S'ils me veulent, ils n'ont qu'à venir me chercher.

Il l'avait épousée. Il était revenu à Vegas. Il avait gagné vingt-cinq mille dollars d'un coup. Et ça ne lui suffisait pas. Qu'est-ce qu'elle voulait, encore ? Qu'il présente ses excuses au tribunal pour être parti ? Jamais de la vie. Encore un peu et elle allait vouloir récupérer son boulot débile de secrétaire.

— Si tu te rends, plaida-t-elle, ils seront plus indulgents.

Elle faisait les cent pas en se mordillant un ongle.

Ils étaient au Hilton, là où Elvis avait séjourné. Il y avait plus fastueux, sans doute, mais Rick trouvait que c'était déjà bien agréable. N'empêche qu'elle n'avait même pas daigné le remercier. Elle ne faisait que se plaindre – d'avoir perdu son emploi, des affaires que Rick faisait avec Donatelli, de le voir fumer cigarette sur cigarette.

— Personne ne sera indulgent avec moi, poupée. Mets-toi bien ça dans ta petite tête de linotte.

Par défi, alors que les quatre dernières qu'il avait fumées laissaient encore un nuage dans la chambre, il alluma une autre cigarette.

Et cette garce lui arracha sa clope de la bouche. Son geste le choqua tellement qu'il n'essaya même pas de l'arrêter. Cependant, en la voyant l'écraser, il sentit monter sa colère.

— Là, tu pousses ! gronda-t-il.

— Écoute-moi, contra-t-elle en soutenant son regard, sans broncher quand il avança vers elle. Tu es en train de perdre les pédales. Il faut que tu te ressaisisses, Rick, et que tu reprennes le contrôle.

C'était si différent de ses habituels caprices narcissiques qui tournaient en rond et auxquels il ne comprenait jamais rien qu'il hésita.

— Qu'est-ce que tu racontes ?

— Je dis que tu n'es pas loin de craquer. Tu le sais. Je le sais. Il faut que tu arrêtes de le nier et que tu acceptes ce qui est arrivé à Kyle.

— Qu'est-ce que tu sais de lui ? Rien. Tu connais son nom et le reste ne te regarde pas.

Comment osait-elle mêler son frère à leurs histoires ? La façon dont Kyle était mort n'avait rien à voir. C'était elle qui le rendait dingue à jouer les institutrices, à lui faire des sermons et à lui dire ce qui était bien et ce qui était mal.

Il avait besoin d'air, décida-t-il en se dirigeant vers la porte.

Elle se planta devant lui, les jambes écartées dans son jean serré, son T-shirt rose vif remontant sur ses hanches. Son apparence n'avait certes rien d'impressionnant, mais elle avait l'air plus que déterminée.

— Je vais demander à M. Carrick de me reprendre, déclara-t-elle.

C'était la seule chose qu'elle pouvait dire pour le mettre d'encore plus mauvaise humeur.

— Tu te fiches pas mal de ce que j'en pense, c'est ça ? De ce que ça me fait de voir ma femme se traîner aux pieds de ce connard moralisateur et le supplier de lui donner un travail. Comme si c'était pour tes talents de secrétaire qu'il t'avait gardée jusque-là. Laisse-moi rire. Tu tiens tant que ça à récupérer ton job minable de bimbo ? Très bien, je m'en fiche. Fais ce que tu veux. Tu n'as qu'à le sucer, pendant que tu y es, ajouta-t-il en chassant ses cheveux de ses yeux d'un mouvement de tête et en passant à côté d'elle. Je suis sûr que ce ne sera pas la première fois.

— Rick.

— Quoi ? aboya-t-il en se retournant, la main sur la poignée de la porte.

Elle le gifla avec une vitesse impressionnante, si fort que sa tête fut rejetée en arrière et qu'il se mordit la langue.

— Mais merde ! s'écria-t-il.

Son visage le brûlait et ses yeux s'emplirent de larmes sous la violence de l'impact. Pour une brindille, elle était plutôt costaud.

— Ça te prendra à me faire passer pour une putain.

— Rien à foutre.

Il cligna fort des yeux pour s'éclaircir la vue, tapota sa poche pour s'assurer que la grosse liasse y était toujours et sortit.

Il sauta dans le Monorail et, vingt minutes plus tard, il frappait à la porte de la suite de Donatelli au Venetian. Ce fumier était si prévisible… Il avait même repris son ancienne chambre.

Un garde du corps avec lequel Rick avait travaillé autrefois, du temps où il faisait partie du service de sécurité de Donatelli, lui ouvrit. Il le salua d'un signe de tête et entra.

L'Italien regardait une émission de décoration sur HGTV. Pff. Quel cinglé.

— Tiens, Columbia. Qu'est-ce que je peux faire pour toi ?

Donatelli baissa le son et le regarda, impassible, les jambes croisées.

— Je ne pense pas que tu sois là pour me rendre l'argent que tu as piqué dans mon portefeuille.

— Combien pour une dose ? fit-il en cachant sa main tremblante dans sa poche.

L'homme qui avait fait de lui et un vampire et un héroïnomane lui sourit.

— Pour toi ? Je te l'offre. Disons que c'est un cadeau de mariage.

Son air d'autosatisfaction aurait dû humilier Rick, mais il s'en moquait. Il avait trop soif.

— Merci.

Donatelli se leva.

— Assieds-toi près de la fenêtre. La nuit est magnifique.

Rick le suivit. Il s'en voulait de ce qu'il s'apprêtait à faire. Il en voulait à Kelsey qui l'y avait poussé. Il en voulait à Donatelli d'être aussi accommodant.

Ils étaient à peine assis face à face dans deux fauteuils devant la vue que le garde du corps arriva avec deux grands gobelets de sang. L'un était de verre transparent et l'autre d'un bleu-vert qui donnait au sang des tons pourpres. C'est celui qu'on lui tendit. Il s'appuya au dossier de son fauteuil, ferma les yeux et respira le parfum piquant avant d'incliner son verre et de laisser le liquide emplir sa bouche.

Il le vida en deux gorgées et avala en frissonnant d'impatience. Puis il rouvrit les yeux et contempla la nuit de Vegas et ses lumières éclatantes et multicolores qui tranchaient sur le noir, se fondaient les unes dans les autres, changeaient. Comme hypnotisé, il se détendait enfin.

Tout allait s'arranger. Il se sentait bien.

— On remet ça ? suggéra-t-il en léchant le bord du verre.

— Pas de problème. Ensuite, il y a une chose dont j'aimerais parler avec toi. Un boulot.

— Un boulot ? répéta-t-il en clignant des yeux, la tête lourde.

Donatelli devait vouloir qu'il tue quelqu'un. C'était sa spécialité. Il faisait cela très bien. Très proprement.

Kelsey allait lui faire une scène. Mais il faisait encore ce qu'il voulait, merde. Et pour l'instant, littéralement, il serait prêt à tuer pour un second verre.

— Pas de problème, assura-t-il.

Donatelli sourit.

— Ressers M. Columbia, Williams, ordonna-t-il.

Excellente idée, songea Rick en tendant son verre.

Oh, génial. Alors, c'était Donatelli son père. Un requin de la politique capable de tout – y compris de torturer, de vendre de la drogue et de faire de mauvais discours. C'était vraiment la cerise sur le gâteau.

— Tu es sûr ?

Évidemment, il était sûr. Elle aussi, puisqu'elle avait vu elle-même le résultat sur l'écran. Si Donatelli était RD1021, il y avait 99,6 % de chances qu'il soit son père. Autant dire qu'il n'y avait pas d'erreur possible. Horreur.

— Oui, j'en suis sûr.

Au moins, il n'avait pas essayé d'édulcorer la vérité. Elle avait le feu aux joues et un goût métallique dans la bouche.

L'espace d'une seconde, elle crut même s'évanouir, mais elle parvint à rester debout. C'est alors qu'un chatouillement sous le nez détourna son attention.

— Je saigne ! s'exclama-t-elle après s'être essuyée.

Jean-Baptiste tourna vivement la tête et sauta de son siège si brusquement que celui-ci vint heurter la jambe de Brittany.

— Qu'est-ce qui s'est passé ? s'inquiéta-t-il.

— Rien. Je ne sais pas.

Elle repassa le doigt sous son nez et il apparut plus rouge encore.

— Je saigne du nez. Je n'ai jamais saigné du nez de ma vie.

Il tapota son boxer comme pour chercher un mouchoir dans la poche qu'il n'avait pas et refit le coup de la vitesse vampire pour revenir deux secondes plus tard avec une serviette mouillée.

— Pince-toi légèrement le nez, lui indiqua-t-il. Ce n'est que la grossesse. L'afflux de sang est plus important. Les saignements de nez sont fréquents au deuxième trimestre.

— Cobbent tu sais ? demanda-t-elle d'une voix nasillarde.

Elle ferma les yeux et s'efforça de réprimer la panique qui la gagnait. Son père était dingue. Sa mère avait couché avec un quasi-psychopathe. L'homme dont elle était en train de tomber amoureuse ne voulait l'épouser que pour protéger leur enfant des forces du mal vampires. Et elle allait mourir d'un saignement de nez.

— J'ai lu ça dans un livre sur les bébés. Ce à quoi il faut s'attendre quand on va avoir un enfant, ou quelque chose comme ça.

Ce ne devait pas être le titre exact, devina-t-elle, mais ce n'était pas le moment de pinailler. Elle se lâcha le nez et renifla doucement, un peu hésitante. Apparemment, le saignement s'était arrêté aussi vite qu'il avait commencé.

— Est-ce que Donatelli sait qu'il est mon père ?

Jean-Baptiste secoua la tête.

— J'en doute. Autrement, il s'en serait servi pendant la campagne électorale. Et il t'aurait approchée bien avant Carrick.

Il retourna à son ordinateur et se mit à supprimer des fichiers.

— Qu'est-ce que tu fais ?

— J'efface cette correspondance. En fait, je fais disparaître tout ce qui concerne ton ADN de ma base de données. Je ne veux pas que Donatelli ou quiconque découvre que c'est lui ton père biologique.

— Pourquoi ? demanda-t-elle alors qu'elle connaissait la réponse.

— Il va vouloir le bébé, Brittany. Il va vouloir l'élever et le préparer à prendre le pouvoir. Tu portes son petit-enfant. Il va voir les possibilités que cela lui offre et vouloir en tirer parti.

C'était exactement ce qu'elle espérait qu'il ne dirait pas.

— Non, Jean-Baptiste, non. Non, non, non. On ne peut pas le laisser faire.

L'idée de cet homme avec son enfant, cherchant à l'influencer, l'empêchant de vivre une vie normale et épanouissante, la faisait se révolter de tout son être. Elle n'était pas loin de céder à la panique, à l'hystérie. Mais elle ne pouvait pas. Il fallait qu'elle agisse et une seule solution lui paraissait évidente.

— Merde, fit-elle. Il ne va pas suffire que je m'en aille, hein ? Il va falloir que je change de coiffure, de nom et que je reparte de zéro ailleurs. Que je me cache de lui. Que personne ne sache.

Jean-Baptiste cessa de cliquer et se massa lentement le front.

— *Mon Dieu*, Brittany...

Il tourna vers elle un visage dur dans lequel ses yeux d'émeraude brillaient d'angoisse.

— Ce serait sans doute la meilleure solution, reconnut-il. Au moins temporairement. Si quelqu'un posait la question, Alexia n'aurait qu'à dire que sa sœur est partie s'installer en Californie ou n'importe où. Pendant ce temps, tu n'aurais qu'à partir à Atlanta, à Boston. Loin de la Californie, en tout cas. Même en Europe ou en Inde, tiens, du moment que tu pourrais te fondre dans la foule.

La serviette mouillée tordue entre ses mains, Brittany hocha la tête.

— Il faudra que je mette Alexia et Ethan au courant, mais personne d'autre.

— Quant à moi, je vais détruire toutes les preuves de votre lien biologique. Je vais déplacer mes autres fichiers et détruire le disque dur. J'en ai pour quelques heures.

— Tu vas arriver à rester réveillé ?

Elle savait combien il était difficile pour les vampires de faire quoi que ce soit le jour.

— Je n'ai pas le choix, affirma-t-il en hochant la tête. Ça va aller. Ne t'en fais pas. Va faire tes bagages, je passe te prendre ce soir. On peut partir tout de suite.

À ces mots, elle s'arrêta. Elle était déjà en train de réfléchir à la façon dont elle allait s'organiser pour se faire remplacer au cabinet en attendant de vendre, à l'endroit où elle avait envie de vivre, au nom qu'elle allait choisir. Ethan pourrait sûrement l'aider à changer d'identité.

Mais elle n'avait pas songé une seconde à emmener Jean-Baptiste.

Certes, elle avait envie de se jeter dans ses bras et le laisser tout arranger. Cependant, sa fierté, son indépendance et, surtout, son instinct maternel lui soufflaient qu'il ne pouvait pas partir avec elle.

— Je comptais partir seule, précisa-t-elle.

Ce fut à son tour de s'immobiliser, les yeux rivés sur elle.

— Seule ? Pas question. Je t'accompagne. Je te protégerai. Je veillerai sur toi, et sur le bébé, la nuit, quand tu dormiras.

Elle ne put s'empêcher de noter qu'il ne parlait pas d'amour, qu'il ne disait pas qu'il ne pouvait pas vivre sans elle.

Mais, de toute façon, même s'il l'aimait, ce qui n'était manifestement pas le cas, il ne pouvait pas la suivre. C'était trop dangereux, elle le sentait. Instinctivement.

— Jean-Baptiste.

— Oui ? Explique-moi. Je ne peux pas te laisser t'en aller sans moi.

— Il le faut. N'oublie pas que personne ne sait que tu es le père du bébé. C'est la clé de la réussite. Les gens ignorent que je suis enceinte, ou ils croient que le père est un mortel. C'est un plan depuis le début, et c'est un excellent plan, même si tu aurais pu m'en parler. Si je pars seule, personne ne se posera de question sur le déménagement de la sœur impure d'Alexia. Personne ne vérifiera que je suis bien allée où j'ai dit. Tout le monde s'en moquera. En revanche, si tu viens avec moi, tout le monde va se demander où tu es passé. Et les gens risquent de faire le rapprochement, de se demander pourquoi nous somme partis ensemble. Si les vampires commencent à se poser des questions, ils vont trouver les réponses que nous aimerions mieux leur cacher. Et ils finiront par nous retrouver.

Il secoua la tête.

— Mais... je ne peux pas te laisser partir seule vers l'inconnu. Je ne peux pas.

— Il va le falloir.

Elle ravala la grosse boule qui lui montait dans la gorge avant d'ajouter :

— Je sais que tu veux nous protéger et c'est la meilleure solution. La raison pour laquelle tu voulais m'épouser est précisément celle pour laquelle il ne faut pas que tu le fasses.

Il mit une bonne minute à répondre. Elle voyait le désespoir sur son visage, mais devinait à la crispation de sa mâchoire qu'il avait pris la bonne décision.

— Tu as raison, concéda-t-il en secouant la tête. J'en suis malade, je déteste l'idée de te laisser partir sans moi, mais tu as raison. Oh, Brittany, je suis désolé de te soumettre à cela. Tout est de ma faute.

— Eh ! protesta-t-elle. J'étais là aussi, cette nuit-là.

Et, elle avait beau être terrifiée, il lui semblait que, si c'était à refaire, elle le referait. Elle allait avoir un bébé, l'enfant de l'homme qu'elle aimait. Cela valait n'importe quel sacrifice, n'importe quel désagrément. Elle se battrait contre le diable en personne pour protéger son enfant.

— Se plaindre, c'est une perte de temps. Je reconnais que je suis très en colère que tu ne m'aies pas informée du danger de la situation et il est possible que j'aie du mal à l'oublier, mais ce n'est pas raisonné. Nous savons l'un comme l'autre que je n'ai pas vraiment le choix, que c'est ce qu'il faut que je fasse. Je te promets de te laisser venir nous voir s'il n'y a pas de danger et de te donner des nouvelles par l'intermédiaire d'Ethan et Alex.

C'est alors qu'il se leva et qu'elle comprit que ses paroles qui se voulaient rassurantes avaient eu l'effet opposé. En deux secondes, il fut sur elle, farouche, passionné, et l'étreignit.

— Il doit bien exister une autre solution, enfin, maugréa-t-il.

Brittany ferma les yeux et laissa aller son visage contre la poitrine de Jean-Baptiste.

— Tu sais que non, fit-elle valoir en l'enlaçant et en inspirant profondément.

Le toucher l'apaisait et elle savoura ces instants en sachant que c'était peut-être la dernière fois qu'elle était aussi proche de lui.

— Il faut que nous pensions au bébé. Ce doit être lui notre priorité.

Les mains dans les cheveux de Brittany, il dit :

— Promets-moi seulement...

Sa voix se brisa, mais il reprit :

— Promets-moi de dire à notre fille qui est son père, quand ce sera le moment. Explique-lui qu'il aurait été là pour elle si les circonstances l'avaient permis.

La douleur qu'elle sentait dans cette prière fit revenir de plus belle les larmes de Brittany. Elle s'écarta en clignant fort des paupières.

— Hé. Ne t'en fais pas. Tu es son père et notre enfant saura tout de toi. Je te le promets.

— *Merci*. J'apprécie.

Il la contempla longuement en lui tenant le visage entre ses mains avant de dire :

— Je t'aime.

Elle s'y attendait si peu qu'elle perdit contenance.

— Non, ne...

S'il exagérait pour la réconforter, c'était raté. Et, s'il était sincère, c'était encore pire. Mieux valait ne pas dire ces mots, ne pas savoir ce à quoi ils renonçaient.

— Si, je dois le dire, affirma-t-il en lui posant les lèvres sur le front. Sache que, même s'il n'y avait pas de bébé, je t'aimerais.

Et que je t'épouserais rien que pour être avec toi, si je pouvais.

— Jean-Baptiste.

Maintenant, elle sanglotait. Elle était soulagée, heureuse qu'il éprouve la même chose qu'elle et elle sentait la pression de la douleur se dissiper. Mais, dans le même temps, elle était envahie par les regrets et la perspective d'un avenir solitaire dix fois plus oppressant. Comment passer à autre chose, l'oublier alors qu'elle savait qu'il l'aimait en retour ?

— Moi aussi, je t'aime.

Le baiser qu'il lui donna était à la fois passionné et tendre. Elle ouvrit la bouche pour l'accueillir et cria presque de bonheur en sentant la douceur de sa langue sur la sienne. C'était un baiser d'adieu, ils le savaient tous les deux.

Brittany n'allait pas tenir. S'il continuait à la toucher ainsi, elle ne pourrait pas s'en aller. Elle détacha les lèvres des siennes et s'écarta de lui en s'essuyant les joues.

— Il faut que j'y aille.

— Va trouver Ethan. Il t'aidera à tout organiser. Fais le nécessaire. Je termine ici et j'arrive. Ne pars pas avant que je sois là.

— D'accord. Mais je n'ai pas de voiture.

Ils avaient laissé la sienne chez elle en allant faire les courses.

— Prends la mienne. Je me débrouillerai pour vous rejoindre, tout à l'heure. La clé est sur le comptoir de la cuisine, ajouta-t-il en lui étreignant une dernière fois la main. À ce soir. Je serai là avant minuit, d'accord ?

Elle hocha la tête et alla s'habiller. Quand elle eut fini et qu'elle alla lui dire au revoir, il s'était déjà remis au travail et sortait un CD du lecteur d'un des trois ordinateurs sur lesquels il travaillait en même temps. Elle n'en revenait pas de sa maîtrise des technologies, lui qui lui semblait si hostile au modernisme.

Se réjouissait-elle pour autant qu'il ait été capable de trouver son père ? Elle n'en était pas certaine. En sortant de l'immeuble, elle songea qu'elle se satisfaisait parfaitement d'ignorer ses origines biologiques. D'un autre côté, savoir que Donatelli était son père lui permettait de mieux se préparer à protéger son enfant.

C'était une matinée froide et brumeuse. Elle croisa les bras et se frictionna pour se réchauffer en essayant de se rappeler où Jean-Baptiste avait garé sa BMW la veille au soir. Toutes les travées se ressemblaient. Toutes ces berlines foncées lui semblaient identiques.

Elle ne vit l'homme que quand il fut devant elle. Elle sursauta et poussa un petit cri de surprise. Jean-Baptiste lui avait bien dit que le quartier n'était pas très sûr. Mais ce n'était pas un agresseur, découvrit-elle. C'était Rick. Avec les cheveux plus longs que la dernière fois qu'elle l'avait vu, les yeux injectés de sang et la main agitée d'un tic inquiétant.

D'instinct, elle devina qu'il n'était pas là pour rendre une visite de courtoisie à Jean-Baptiste. Elle fit demi-tour et voulut battre en retraite vers l'immeuble.

— Qu'est-ce qui vous presse comme cela ? demanda-t-il en lui barrant le passage.

Mon Dieu. Ce n'était pas possible. Peut-être qu'il avait seulement besoin d'argent. Il avait l'air complètement défoncé. Il faisait peur.

— Je viens de me rendre compte que j'ai oublié mon téléphone, répondit-elle.

C'était un pur mensonge, mais elle voulait se faire une idée de ses intentions avant de s'affoler complètement. Avec un peu de chance, elle pourrait lui donner ce qu'il voulait. Avec un peu de chance, cela n'avait rien à voir avec le bébé.

— Dommage pour vous. Enfin, vous n'auriez pas pu appeler à l'aide, de toute façon.

Avant qu'elle ait pu le voir bouger, il lui avait saisi le bras.

— Qu'est-ce que vous voulez ? lui demanda-t-elle en essayant de se dégager.

Il était trop fort. Elle avait beau se débattre, elle ne parvenait même pas à faire bouger son bras.

— De l'argent.

— Ah, fit-elle dans un soupir de soulagement. J'ai cent dollars dans mon sac et, si vous montez, je suis sûre que Jean-Baptiste pourra vous donner plus.

En guise de réponse, il secoua lentement la tête en riant à mi-voix.

— Non. Ce n'est pas ce que je veux dire. J'ai besoin d'argent alors j'ai pris un travail. Et, ce travail, c'est vous.

Bon. Inutile d'essayer de résister à la panique. Elle était là. Elle déferlait en elle. Et elle la poussa à l'action. Brittany donna un coup de pied dans le tibia de Rick et ouvrit la bouche pour hurler.

Il plaqua la main sur sa bouche avec tant de force que ses lèvres écrasées contre ses dents se mirent à saigner.

— Soyez gentille, lui ordonna-t-il. Je ne vais pas vous tuer. Il faut seulement que je vous amène à quelqu'un qui veut vous parler. Alors vous allez être sage ? Vous allez la fermer ?

Elle hocha la tête et inspira un bon coup dès qu'il la lâcha.

— Où est Kelsey ? demanda-t-elle tandis qu'il lui faisait traverser le parking de force.

Cela n'avait aucun sens, mais elle ne cessait de se répéter que, si Kelsey allait bien, il ne lui arriverait rien à elle non plus. Que, s'il était capable de s'attacher à une femme, il respecterait un bébé à naître.

Mais le visage de Rick s'assombrit.

— On s'est un peu disputé, grommela-t-il.

Génial.

— Où est votre voiture ? demanda Rick en lui arrachant la clé des mains.

— C'est la BMW bleue, dit-elle en se retenant de pleurer.

S'ils partaient avec la voiture de Jean-Baptiste, il ne se rendrait pas compte qu'il lui était arrivé quelque chose. Elle l'appela mentalement en espérant de toutes ses forces qu'ils allaient de nouveau parvenir à communiquer par télépathie.

Autrement, elle était fichue.

Quatorze

— Comment cela, elle n'est pas venue travailler aujourd'hui ? répondit Alexia à la réceptionniste du cabinet dentaire de Brittany.

Il était 18 heures. Alexia venait de se lever pour la nuit et sa sœur devrait être en train de boucler sa journée de travail.

— Elle n'est pas venue, répéta froidement la réceptionniste. Elle doit être malade.

— Merci.

Alexia raccrocha et composa le numéro de l'appartement de Brittany. Pas de réponse. Elle essaya son portable. Rien.

— Ethan ! appela-t-elle en fronçant les sourcils.

— Quoi ? fit son mari d'une voix encore ensommeillée.

— Tu as le numéro de téléphone ou l'adresse de Jean-Baptiste ?

— Dans le répertoire sur mon ordinateur.

Deux minutes plus tard, elle attendait impatiemment que Jean-Baptiste décroche.

— Allô ? dit-il.

— Où est Brittany ?

Il marqua une pause.

— Alexia ? Brittany devrait être chez vous, à l'heure qu'il est. Vous avez essayé son portable ?

— Elle ne répond pas. Pourquoi n'est-elle pas allée travailler aujourd'hui ?

— Vous voulez dire que vous ne lui avez pas parlé ? qu'elle ne vous a pas laissé de message ?

— Non.

Alexia commença de sentir la désagréable pointe d'inquiétude de ces dernières minutes se transformer en véritable angoisse.

— Elle était censée m'appeler ? s'étonna-t-elle. Qu'est-ce qui se passe ?

— Elle comptait vous demander votre aide. C'est tout ce que je peux vous dire pour l'instant.

À chaque fois qu'elle croyait pouvoir apprendre à l'apprécier, il fallait qu'il la mette en colère, songea-t-elle.

— Ethan et moi avons besoin de vous parler, à Brittany et vous. Alors ramenez-vous en vitesse.

— Je serai là dans quelques heures. J'ai un ou deux problèmes à régler ici avant de venir. Brittany et moi devons nous retrouver chez vous vers 23 heures.

Cela ne suffisait pas.

— Gwenna est ici, révéla-t-elle.

— Gwenna Carrick ? fit-il d'un ton surpris. Pourquoi ?

— Elle a quelque chose à vous dire, à Brittany et à vous.

— D'accord, je vais essayer d'arriver plus tôt.

— Bonne idée.

Elle avait beau s'efforcer de ne pas s'énerver, elle ne put se retenir d'exprimer ses soupçons.

— Vous comptiez vous enfuir, tous les deux ?

Il marqua une nouvelle pause.

— Non, lâcha-t-il enfin. Ce n'est pas notre projet.

Ces mots auraient dû la rassurer. Au lieu de cela, ils lui flanquèrent une peur bleue.

Brittany avait toujours vécu à Las Vegas. Depuis son adolescence, elle avait fréquenté pas mal de casinos. Mais c'était la première fois qu'elle pénétrait dans une suite du Bellagio.

Elle aurait été impressionnée par le luxe et la richesse du décor, si elle n'avait pas été ligotée dans un fauteuil et terrifiée.

Deux gardes étaient postés de part et d'autre de la porte. Une femme allongée sur un divan lisait un livre, ses longues jambes croisées aux chevilles, l'air blasé et indifférent. Enfin, trois hommes assis dans des fauteuils clubs identiques au sien la regardaient.

Parmi eux, il y avait Rick. L'air à moitié endormi, il buvait à intervalles réguliers une gorgée du verre qu'il tenait à la main. Un vampire pouvait-il faire une overdose ? se demanda-t-elle. Parce qu'il avait l'air à deux doigts du coma.

Il y avait aussi Donatelli. Son père. Il lui adressait des sourires encourageants et s'inquiétait de savoir comment ils pourraient rendre son séjour plus agréable. Désirait-elle un coussin ? Quelque chose à boire ? À manger ? Elle commençait à s'exaspérer de sa fausse sollicitude alors qu'elle était attachée comme un bagage encombrant sur la galerie d'une voiture. Toutefois, son agacement n'était rien, comparé à la terreur que lui inspirait le troisième homme, un colosse barbu aux épaules larges et aux grosses mains poilues. Son apparence n'était d'ailleurs pas tout ce qu'il avait d'effrayant. Son sourire ne lui disait rien qui vaille non plus. Manifestement, il se délectait de sa peur. Et son regard vide était celui d'un fou. Comme il ne disait rien, elle essaya de ne pas le regarder et de se concentrer sur Donatelli qui parlait pour trois.

Songer que c'était son père l'effarait. Dire qu'il avait usé de son charme onctueux pour attirer sa mère dans son lit et que le résultat de cette rencontre, c'était elle… Pire, il savait désormais qu'elle était enceinte. Il n'y avait plus moyen de le cacher. Et ce devait être la raison pour laquelle on l'avait amenée ici, puisque toutes les questions un peu trop anodines de Donatelli tournaient autour du bébé et de Jean-Baptiste.

— Alors, s'enquit-il, quand devez-vous accoucher ?

Elle ne répondit pas.

— Allons, inutile de rechigner. Je vois que vous êtes enceinte d'au moins quatre ou cinq mois. Avril ? C'est bien de donner naissance à un enfant au printemps. On peut faire de belles promenades au soleil. C'est excellent pour la mère comme pour l'enfant.

Elle bougea la tête pour chasser les cheveux qui lui tombaient devant les yeux mais resta muette. Ignorant ce qu'il voulait et pourquoi, elle refusait de lui donner les informations qu'il cherchait à obtenir.

— Et Corbin assistera à l'accouchement ? Comme c'est charmant.

Elle n'eut pas de mal à continuer à se taire. Elle n'avait aucune envie de faire la conversation avec lui.

Ce à quoi elle ne s'attendait pas, en revanche, c'était à ce que l'ours assis à côté de lui se lève et lui assène une gifle du revers de la main. Il fut si rapide qu'elle ne put même pas tenter d'esquiver le coup, et il lui fit si mal que les larmes lui brûlèrent les yeux et qu'un cri de douleur lui échappa.

— Un peu de respect, ordonna-t-il. Réponds.

Brittany tressaillit, mais il se rassit. La femme sur le canapé jeta un coup d'œil indifférent avant de retourner à sa lecture.

— Oui, je dois accoucher en avril, dit-elle précipitamment quand il fit mine de se relever, la main dressée.

En réalité, la date du terme était en mai, mais Donatelli avait suggéré avril et il lui semblait moins risqué de mentir.

Donatelli s'assit plus en avant, les coudes sur les genoux, les sourcils froncés.

— Franchement, Gregor, ce n'était pas nécessaire.

— Elle a répondu, oui ou non ?

Gregor parlait avec un fort accent. Russe.

— Je vais être raisonnable, assura-t-elle.

Dans sa tête, elle appelait frénétiquement Ethan en espérant qu'il entendrait son SOS. Elle n'osait pas essayer de communiquer avec Jean-Baptiste. Elle redoutait trop ce qui arriverait s'il venait et que les hommes qui se tenaient devant elle le forçaient à leur donner le résultat de ses recherches. De toute façon, elle ne parvenait plus à communiquer mentalement avec lui depuis leur seconde séparation, après qu'elle lui avait parlé du bébé. Elle ne comprenait pas pourquoi, mais ils ne s'entendaient que pendant qu'ils faisaient l'amour.

Quant à Alexia, elle n'avait jamais pu saisir les pensées de Brittany. Ethan, si. Il avait même entendu son cri provoqué par un orgasme extraordinaire la première fois qu'elle avait couché avec Jean-Baptiste, alors qu'il se trouvait à des kilomètres. Ç'avait été horriblement gênant. Mais il serait sûrement capable de percevoir sa peur, maintenant, s'il avait capté son plaisir cette fois-là.

— Nous savons que Corbin est le père de votre bébé. Ce que nous voulons savoir, c'est ce qu'il compte en faire.

— Rien.

— Alors il ne vous a rien dit de ses plans ?

Elle secoua la tête, troublée. Que croyaient-ils que Jean-Baptiste allait faire de son enfant ?

— Bon, très bien. C'est possible qu'il ne vous ait pas parlé. Vous n'êtes qu'une mère porteuse. Il n'a pas à vous faire part de tout.

Brittany fronça les sourcils. Une mère porteuse ? Qu'est-ce qui leur faisait croire une chose pareille ? Elle regarda Rick, qui l'avait entendue dire à Jean-Baptiste qu'il était le père de son bébé. Il savait qu'elle n'était pas une mère porteuse. Pourquoi mentait-il à Donatelli ? Il l'avait fait, en tout cas, et son visage, son regard dur et vitreux ne trahissaient rien.

— Je fais tout ce qu'il faut, assura-t-elle prudemment. Je prends des vitamines, je vais chez le médecin, j'assiste à des cours d'accouchement. Que voulez-vous de plus ?

Elle n'eut aucun mal à faire trembler sa voix. Sa peur était bien réelle.

— Pourquoi l'avez-vous fait ? demanda Donatelli. Avoir un bébé, ce n'est pas le moyen le plus simple pour gagner de l'argent. Vous en aviez besoin à ce point ? Votre cabinet est menacé de faillite ?

Brittany mentait très bien. Beaucoup mieux qu'Alexia qui avait toujours été incapable de dissimuler ses sentiments.

— Je… je… j'ai contracté des dettes de jeu, avoua-t-elle en baissant les yeux comme si elle avait honte. Je dois cinquante mille dollars et je ne voulais pas que ma sœur et mon beau-frère l'apprennent. Corbin m'en a offert cent mille pour porter son bébé.

Donatelli siffla.

— Ah, le jeu. Évidemment, les femmes sont faibles. Quel jeu ?

Elle n'y avait pas joué depuis des années, mais elle répondit :

— Le black-jack.

Elle connaissait les règles, au moins. Elle serait capable de répondre s'il lui posait des questions.

— Nous vous proposons cent vingt-cinq mille en échange du bébé.

Quand elle s'étrangla, ce fut sous l'effet d'un choc lui aussi bien réel.

— Mais c'est son sperme, protesta-t-elle. Son enfant.

Gregor se leva et s'approcha d'elle. Elle eut beau se tasser dans son fauteuil, il l'empoigna par les cheveux et la força à le regarder. La douleur la fit grimacer.

— Et si je mettais mon sperme à moi en toi, hein ? Qu'est-ce que tu en dis ?

Elle en disait qu'elle allait vomir. Dans sa barbe poivre et sel. Elle n'allait pas pouvoir se retenir. Car elle n'avait aucune peine à le croire. Il semblait tout à fait capable de la violer et d'y prendre le plus grand plaisir.

La femme sur le canapé fit toute une sortie en russe. Gregor quitta Brittany des yeux et se retourna. Elle en profita pour respirer profondément en s'efforçant de contenir sa nausée et sa terreur, de se maîtriser.

— Ta femme n'a pas l'air d'accord, observa Donatelli d'un ton amusé.

— Ma femme ne parle pas anglais. Mais ça ne l'empêche pas d'être jalouse.

Il donna encore une saccade aux cheveux de Brittany avant de la lâcher pour s'approcher de la femme.

— Sacha.

Mais l'intéressée s'était déjà levée et s'en allait d'une démarche impatiente. Ses longs cheveux flottaient dans son dos et elle faisait onduler son petit derrière en marchant le menton relevé par l'indignation. Brittany lui aurait volontiers jeté quelque chose à la figure. Un rocher, par exemple. Ou un piano à queue. Comment pouvait-elle accepter sans rien dire que son mari ligote une femme enceinte ? Évidemment, il fallait être sans cœur pour épouser une brute comme Gregor.

— Voilà pourquoi je ne me remarierai jamais, commenta Donatelli en croisant les jambes tandis que Gregor suivait Sacha dans la pièce voisine. Alors, acceptez-vous nos conditions ?

— Pourquoi voulez-vous ce bébé ?

En l'absence de Gregor, elle s'enhardissait. Donatelli semblait tout de même moins menaçant.

— Sacha a toujours voulu un enfant.

Cette femme ? Élever son enfant ? Jamais de la vie.

— Qu'avez-vous à voir avec tout cela ?

— Je suis l'intermédiaire. Le négociateur. Comme vous avez pu le constater, Gregor manque de savoir-vivre.

— La réponse est non.

Il fit la grimace.

— Mauvaise réponse, dit-il. Je vais vous reposer la question jusqu'à ce que vous donniez la bonne réponse.

— Non. Même si je n'ai pas l'intention de garder ce bébé, cela reste un bébé. Sa place est avec son père.

Donatelli soupira.

— C'est épuisant, ces foutues histoires d'éthique. Et moi qui essaie d'être raisonnable, de vous éviter les coups.

Un gémissement aigu leur parvint d'à côté. Brittany ne put réprimer une moue de dégoût. Elle n'avait vraiment pas besoin d'entendre cela maintenant. Car c'était Sacha qui poussait des cris de plaisir pour le moins exubérants, ce qui était particulièrement répugnant si l'on considérait que son mari était une version barbue de Satan.

Pourtant, quand Rick remua et se retourna vers la porte, ce fut avec un air de désir non dissimulé et une érection qu'il ne cherchait pas davantage à cacher. Berk. Ce n'était pas mieux que d'entendre Gregor et Sacha.

De ce côté-là, c'était de pire en pire. Sacha grognait et glapissait en rythme, criait l'équivalent russe de « oh ! oh ! oui ! oh… oh ! aaaah », encore et encore. Et encore. Au point que Brittany commençait à la soupçonner de simuler. Elle-même avait recouru une ou deux fois à ce subterfuge qu'elle reconnaissait à certains détails. La voix de Sacha était trop régulière, trop rythmée, trop posée. Quant à Gregor, il restait silencieux, ce qui laissait deviner où il avait la langue. À cette idée, le cœur de Brittany se souleva de plus belle.

Au moins, Donatelli avait l'air parfaitement calme et indifférent. Mais il tendit une main vers elle.

— Dors, Brittany.

Elle tenta de résister, de lui fermer son esprit, mais elle se sentit sombrer dans le néant.

— Si elle n'est pas ici, où est-elle ? demanda Jean-Baptiste en regardant Alexia se tordre les mains d'inquiétude.

— Comment voulez-vous que je sache ! s'écria Alexia. C'est précisément ce que je vous demande. Personne ne l'a vue de la journée. Elle ne répond pas à son portable et elle n'est ni à son cabinet ni chez elle. J'y suis allée. J'ai bien vu sa voiture, mais elle n'était pas là.

— Vous avez eu l'impression qu'elle avait fait ses bagages ? l'interrogea-t-il.

Brittany avait dû s'arrêter faire des courses ou passer à la banque en venant ici. Sauf qu'il était un peu bizarre qu'elle n'ait pas appelé Alexia. Elle savait pourtant qu'il lui fallait l'aide d'Ethan pour se procurer de nouveaux papiers.

— Ses bagages ? Non. Pas du tout. On aurait plutôt dit qu'elle n'avait pas mis les pieds chez elle de la journée. Et son lit était fait.

— C'est normal : elle a passé la nuit chez moi.

Jean-Baptiste posa le sac de vêtements de grossesse qu'elle avait oublié chez lui et qu'il avait apporté.

— Elle a pris ma voiture pour rentrer chez elle, précisa-t-il. Comme elle n'était plus sur le parking, je sais qu'elle est partie. Où sont Ethan et Gwenna ?

— Gwenna n'est pas encore levée. Elle dort tard. Quant à Ethan, il est en réunion avec son service de sécurité pour voir s'il y a un moyen de retrouver Brittany. Je sens que quelque chose cloche. Je le sais.

Lui aussi. Il sentait une terreur glacée l'envahir. Brittany devrait être ici. Sinon, elle aurait appelé. À moins qu'elle ait décidé de disparaître sans l'aide de personne. Non. Elle ne serait pas partie sans dire au revoir à sa sœur.

— Alexia, Brittany et moi avions prévu qu'elle parte ce soir. Elle était censée retourner chez elle, faire ses valises, retirer tout l'argent qu'elle pouvait et venir ici. Elle était censée demander à Ethan de lui établir une nouvelle identité pour qu'elle puisse s'en aller ce soir et recommencer une nouvelle vie sous un faux nom.

— Quoi ! Mais pourquoi ?

Jean-Baptiste serra les dents. Il n'arrivait toujours pas à s'y faire.

— Parce que mes recherches ADN sur les hommes italiens ont donné un résultat. C'est Donatelli le père de Brittany.

— Mon Dieu !

Alexia pâlit.

— Jean-Baptiste, la raison pour laquelle nous voulions vous parler, c'est que Gwenna est venue ici pour nous prévenir que Donatelli était de retour à Vegas. Et qu'il était au courant pour le bébé. Nous pensons que c'est Rick qui le lui a dit.

Jean-Baptiste se figea. Il ne fallait pas qu'il s'emporte, sinon il ne pourrait plus raisonner intelligemment.

— Dans ce cas, il est très possible que Brittany soit aux mains de Donatelli, non ?

Alexia hocha la tête et se dirigea vers la porte.

— Je vais réveiller Gwenna, annonça-t-elle. Elle peut lire dans les pensées de Donatelli.

Pour quelle raison Donatelli aurait-il enlevé Brittany ? À l'évidence, il ne pouvait pas encore savoir qu'il était son père et, si les informations dont il disposait étaient exactes, il saurait que le bébé ne devait pas naître avant plusieurs mois. Alors que lui voulait-il ? C'était un geste d'une audace et d'une agressivité qui, selon lui, ne ressemblaient pas à l'Italien.

Alexia revint suivie de Gwenna, un tout petit bout de femme très pâle, aux yeux bleus cernés et aux cheveux d'un blond argenté décoiffés.

— Elle est avec lui, annonça-t-elle. J'entends assez distinctement sa curiosité, son impatience. Quelque chose le contrarie.

Il craint que quelqu'un qui est avec eux soit trop brutal avec elle et se demande dans quelle mesure il peut intervenir.

— *Mon Dieu.*

Si Donatelli trouvait que quelqu'un d'autre était trop brutal, cela signifiait que Brittany courait un réel danger.

— Qui est avec eux ? demanda-t-il.

— Je ne sais pas, avoua Gwenna en secouant la tête. Je suis désolée. Et je ne sais pas non plus où ils se trouvent.

— Vous croyez qu'il serait retourné au Venetian ?

— Je l'ignore.

— Cela vaut le coup d'essayer, lâcha Alexia dont la crispation réduisait la bouche à une ligne étroite presque blanche.

Jean-Baptiste allait demander une arme quand la porte s'ouvrit sur Ethan, suivi de Seamus Fox et de Kelsey, la secrétaire dévoyée.

Elle pleurait et ses larmes de sang faisaient des traînées rouges sur ses joues pâles. Elle vint tout droit à lui.

— Rick a replongé, dit-elle. Je le sais. Il est allé chez Donatelli.

— Je suis désolé, répondit-il machinalement en lui tapotant le dos quand elle se jeta dans ses bras, tout en lançant des regards désespérés par-dessus son épaule.

Que faire d'elle ? Pendant ce temps, les autres semblaient plongés dans une conversation très sérieuse. C'est alors qu'une idée lui vint. Il recula pour regarder Kelsey.

— Où est Donatelli ? lui demanda-t-il. Vous le savez ?

Elle renifla et essuya ses larmes avant de répondre.

— Je crois qu'il est au Bellagio. Avec le Russe. C'est là que Rick est allé chercher sa paie.

— Le Russe ? Chechikov ?

Jean-Baptiste était abasourdi. L'homme auquel il avait donné accès à tous ses travaux, y compris ceux qui pouvaient mener au clonage, travaillait pour Donatelli ?

— Oui, c'est ça, confirma Kelsey en hochant la tête. Avec sa femme mortelle qui a l'air d'une vraie traînée, même si elle est totalement canon.

— Sa femme ? répéta Jean-Baptiste en se tournant vers Ethan et Seamus. Vous étiez au courant ?

— Hélas, oui. Il est à Vegas pour se présenter à l'élection présidentielle. Mais je ne savais pas qu'il cachait une femme mortelle dans sa manche, le fourbe.

— L'élection présidentielle ?

Jean-Baptiste se passa la main dans les cheveux. Quel imbécile, mais quel imbécile ! Il n'en revenait pas.

— Sa femme est le cadet de nos soucis, affirma-t-il. S'il est avec Donatelli, il est certain qu'ils ont Brittany. Et c'est à cause de Gregor que Donatelli a peur pour elle. Vous connaissez sa réputation, ajouta-t-il en serrant les poings. Il n'hésitera pas à lui faire du mal. Et je suis profondément navré de vous dire que c'est Chechikov qui finance mes recherches depuis des années. Et que je lui transmets un rapport bisannuel. S'il sait bien s'entourer, il a tout ce qu'il faut pour recréer mon antidote. Du moins jusqu'à un certain point. Sans ma dernière série de vérifications, il lui faudra des années. Sauf s'il me vole mes tout derniers résultats.

Le sang battait à ses tempes. Il fallait à tout prix éviter que ses recherches tombent dans les mauvaises mains. Chechikov s'était bien moqué de lui. Il avait prévu de prendre les travaux de Jean-Baptiste, de devenir président et de cloner des vampires. Afin de tout contrôler, totalement. Jean-Baptiste ne pouvait pas permettre cela. Pas plus qu'il ne le laisserait faire du mal à Brittany ou à son bébé.

— Il faut que je retrouve Brittany, annonça-t-il. Est-ce que quelqu'un peut aller à mon labo, chez moi, et détruire mes fichiers ? Il faut éviter à tout prix que Chechikov ou Donatelli mette la main sur mes derniers résultats.

— Je n'ai pas les compétences techniques qu'il faut pour cela, annonça d'emblée Ethan. Mais je vais t'aider à chercher Brittany.

— Moi, je peux aller détruire les fichiers, proposa Seamus. Dis-moi seulement ce qu'il faut sauvegarder.

— Mets tout sur une clé USB. Il y en a une sur mon bureau. Ensuite, écrase le contenu des trois ordinateurs. Détruis bien tous les fichiers afin que personne ne puisse rien récupérer. Et passe tous les papiers dans la déchiqueteuse.

Cela lui faisait mal de donner ces consignes, mais c'était indispensable, il le savait. Il avait créé le moyen de faire précisément le contraire de ce qu'il visait. Il était de sa responsabilité de le détruire.

N'empêche qu'il tenait à récupérer cette clé USB. Les fichiers lui permettraient de recréer son vaccin. Il ne se voyait pas renoncer au choix qu'il s'était donné – celui de redevenir mortel. Pas encore. Pas maintenant qu'il savait qu'il tenait le remède. Quant à sa base de données génétique, il pourrait en avoir besoin pour leur enfant.

— Donne-moi la clé de chez toi et j'y vais, déclara Seamus en tendant la main. Kelsey, je te dépose chez toi au cas où Rick reviendrait.

Jean-Baptiste lui passa les clés.

— *Merci*. Maintenant, je vais chercher la mère de mon enfant et tuer quiconque lui aura fait du mal. Quelqu'un a une épée à me prêter ?

— Moi, répondit Alexia.

Cela ne l'étonnait pas, tiens.

— Oh, seigneur, grommela Ethan. Pourquoi tu lui as demandé ?

— Je vais la prendre, merci, dit Jean-Baptiste.

Il avait appris l'escrime à l'école et avait toujours excellé dans cet art. Et vu son humeur, aujourd'hui, il se ferait une joie de pourfendre quelqu'un.

Cela faisait douze heures que Brittany était dans ce fauteuil. Elle le savait grâce à l'horloge de platine sur le mur en face. Douze heures de captivité, c'était une éternité. Cela faisait une heure qu'elle s'était réveillée de l'assoupissement provoqué par Donatelli. Depuis, ils l'avaient certes autorisée à aller aux toilettes, mais Gregor l'avait également frappée deux fois, l'avait secouée, et il y a peu, lui avait mordu le poignet pour boire son sang.

Il essayait de lui faire peur et cela marchait. Elle était terrifiée. Appeler au secours dans sa tête ne semblait avoir aucun effet, parce que personne ne répondait. Et, comme le garde l'avait suivie jusqu'à la porte des toilettes où il l'avait attendue, elle ne voyait pas comment elle pourrait trouver une occasion de s'échapper. Au point où elle en était, elle supposait que Gregor pourrait la violer, la torturer, ce qu'il voudrait : elle survivrait. En revanche, dans ses petits jeux pervers, elle craignait qu'il fasse du mal au bébé. Pour elle-même, elle pouvait tout supporter. En revanche, s'il arrivait quoi que ce soit à son enfant, elle péterait les plombs.

Il était plus de 20 heures. Les vampires avaient dû profiter de son assoupissement forcé pour dormir, eux aussi. Maintenant, à l'approche de la nuit, ils étaient bien réveillés et il pouvait s'écouler encore des heures avant que Jean-Baptiste se rende compte qu'elle n'allait pas venir chez sa sœur comme prévu. Dieu seul savait ce que Gregor pourrait décider de lui faire subir dans l'intervalle. Une chose était sûre, en tout cas : l'angoisse, le malaise de Brittany le réjouissaient.

Au moins, Sacha avait disparu. Et Rick était sorti fumer une cigarette. Quant à Donatelli, il avait l'air franchement mécontent.

Il se mit à remuer sur son siège, à tirer sur sa veste.

— Assez, Chechikov, ordonna-t-il. Laisse-la tranquille.

Le Russe éclata de rire et essuya le sang qu'il avait encore sur les lèvres avant de se lécher les doigts un à un.

— Je joue avec elle, c'est tout, se défendit-il.

Les deux hommes se regardèrent. Au bout d'une minute, Brittany se rendit compte qu'ils étaient en train de communiquer mentalement. Quand elle se mit à s'agiter, ses cuisses firent couiner le cuir de son fauteuil. Elle avait soif, faim et des crampes dans la jambe. Le bébé qui remuait dans son ventre et semblait faire des sauts périlleux frénétiques l'affolait encore plus, ce qu'elle n'aurait pas cru possible.

Elle ne voyait aucun moyen d'échapper à la situation. Cependant, elle sentait sans l'ombre d'un doute que Donatelli était le plus raisonnable de ses geôliers, celui qui pourrait éprouver de la sympathie ou, au moins, ne voudrait par risquer de détruire sa prise. Il voulait l'enfant, et, à la différence de son psychopathe de copain, il voulait la garder en vie. Car elle avait compris que Gregor n'y tenait pas. Ce qu'il voulait, c'était son bébé, mais il ne voyait pas l'intérêt d'attendre qu'elle lui donne naissance. En effet, ce n'était pas l'enfant vivant, qui l'intéressait, c'était uniquement son ADN. La séquence génétique, rien de plus. Il traiterait son bébé comme un échantillon de sang. Prélever. Utiliser. Jeter.

Alors, non. Plutôt mourir que de laisser faire cela. Depuis le jour où son médecin lui avait annoncé qu'elle était enceinte, elle avait changé. L'insouciante qu'elle était s'était transformée en véritable guerrière. Elle irait jusqu'au bout, jusqu'à son dernier souffle pour protéger son enfant.

Ce qu'il fallait, c'était agir intelligemment. Si Donatelli n'approuvait pas la cruauté de Gregor, elle imaginait qu'il serait carrément furieux s'il savait la vérité sur ses origines.

Par chance, les deux hommes semblaient se disputer. Gregor finit par lever une main et rugir un « bah ! » sonore.

Puis il se retourna, la gifla de nouveau sans crier gare, si fort qu'elle se mordit la langue. Elle cligna des yeux et pinça les lèvres de toutes ses forces pour ne pas crier. Elle ne lui donnerait pas cette satisfaction. Mais Gregor ne resta pas la regarder souffrir. Il sortit en claquant la porte, faisant trembler les murs.

Donatelli secoua la tête, l'air écœuré, avant de hausser les épaules.

— Écoutez-moi, dit-il. Acceptez l'argent, Brittany. Vous n'avez vraiment pas le choix. C'est l'argent ou la mort. Et, de toute façon, il aura ce qu'il veut.

— Viviez-vous à Las Vegas il y a environ vingt-sept ans ? le questionna-t-elle sans tenir compte de son conseil.

La bouche sèche, elle déglutit difficilement.

— Quoi ? Je ne me souviens pas. C'est possible. J'ai passé un peu de temps ici dans les années soixante-dix et quatre-vingt. Pourquoi ? Vous avez entendu ce que je viens de vous dire ?

Il la considérait en fronçant les sourcils, les deux mains à plat sur les genoux.

Elle ne se retrouvait pas du tout dans ses traits, sauf, évidemment, ses cheveux noirs. Cela faisait drôle de scruter son visage et d'essayer d'y reconnaître le sien. Elle ne trouvait aucun indice qui laisse penser que c'était son père. Pourtant, il n'y avait pas de doute.

— Ma mère vous a connu. Elle était danseuse au Kareless Kitten Klub.

Donatelli sourit.

— Au Kitten ? Sans blague ? À vrai dire, j'ai de bons souvenirs de ce club. J'y ai passé bien des soirées.

— Ma mère s'appelait Gina Shoemaker, mais il y a des chances qu'elle se soit fait appeler Gina Baldizzi. C'était son nom de jeune fille. Elle était très grande, avec de longues jambes et des cheveux noirs.

Brittany jeta un regard inquiet vers la porte. Pourvu que Gregor ne revienne pas tout de suite…

Donatelli paraissait agacé.

— Et alors ? fit-il.

— Alors vous avez couché avec elle.

Il haussa les sourcils.

— Ah bon ? Et elle vous en a parlé ? En voilà une drôle de conversation mère-fille.

— Oh non, ce n'est pas elle qui me l'a dit : c'est Jean-Baptiste.

— Qu'est-ce qu'il en sait ?

Brittany se pencha en avant. La corde lui entamait douloureusement les poignets. Elle chuchota, de crainte que quelqu'un l'entende.

— Vous savez que je suis une Impure, n'est-ce pas ? C'est pour cela que mon bébé vous intéresse tellement.

— Donc, vous savez ce que nous voulons, conclut-il avec un regard dur.

— Oui. Mais avant que vous laissiez Gregor prendre ce qu'il veut, laissez-moi vous prévenir que cet enfant, ce trois quarts vampire, est votre petit-enfant. Vous avez couché avec ma mère, Gina Baldizzi, et c'est à cause de vous que j'ai du sang vampire. Vos êtes mon père.

Il se redressa d'un coup en secouant la tête.

— Quoi ? Vous mentez. Ce n'est pas…

— Possible ? Et pourquoi ? Combien de vampires fréquentaient le Kitten à la même période ? Ma mère aimait s'amuser, peut-être, mais je ne pense pas qu'elle se soit tapé la moitié de la Nation vampire. Vous êtes même sans doute le seul vampire avec qui elle ait jamais couché.

Sans hausser le ton, elle lui asséna le coup de grâce.

— De toute façon, Jean-Baptiste a fait une recherche sur mon ADN et c'est avec vous, Roberto Donatelli, qu'une correspondance a été trouvée. Vous êtes mon père.

Elle attendit sa réaction le cœur battant. Il avait l'air logiquement sidéré et soupçonneux, mais elle voyait aussi qu'il envisageait de la croire.

— Il se peut que je me souvienne de votre mère, concéda-t-il. Il se peut que nous ayons couché ensemble deux fois – ou dix. Il se peut que je sois votre père. Mais pourquoi me le dites-vous ?

— Ne jouez pas les idiots avec moi. Je vous le dis parce que je suis ligotée dans un fauteuil et que je sais que votre copain russe n'hésiterait pas à me tuer ni à tuer mon bébé. Alors je vous préviens que, s'il le fait, c'est votre fille qu'il tuera. Votre petit-enfant. Votre avenir.

Il l'étudia si longuement qu'elle commença de perdre espoir. Lui révéler la vérité, c'était prendre un gros risque, mais c'était sa seule chance de s'échapper à moins que Jean-Baptiste ou

Ethan vienne très vite à son secours. Mais, finalement, il hocha la tête.

— Oui, vous êtes peut-être ma fille. Vous êtes suffisamment intelligente. Et je serais idiot de courir le risque qu'il vous arrive quelque chose – au moins tant que je n'ai pas vérifié moi-même la correspondance ADN.

Eh bien. Voilà qui réchauffait le cœur. Elle n'en avait pas attendu davantage de sa part, cela dit. Et elle était contente de voir qu'il lui paraissait logique de la protéger.

— Je me souviens de votre mère, en fait, parce que, en principe, je n'adorais pas les brunes. Mais elle avait des jambes magnifiques et elle était prête à tout essayer… mais j'imagine que vous ne tenez pas à ce que je vous raconte les détails, ajouta-t-il en se levant et en s'approchant d'elle.

— Je peux m'en passer, merci.

Bizarrement, elle était heureuse qu'il ne l'ait pas oubliée, qu'elle ne soit pas un numéro anonyme sur la longue liste de ses conquêtes.

Il se pencha vers elle et scruta son visage.

— Vous lui ressemblez, commenta-t-il. Mais vous avez l'air plus forte, plus stable. Comment va-t-elle ? s'enquit-il en lui détachant les mains.

— Elle est morte il y a quinze ans. D'une overdose.

Elle réprima un mouvement de recul quand le torse de Donatelli frôla son visage. Il était si près qu'elle entendait bruisser ses vêtements. Il émanait de lui un parfum d'eau de Cologne si fort que la nausée la reprit. Il ne semblait pas le moins du monde dérouté ni peiné d'avoir une fille dont il n'avait jamais entendu parler.

— Je suis désolé de l'apprendre. Qui vous a élevée, alors ? demanda-t-il d'un ton vaguement curieux, proche de celui d'une conversation banale.

— Ma sœur, Alexia.

— Ah, oui.

Il lui avait libéré une main et lui massait doucement le poignet là où la corde lui avait brûlé la peau.

— La femme de Carrick, ajouta-t-il. Pas étonnant qu'elle fasse une adversaire aussi farouche. Elle a été forcée de devenir adulte trop vite. Dommage que votre mère ne m'ait jamais parlé de vous.

Brittany, elle, ne parvenait pas à le regretter.

— J'aurais pu subvenir à vos besoins, vous aider d'une façon ou d'une autre. À ma connaissance, vous êtes ma fille unique. Je trouve le concept fascinant. J'aurais bien aimé avoir une influence sur votre éducation.

Ça, elle n'en doutait pas. En l'envoyant en pension dans une école pour enfants de requins de la politique. Elle aurait pu jouer à la marelle avec des filles de dictateurs.

Après avoir détaché son autre main, il s'écarta. Brittany leva les yeux vers lui.

— Peu importe le passé, dit-elle. Tout ce qui m'intéresse, c'est l'avenir de mon enfant.

Comme elle ne voulait pas le supplier, elle s'obligea à relever le menton et à plisser les yeux.

— Protégez-nous, votre petit-enfant et moi.

— Oh, ne vous en faites pas.

Il parlait d'un ton neutre, détaché, mais elle sentait la détermination dans sa voix et elle lisait la résolution dans ses yeux noirs.

— Je n'ai pas l'intention de laisser Gregor vous faire du mal.

De soulagement, elle s'affaissa un peu et inspira profondément.

— Maintenant, enchaîna-t-il, levez-vous. Je vais vous faire sortir d'ici avant que le cinglé revienne.

Brittany obtempéra, malgré ses genoux et ses hanches ankylosés. Donatelli la surprit en lui rattachant aussitôt les mains devant elle.

— Au cas où nous tomberions sur notre ami, précisa-t-il.

Puis il ôta sa veste qu'il posa sur ses poignets liés.

— Au cas où nous croiserions des mortels.

Le tissu était tout chaud sur sa peau. Elle se rendit compte qu'elle avait froid et qu'elle était épuisée. Elle aurait bien aimé faire ce qu'elle avait toujours fait – hausser les épaules et faire comme si tout allait s'arranger, comme si Alexia ou quelqu'un d'autre allait s'occuper d'elle. Mais, pour la première fois de sa vie, elle se rendait compte que c'était à elle de se débrouiller et que, pour son enfant, c'était elle l'unique référence, la personne-clé. Celle qui devait tout arranger. Elle ne pouvait pas faire confiance à Donatelli. Il n'était qu'un moyen de parvenir à ses fins. Rien de plus.

— Où allons-nous ? voulut-elle savoir.

— Là où vous serez en sécurité.

— Je veux que vous me promettiez de dire à Jean-Baptiste où je me trouve.

— Entendu, accepta-t-il dans un soupir. Maintenant, vous voulez partir d'ici, oui ou non ?

— Oui.

Elle sortit à sa suite. Ce qui l'attendait ne pouvait pas être aussi menaçant, aussi dangereux que de rester ici avec le Russe à la main leste.

Quinze

— Il est en train de la déplacer, annonça soudain Gwenna assise à l'arrière de la voiture. Il se demande où l'emmener.

Jean-Baptiste regrettait déjà d'avoir décidé d'y aller en voiture. Comme presque tous les soirs à Las Vegas, il y avait des embouteillages et ils se traînaient alors qu'il n'y avait que trois malheureux kilomètres à faire.

— Je descends, décida-t-il.

En courant, il y serait déjà. Il serra le frein à main et ouvrit sa portière.

— Je viens avec toi, dit Carrick. Mais tu devrais laisser l'épée. Prends plutôt un couteau, à la place.

Il lui lança un couteau de chasse qui paraissait redoutable.

— Non, toi, prends le couteau. Je garde l'épée. Qui peut le plus peut le moins.

De toute façon, on était en décembre et il avait mis un manteau d'hiver qui lui permettait de la dissimuler facilement.

Et puis il préférait l'élégance classique et lisse de cette arme à la brutalité vulgaire du couteau.

— Et si personne ne prenait d'arme? suggéra Gwenna en sortant à la suite d'Alexia. On ne peut pas discuter de tout cela calmement avec Roberto? Laissez-moi lui parler.

— Non! Pas question que tu lui dises un mot, contra Ethan en pointant le doigt vers elle.

Jean-Baptiste n'avait pas le temps de discuter avec eux. Il abandonna sa voiture, ce qui lui valut force coups de Klaxon et invectives des autres conducteurs, et partit en courant sur le Strip en slalomant entre les petits groupes de jeunes femmes qui gloussaient, les couples ivres qui s'embrassaient à pleine bouche, les hommes qui essayaient de lui donner des tracts pour des spectacles grivois.

Il avait tout raté. Tout. À force de trop s'isoler, il en avait oublié de suivre les faits et gestes de ceux qui détenaient le pouvoir ou y aspiraient. Il s'était laissé trop absorber par son travail sans plus s'intéresser au climat de la Nation. Maintenant, c'était Brittany qui faisait les frais de sa distraction. Brittany et son enfant.

Brittany? appela-t-il alors qu'il ressentait un profond désespoir.

Le Bellagio était une énorme bâtisse qui comportait des milliers de chambres. Comment la retrouver?

Il ne percevait aucune réponse. Mais, soudain, il se rendit compte qu'Ethan courait à côté de lui.

— Je l'entends, Corbin. Elle a l'air d'avoir peur, mais elle est calme. Et elle m'a répondu. Il l'emmène sur le toit.

— Pourquoi te répond-elle, à toi, et pas à moi?

Jean-Baptiste en était bêtement effondré. Ce n'était pourtant pas le moment de se laisser aller à ce genre de faiblesse. Mais, s'il était soulagé de savoir où Brittany allait, il aurait voulu savoir que c'était lui qu'elle appelait. Lui dont elle avait besoin. Pas son beau-frère.

En courant toujours, ils passèrent devant la fontaine du Bellagio.

— Je ne sais pas, dit Ethan. Qu'est-ce que ça peut faire ?

Il devrait s'en moquer, certes, mais il n'y parvenait pas.

— Tu as raison. C'est bien. On ne va pas avoir de mal à la trouver, sur le toit.

En jetant un coup d'œil derrière lui, il s'aperçut qu'Alexia les talonnait sans effort. En revanche, Gwenna était invisible.

— Où est ta sœur ?

Ethan lâcha un juron.

— Aucune idée. Espérons qu'elle n'a pas réussi à nous suivre.

En cinq minutes, ils furent devant les ascenseurs.

— On descend à l'étage en dessous des suites de luxe, indiqua Ethan. On finira de monter à pied.

En attaquant les dernières marches avant le toit, sous le panneau lumineux SORTIE DE SECOURS, il sentit une présence de vampire. Brittany et Donatelli devaient être juste devant eux. Il entrouvrit discrètement la porte de service et découvrit effectivement Brittany, les mains attachées devant elle, ses cheveux courts hérissés par le vent, son haut en Stretch moulant son ventre arrondi.

Il ferma les yeux le temps de ravaler sa fureur et sa culpabilité. Il fallait que tout cela se termine bien. Quand il fut maître de lui, il poussa le battant d'un geste décidé.

— Écarte-toi de ma femme, Donatelli.

Brittany se retourna, le visage empreint d'un profond soulagement.

— *Jean-Baptiste*.

Donatelli ne sembla pas surpris. Il resta nonchalant, indifférent.

— Pour une fois, nous sommes du même côté, Corbin, souligna-t-il. Mais nous n'avons pas le temps d'en discuter. Il faut l'emmener loin d'ici.

Brittany frissonnait, claquait des dents. Il n'avait envie que d'une chose : la prendre dans ses bras pour la réconforter. Au lieu de cela, il tira son épée, ôta son manteau et le lui posa sur les épaules.

— Tout va bien, *ma chérie*, lui murmura-t-il en l'éloignant de Donatelli qui ne fit rien pour l'en empêcher.

Elle tourna la tête et le regarda par-dessus son épaule.

— Je t'aime, articula-t-elle silencieusement comme s'il fallait absolument qu'elle le lui dise tout de suite, de crainte que l'occasion ne se représente jamais.

Cela faillit le perdre. Mais il se hâta de se détourner d'elle pour ne pas perdre Donatelli de vue. L'Italien semblait médusé.

— Je comprends, maintenant, fit-il. Il n'y a pas de dette, n'est-ce pas, Brittany ? Vous n'êtes pas une mère porteuse. Le Français et vous êtes amants. C'est très, très malin, ajouta-t-il en lui souriant. Je suis impressionné. J'avais bien remarqué son odeur sur vous, mais je pensais que c'était parce que vous portiez son enfant.

Jean-Baptiste ne comprenait rien à ce que racontait Donatelli, mais cela n'avait pas grande importance. Ce qu'il voulait, c'était ramener Brittany chez lui, à l'abri. Avec lui.

— Je ne sais pas ce que tu avais prévu, Donatelli, mais c'est fini. Elle part avec moi et tu n'auras plus de contact avec elle.

— Non, en fait, c'est avec moi qu'elle part, intervint Chechikov qui se tenait dans l'encadrement de la porte, tenant fermement Gwenna contre lui, sa tête coincée sous son aisselle.

Alors, Donatelli perdit toute sa froide insouciance.

— Gwenna ! Merde, Gregor, lâche-la.

— Tu m'as trahi, contra le Russe. Tu allais emmener la fille et la garder pour toi. Je suis très en colère. Rends-la-moi et je te rends celle-ci.

Donatelli serra les poings. Soudain, la sueur se mit à perler sur son front. Il regarda Gwenna. Jean-Baptiste retint son souffle. L'épée à la main, il était prêt à passer à l'attaque si jamais Donatelli faisait mine de livrer Brittany. Mais ce dernier secoua la tête.

— Je ne peux pas faire ça.

— Dans ce cas, je vais tuer Gwenna, déclara Gregor d'un ton menaçant en levant l'épée qu'il tenait à la main.

— Non !

L'Italien s'approcha d'eux en même temps que Carrick, mais Gwenna les surprit tous en saisissant l'épée et en la tirant vers son cou.

— Ne négocie pas pour moi, Roberto : ça n'en vaut pas la peine. Je n'ai pas peur de mourir. Il y a même bien longtemps que je souhaiterais être morte.

Elle essaya de lever la tête vers Gregor et de rapprocher la lame de sa gorge.

— Allez-y, lui enjoignit-elle, tuez-moi. Ne vous gênez pas.

La tension qui émanait d'eux tous était palpable. Impressionné par le courage de Gwenna, Jean-Baptiste ne laissait pourtant pas de s'inquiéter de la lueur dans son regard. Elle avait l'air on ne peut plus sérieux. Gregor dut s'en rendre compte, lui aussi.

Et quand elle ajouta :

— J'aime mieux me trancher la tête moi-même que vous voir toucher un cheveu de Brittany, il recula et la lâcha, comprenant que sa monnaie d'échange ne valait plus rien.

— Donne-moi la fille, Donatelli.

— Non, répondit ce dernier en se plaçant devant Brittany et en passant un bras derrière lui pour lui faire signe de reculer.

Jean-Baptiste s'attendait à ce que Gregor se rue sur Donatelli ou s'empare à nouveau de Gwenna. Au lieu de cela, il tira son épée et l'enfonça dans la poitrine de l'Italien avec tant de force que le sang gicla partout, aveuglant Jean-Baptiste. Donatelli fut projeté en arrière contre Brittany qui se mit à hurler.

Tout en s'essuyant le visage, Jean-Baptiste se jeta devant eux en comptant sur Ethan et Alexia pour faire descendre Brittany du toit. Il n'était peut-être pas très sage de passer à l'offensive avec Gregor, mais il pressentait que la volonté de ce dernier de mettre la main sur l'enfant était plus grande encore que sa colère contre Donatelli. Il l'enjamberait sans hésiter pour s'emparer d'elle.

Il n'était pas question que Jean-Baptiste le laisse faire. Alors il leva son épée et attaqua.

Brittany savait qu'elle devrait arrêter de crier, mais c'était comme si elle n'arrivait plus à baisser le volume. Il y avait du sang partout, épais, visqueux, avec son odeur douceâtre. Quand Donatelli l'avait percutée, elle était tombée sur les fesses. Maintenant, il gisait sur le toit, la poitrine ouverte. Prise d'un haut-le-cœur, elle se mit à respirer à petits coups saccadés pour ne pas vomir la bile qui ne cessait de lui remonter dans la gorge.

Mais c'était un vampire. Il allait guérir. Et il avait empêché Gregor de la frapper avec son épée. Car elle était sûre que c'était elle, la cible du monstre. Qu'il avait prévu de la tuer et d'emporter son corps dans la mêlée, plus facile à traîner qu'une femme bien vivante qui criait et se débattait.

Alexia voulut l'éloigner de son père, mais il ne lui sembla pas correct de l'abandonner ainsi. Alors elle lutta contre sa sœur. Sauf qu'elle n'avait aucune chance contre sa force de vampire et qu'Alexia continua de la tirer malgré ses protestations. C'est seulement quand elle fut à près de deux mètres de Donatelli et qu'elle cessa de se débattre assez longtemps pour lever les yeux qu'elle se rendit compte que Jean-Baptiste était engagé dans un combat contre Gregor.

— Jean-Baptiste ! Mon Dieu ! cria-t-elle en tentant à nouveau d'échapper à Alexia avant de se tourner vers Ethan pour lui demander son aide. Arrête-le ! Il n'est...

... pas de taille contre Gregor, voilà ce qu'elle pensait. Jean-Baptiste avait mille qualités. Il était gentil, mignon, intelligent et fantastique au lit, mais elle ne le croyait pas capable de tenir tête à un Russe deux fois plus gros que lui.

Mais les mots moururent sur ses lèvres quand elle découvrit que Jean-Baptiste était au contraire tout à fait de taille contre Gregor. Nom d'un chien, c'était même un as de l'épée ! On aurait dit un mousquetaire français dans un film de cape et d'épée. Il virevoltait et sa lame piquait et claquait tour à tour. Tous ses mouvements étaient empreints d'agilité et d'aisance. Il était... il était... assez canon. Vraiment canon. Eh ! elle délirait ou quoi ? Il était surtout en danger de mort, même s'il semblait plutôt bien se défendre.

Il fallait que quelqu'un vienne à son secours parce que, s'il lui arrivait quelque chose, elle ne s'en remettrait pas. Évidemment, il guérirait puisque c'était un vampire. Mais si Gregor lui tranchait la tête ? Même un vampire pouvait mourir si quelqu'un voulait vraiment le tuer. Elle tressaillit en voyant Jean-Baptiste reculer sous l'effet d'un coup particulièrement violent.

— Oh, Alex… Fais quelque chose.

— Il se débrouille très bien, répondit sa sœur. Il contrôle parfaitement la situation.

— Mais on ne devrait pas… on ne pourrait pas…

Tirer une roquette sur Gregor ? Le jeter du toit ? Oh, oui. Quelle bonne idée.

Alex lui frotta doucement les bras.

— Non, ma chérie, assura-t-elle. C'est le combat de Jean-Baptiste. Les hommes n'aiment pas que l'on vienne à leur secours. Tiens, même moi je n'aime pas cela. Allez, viens. Partons.

Partir ? Sa sœur avait perdu la tête ?

— Je ne m'en irai pas avant d'être sûre qu'il est sain et sauf.

— Tu ne vas faire que le distraire. Il veut te savoir à l'abri.

Zut. Elle savait qu'Alex avait raison, mais elle ne pouvait se résoudre à partir. Gregor était si fort et Jean-Baptiste… était en train de lui casser la figure. Le Russe suait et soufflait comme un bœuf alors que Jean-Baptiste semblait parfaitement frais. Il tenait son épée légèrement; pourtant, à chaque fois que Gregor chargeait, il était prêt à parer le coup et à riposter. À force d'être touchée, la poitrine de Chechikov était maculée de rouge.

— Le bébé, Brittany. Pense au bébé.

Au même moment, elle vit Jean-Baptiste lui jeter un coup d'œil.

— Brittany ! s'écria-t-il, horrifié. Fiche le camp !

Aïe. C'était vrai qu'elle le distrayait.

— D'accord ! répondit-elle en se dirigeant vers l'escalier. Mais Donatelli ?

Le laisser en plan alors qu'il avait essayé de l'aider à s'échapper, cela ne se faisait vraiment pas.

— Gwenna s'occupe de lui. Ethan et elle vont le sortir d'ici.

En fait, Donatelli s'était déjà relevé et marchait seul. Et Gwenna et lui se disputaient.

— Qu'est-ce qui t'a pris ? lui demandait-il. Tu es folle d'avoir pris cette épée ? J'ai bien failli avoir une crise cardiaque.

— Tu ne peux pas avoir de crise cardiaque, contra-t-elle sèchement en le soutenant d'un bras passé autour de sa taille. Et tu devrais avoir honte d'avoir enlevé une femme enceinte.

— Je n'avais pas l'intention de lui faire de mal. Voilà ce qui arrive quand tu n'es pas là pour me servir de conscience.

Gwenna se hérissa.

— Figure-toi que c'était épuisant, vu tous tes méfaits, alors j'ai rendu mon tablier. On appelle cela un divorce. Et tu n'as pas changé d'un iota, en deux cents ans.

Ils avançaient lentement vers la porte.

Brittany échangea un regard avec Alexia. Gwenna avait un peu plus de cran qu'elle ne croyait. Quant à Ethan, il avait l'air au bord de l'apoplexie.

— Tu peux avancer un peu plus vite ? la pria-t-il. Ce ne serait pas mal de faire sortir Brittany avant que Gregor jette son épée et nous charge. Nous ferions peut-être aussi bien de laisser Donatelli ici.

— Il ne faut pas que je sois un fardeau pour vous, observa froidement Donatelli en lâchant Gwenna et en s'écartant d'un air à la fois amer et obstiné.

— Oh, pour l'amour de Dieu ! s'énerva Gwenna en tirant sur sa chemise, dépêche-toi de descendre. Ethan, arrête ton numéro sinon je vais être tentée de te frotter les oreilles. Tu n'as absolument aucune raison de mépriser Roberto comme tu le fais.

Donatelli et Ethan eurent l'air aussi surpris l'un que l'autre mais Ethan ne tarda pas à répliquer :

— Tu perds la tête, ou quoi ? Il me pourrit la vie depuis neuf siècles. Il a cassé le poignet d'Alexia. Il a même engagé un assassin pour me tuer à l'automne dernier !

Donatelli s'étrangla de rire. Il descendait l'escalier en boitillant et en se tenant les côtes à travers sa chemise ensanglantée.

— Je savais qu'il n'y arriverait pas. C'était une simple manœuvre politique. N'y vois rien de personnel, Carrick.

Gwenna les foudroya du regard.

— Et vous vous demandez pourquoi j'ai décidé de me cacher sous une pile de cailloux à York, tous les deux ? C'est pour ne plus vous voir !

Alexia se tourna vers Brittany, l'air médusé.

— Il vient de se passer un truc trop bizarre, lui confia-t-elle. Ils viennent de se livrer à une espèce d'épreuve de force mentale et je crois bien que c'est Gwenna qui a gagné.

Mais Brittany l'écoutait à peine. Au moment de passer la porte, elle jeta un regard en arrière à Jean-Baptiste. Gregor et lui se tournaient autour. Un sourire carnassier aux lèvres, il se déplaçait vers la gauche sans quitter des yeux son adversaire, en faisant tourner son épée dans sa main.

Non. Elle ne pouvait pas s'en aller.

Cédant à une impulsion féminine, elle remonta sur le toit en courant et claqua la porte derrière elle.

— Après tout ce que j'ai fait pour toi, c'est comme ça que tu me remercies ? disait à Jean-Baptiste un Gregor haletant et ralenti.

— Si je m'étais douté que tu voulais te servir de mes travaux pour faire du clonage, je n'aurais jamais accepté ton argent.

Jean-Baptiste aurait dû se douter qu'aucun homme, même très riche, ne crachait des centaines de milliers de dollars sans avoir rien à y gagner. Cependant, avec sa vie de reclus, sa complète indifférence et sa façon quelque peu excentrique de distribuer des fonds au hasard, Chechikov était parvenu à lui faire croire le contraire.

— Et si je me bats contre toi, c'est parce que tu as enlevé Brittany et mon enfant.

— En tant que chercheur, tu es mieux placé que personne pour comprendre ce que ce bébé peut apporter. Tu ne pourras pas le cacher éternellement, tu sais. Je vais gagner l'élection et, ensuite, je trouverai ton enfant. Tu serais bien mieux avisé de travailler en collaboration avec moi. Je te promets de ne faire aucun mal au petit si tu poursuis tes recherches pour moi. À nous deux, nous dominerons la Nation.

Jean-Baptiste secoua la tête.

— C'est ton rêve; pas le mien. Et mes recherches n'existent plus. J'ai détruit toutes les données cet après-midi. Je suis le seul vampire à comprendre notre empreinte génétique. J'étais le seul à pouvoir favoriser et le retour à la mortalité et l'explosion de la population, mais c'est fini. Tout a disparu.

Ce n'était pas la stricte vérité, mais il allait garder cela pour lui.

Ces mots déclenchèrent la rage de Gregor.

— Espèce d'abruti de Français ! Je vais te tuer, prendre ton enfant et entreprendre ces recherches sans tes grotesques petits cas de conscience.

Quand il chargea, Jean-Baptiste était prêt. Gregor était certes plus fort que lui, mais il avait pour avantage son agilité et sa technique. Lorsque le Russe fondit sur lui, Jean-Baptiste écarta les jambes, tendit son épée et, de toutes ses forces, enfonça la lame dans la gorge et le cou de Gregor en s'arc-boutant pour la faire pénétrer plus profondément. Gregor tituba. Le sang giclait partout. Il porta les deux mains à son cou et, au prix d'un effort énorme, parvint à repousser et Jean-Baptiste et l'épée. Mais il y mit tant de force que, quand la lame céda, il fut projeté en arrière, trébucha et bascula du toit de l'immeuble dans un rugissement de fureur.

Jean-Baptiste lâcha son épée et s'approcha du bord pour regarder en bas. Chechikov tombait à toute vitesse. Avec un bruit sourd, il s'écrasa sur un semi-remorque en train de livrer les cuisines de l'hôtel. Avec un peu de chance, Jean-Baptiste avait réussi à enfoncer la lame suffisamment pour entraîner la mort ou pour qu'il se vide de son sang sur le camion avant de guérir.

Il ne résista pas à la tentation de cracher dans le vide pour témoigner son mépris pour Chechikov.

— Ordure, jeta-t-il pour faire bonne mesure.

— Jean-Baptiste, ça va ?

Il se retourna et découvrit Brittany qui courait vers lui à toutes jambes en soutenant son ventre.

— Qu'est-ce que tu fais encore là ? demanda-t-il, horrifié. Tu étais censée partir avec Carrick !

— Je n'ai pas pu m'en aller avant d'être certaine que tu allais bien.

Vexé, il se baissa pour ramasser son épée.

— Tu n'avais pas confiance en moi ? Tu ne me croyais pas de taille à battre le Russe ? Je ne suis pas assez viril, peut-être ?

— Oh, là, là, détends-toi. Ce n'est pas du tout ce que je veux dire. Je n'ai aucun doute sur ta virilité. J'étais inquiète, c'est tout.

— Tu aurais dû t'inquiéter un peu moins pour moi et un peu plus pour notre enfant.

Il était consterné qu'elle soit restée là alors qu'elle aurait dû se mettre à l'abri.

Sans répondre, elle regarda par-dessus le bord du toit.

— Il fait trop sombre pour voir quoi que ce soit, observa-t-elle. Il est mort ?

— Avec un peu de chance.

Elle lui faisait peur, à se pencher comme cela. Il la saisit par le bras et la fit reculer.

— C'est possible, ajouta-t-il, et, si tu rentres avec ta sœur, je pourrai peut-être aller m'en assurer.

Elle resta un instant bouche bée.

— Pourquoi ai-je l'impression que nous sommes en train de nous disputer ? finit-elle par dire.

— Je ne crois pas que ce soit le cas, répliqua-t-il avec raideur.

Il se rendait compte que son attitude n'était pas très adulte. Mais il avait passé la soirée à avoir peur pour elle et voilà qu'il comprenait qu'elle s'était délibérément mise en danger, ainsi que leur bébé, parce qu'elle ne le croyait pas capable de survivre à un duel contre Gregor. Cette blessure à son orgueil en plus du profond soulagement qu'elle soit saine et sauve, cela faisait beaucoup pour ses nerfs à vif.

— Très bien. Puisque nous ne nous disputons pas, tu ne diras rien quand je t'annoncerai que je vais à l'Ava manger un morceau et dormir une bonne douzaine d'heures dans l'appartement d'Alexia. Si jamais tu veux me parler, tu pourras le faire demain matin.

Sur quoi elle lui jeta son manteau et tourna les talons.

— Ah, au fait, lança-t-elle par-dessus son épaule. J'ai dit à Donatelli que c'était mon père pour qu'il me protège contre Gregor. Ça a marché, mais, maintenant, je n'ai aucune idée de ce qu'il va faire de cette information.

Génial. Oui, vraiment génial. Fantastique.

Il se servit de son manteau pour essuyer le sang sur son épée et descendit à la suite de Brittany les trois étages jusqu'aux ascenseurs. Il avait l'impression d'être un sale gosse.

Les bras croisés sur le ventre, elle fixait les chiffres qui défilaient en poussant de petits soupirs d'impatience.

Ce silence entre eux fut brusquement insupportable à Jean-Baptiste.

— Brittany, dit-il en l'enlaçant sans même poser son manteau et son épée. J'ai eu tellement peur qu'il te fasse du mal... Je suis tellement heureux que tu ailles bien...

Il se laissa aller contre elle et s'imprégna du parfum de son corps, de ses cheveux avant de lui déposer un baiser sur la tempe. La tenir ainsi le calmait. Il ferma les yeux et la serra plus étroitement.

— Je t'aime, dit-il. Je suis stupéfait de découvrir combien je t'aime.

— Moi aussi, je t'aime, murmura-t-elle en lui caressant les bras du bout des doigts.

— Je ne sais pas ce que je ferais s'il t'arrivait quelque chose.

— Il ne m'est rien arrivé, fit-elle valoir.

— Je sais. Et, moi vivant, il ne t'arrivera rien.

La sonnette de l'ascenseur tinta. Ils étaient au rez-de-chaussée.

— Maintenant, trouvons ta sœur pour que tu puisses rentrer te reposer. Il faut que j'aille voir ce qu'il en est de Chechikov.

Elle se retourna en fronçant les sourcils.

— Ne fais pas d'idiotie, dit-elle.

— Quelle idiotie? De quoi tu parles? Je vais voir s'il est mort, c'est tout.

Il cacha son épée sous son manteau pour sortir de l'ascenseur, conscient que l'équipe de sécurité du Bellagio allait trouver fascinantes les images d'une femme enceinte à côté d'une épée suspendue dans l'air.

— Ne le provoque pas, lui enjoignit-elle. Tu as gagné, restes-en là. Il n'y a pas de raison de déclencher une nouvelle bagarre.

Et voilà qu'elle recommençait à insinuer qu'il ne pouvait pas le battre. Il essaya pourtant de ne pas s'énerver.

— Rentre avec Alexia et va dormir. Je m'occupe de Chechikov.

— Ah, les hommes…, fit-elle en secouant la tête avec un petit sourire.

Il planta un baiser sur le front de Brittany et lui posa la main sur le ventre.

— Ah, les femmes…, répondit-il sur le même ton.

Au même moment, il avisa sa sœur qui faisait les cent pas d'un air inquiet devant un canapé du hall.

— Voilà Alexia, ajouta-t-il. Vas-y.

— D'accord, fit-elle avec un petit signe de main et une dernière mise en garde. Sois prudent.

— Oui, oui.

Jean-Baptiste traversa le casino et sortit par la porte de derrière réservée au personnel. Il lui fallut plusieurs minutes pour trouver l'aire de déchargement et le camion sur lequel était tombé Chechikov. Heureusement, il n'y avait pas beaucoup d'activité la nuit dans ce secteur. Le camion, toujours stationné, ne serait sans doute déchargé que par l'équipe du matin. Jean-Baptiste remit son manteau et sauta sur le toit. Dès qu'il vit Chechikov, qui gisait devant lui, il comprit qu'il était vivant. En approchant, il perçut les battements de son cœur et le chuintement de son souffle.

La plaie qu'il avait au cou était en train de cicatriser, mais la douleur lui voilait les yeux et il avait le bras plié à un angle improbable. Jean-Baptiste ne voulait pas l'achever car il se doutait que cela passerait mal devant un tribunal. Et il ne savait pas non plus comment Brittany le prendrait. En revanche, il savait aussi combien il serait dangereux de le laisser guérir. Rien ne l'empêcherait, plus tard, d'enlever Brittany et le bébé.

— Corbin, dit-il en faisant un effort pour s'asseoir.

— Chechikov. Je vois que ta chute maladroite ne va te laisser aucune séquelle définitive, observa-t-il sans une once de pitié.

Gregor renonça à se redresser et se laissa retomber sur le dos.

— Va te faire pendre ! Allez, laisse-moi guérir tranquille. Tu ne me tueras pas, je le sais. Tu es une chiffe molle. Comme Carrick. Et même Donatelli.

Gregor ferma un instant les yeux puis les rouvrit pour les plonger dans ceux de Jean-Baptiste.

— Et quand tu m'auras oublié, quand tu vivras ta merveilleuse petite vie de m'as-tu-vu avec ta jolie mortelle, je viendrai la prendre. Quand j'en aurai fini avec elle, quand je l'aurai violée encore et encore, quand je lui aurai pris son sang et brisé les os, quand je l'aurai soumise, quand elle sera à genoux devant moi avec ma queue dans la bouche, elle voudra mourir. Mais je ne la tuerai pas. Non, je continuerai à jouer avec elle, à la tourmenter. Et puis je lui laisserai un couteau, ou peut-être un revolver, pour qu'elle se tue plutôt que d'avoir à subir une seule minute de plus ce que je lui ferai endurer. Et, pendant ce temps-là, elle ne cessera de se demander où est son amant, pourquoi il ne vient pas la sauver. « Jean-Baptiste, Jean-Baptiste », ironisa-t-il d'une voix aiguë. Mais tu ne la retrouveras pas, ajouta-t-il avec un rire mauvais. Pas avant que la pourriture ait envahi son corps et que les vautours lui aient mangé les yeux.

Jean-Baptiste aurait voulu tuer Gregor, le décapiter d'un coup d'épée. Il pouvait le faire et le Russe ne serait pas en mesure de se défendre. Mais c'était encore trop doux pour ce fumier. Alors il s'assit à côté de lui, calmement, froidement et l'écouta cracher ses menaces d'une voix sifflantes. Sans rien dire, il gardait les yeux rivés au Bellagio, au labyrinthe des bennes à ordures et des parkings du personnel, à la réalité qui rendait possible l'illusion du casino, et il attendit.

Quand il vit que le cou de Chechikov avait suffisamment cicatrisé et que le Russe commençait de remuer pour vérifier que ses os brisés s'étaient réparés, il sortit de sa poche le kit d'injection dont il ne se séparait jamais. Celui qui contenait son triomphe. Son vaccin. Il monta l'aiguille sur la seringue et la plongea dans le flacon pour aspirer le précieux liquide.

Entre deux quintes de toux, Gregor parvint à grommeler :

— Qu'est-ce que tu fabriques, connard de Français ?

Jean-Baptiste se tourna vers Gregor et lui remonta sa manche d'un coup sec. Une belle grosse veine s'offrait à lui à la pliure de son coude. Parfait. C'était vraiment la meilleure solution pour protéger Brittany et le bébé.

Alors il piqua Gregor avec l'aiguille et lui injecta le vaccin qui allait supprimer le virus du vampirisme et refaire de lui un simple mortel.

— Je te souhaite une très bonne, très longue convalescence, Gregor, dit-il en rangeant la seringue dans sa boîte de transport. Et ne t'avise pas de t'approcher de ma femme.

Sur quoi il s'éloigna, accompagné par les hurlements de douleur de Gregor.

Seize

Rick ne se rappelait que vaguement être entré dans l'Ava, l'hôtel de Carrick. Il avait ramené la fille au Bellagio, mais, ensuite, tout était flou. Il avait dû dormir, sans doute. Et il s'était réveillé avec une sérieuse érection, écrasé par une enclume de culpabilité.

Alors il avait dû décider de chercher Kelsey. Ne la trouvant pas au Hilton – elle avait même payé la note et quitté l'hôtel –, il lui avait paru logique d'aller voir à l'Ava. Mais il s'était laissé distraire par les tables de black-jack et sa paie qu'il avait dans la poche.

Cela dit, il ne fut pas surpris de voir sa femme s'asseoir à côté de lui, les lèvres réduites à une ligne tendue par la colère. Elle avait toujours eu le don d'apparaître sans prévenir.

— Salut, poupée, fit-il en souriant.

Elle était vraiment jolie, sa femme, avec ses cheveux brillants et son teint parfait.

— Je te cherchais, ajouta-t-il.

— Oui, manifestement. Et tu te donnais beaucoup de mal.

Un sarcasme ? Ce n'était pas le genre de Kelsey d'employer ce ton avec lui. Et il n'aimait pas son air renfrogné. En souriant à nouveau, il lui donna un petit coup de genou.

— C'est ici qu'on s'est rencontré, la première fois, rappela-t-il en faisant un si grand geste qu'il heurta la femme assise à sa droite. Pardon. C'est romantique, non ? reprit-il à l'adresse de Kelsey.

— Tu as pris quoi ?

Six verres. Sept, peut-être. Il ne savait plus trop. Et il ne valait mieux pas la contrarier quand lui se sentait d'humeur affectueuse. Câline. Prêt à faire la paix.

— Pas grand-chose. Et je te jure que c'était un accident.

En soupirant, elle jeta un coup d'œil à la table.

— J'ai une chambre, en haut. Tu viens te coucher ?

Oh, oui…

— Carte, dit-il au croupier.

Il obtempéra.

— C'est terminé, dit-il. La maison gagne.

Rick le salua.

— Bonne soirée, dit-il en reprenant sa cigarette dans le cendrier et en souriant à Kelsey. Je te suis, poupée.

Elle se dirigea vers l'ascenseur sans dire un mot. Son silence le mettait mal à l'aise. Ce n'était pas le genre de Kelsey de se taire.

— Bon, d'accord, j'ai merdé, reconnut-il. C'est ce que tu veux que je dise ? Je suis désolé. Vraiment, vraiment désolé.

Tandis qu'ils attendaient, il passa un bras autour d'elle et l'embrassa sur la tête.

— Sois gentille, Kels.

Il adorait les jeux de lumière qu'il voyait quand il planait. Là, il aurait juré qu'il y avait une auréole autour de la tête de

Kelsey. Oui, une auréole. Il voulut la lécher, mais il n'y avait rien.

— Qu'est-ce que tu fabriques ? protesta-t-elle en lui donnant une tape.

Il se mit à rire. Il se sentait bien, si bien... Il ne comprenait même pas pourquoi.

— Je t'aime, tu sais, dit-il. Tu me rends dingue, mais, merde, je t'aime. Toi et moi, on est tellement détraqués qu'on dirait qu'on est faits l'un pour l'autre.

— Je suis d'accord, concéda-t-elle avec un petit sourire.

Cela le fit rire de plus belle, tout fort. Quand la porte s'ouvrit, il la poussa doucement en avant.

— Notre chambre est à quel éta...

Il se tut d'un coup et cessa de rire. Dans la glace au fond de l'ascenseur, il ne voyait ni Kelsey ni lui. Rien que la plante verte sur la console derrière eux et son frère Kyle.

— Putain, merde, fit-il en se retournant.

Mais il n'y avait personne. Quand il regarda de nouveau dans la glace, Kyle le fixait toujours sans sourire. La porte le heurta en se refermant.

— Quoi ? demanda Kelsey.

Rick secoua la tête et avança dans la cabine.

— Merde, répéta-t-il en clignant des yeux. Mauvais trip.

Oui, c'était cela. Un mauvais trip. Rien de plus.

En se réveillant, Brittany remarqua aussitôt deux choses. Elle avait dormi quatorze heures, puisque l'horloge de la chambre d'amis de sa sœur indiquait qu'il était 2 heures de l'après-midi, et Jean-Baptiste était assis dans un grand fauteuil anthracite à côté du lit; il la regardait.

— *Bonjour*, dit-il en français. Comment te sens-tu ?

— Raide. Et j'ai soif, répondit-elle en lui souriant et en étirant les bras au-dessus de la tête. À part ça, ça va. Et toi ? Je vois que tu es toujours en un morceau. Tant mieux.

— Oui, pas une égratignure, confirma-t-il en écartant les cheveux du visage de Brittany d'une caresse. Il faut qu'on parle.

Voilà qui ne présageait rien de bon.

— D'accord.

Elle s'assit, adossée contre les oreillers, et rajusta les bretelles de son débardeur. Jean-Baptiste avait l'air à la fois sérieux et épuisé. Il n'avait pas encore dû se coucher.

— Gregor n'est plus dangereux.

— Il est mort ?

Brittany ne savait pas trop ce que cela lui inspirait. Sans doute devrait-elle avoir pitié d'un homme qui était tombé aussi bas moralement. Cependant, elle avait bien du mal à éprouver la moindre compassion pour lui.

— Non. Il n'est pas mort, mais son cas est réglé, corrigea-t-il en venant s'asseoir sur les draps gris tourterelle à côté d'elle. Tu n'as plus à avoir peur de lui.

Eh bien, voilà qui l'éclairait… S'il croyait qu'elle allait en rester là, il avait sans doute oublié à quel siècle ils vivaient. Elle n'était pas une fragile petite jeune fille incapable de supporter la vérité. Mais, avant qu'elle ait pu insister, il poursuivit.

— Quant à Donatelli, pour sauver sa peau, et pour vous protéger, lui et toi, de Gregor, il va faire campagne aux côtés de ton beau-frère. Par ailleurs, il sait qu'il ne doit avoir aucun contact ni avec toi ni avec le bébé.

— Quoi ?

Certes, Brittany n'était pas très au fait des arcanes de la politique vampire, mais elle avait été forcée d'en apprendre suffisamment pour savoir que Donatelli était l'ancien adversaire d'Ethan et qu'il militait pour l'accroissement de la population auquel Ethan était très défavorable.

— Pourquoi a-t-il changé de camp ? Et pourquoi Ethan l'a-t-il accepté ?

— Parce que Gregor se présente toujours contre Carrick et qu'il jouit d'un statut de véritable célébrité au sein de la Nation. Soutenu par Donatelli, il avait des chances de l'emporter. En revanche, si Donatelli passe de l'autre côté, avec son ancien ennemi juré, tout le monde va se mettre à se méfier de Chechikov. Par ailleurs, ensemble, Carrick et Donatelli peuvent faire une belle démonstration d'unité. Et tout le monde – les Impurs, les anciens, les conservateurs – sera content.

Tout le monde, sauf elle. Elle était plus troublée que contente. Mais ce n'était pas son domaine, et c'était une bataille politique qui ne la concernait pas. Si Jean-Baptiste et Ethan jugeaient que c'était ce qu'il fallait faire, elle était bien forcée de leur faire confiance. Sa seule préoccupation, c'était son enfant.

— Donc, puisque Donatelli sait tout, il n'y a plus vraiment de raison que je me cache, si ?

Jean-Baptiste secoua la tête. Son regard vert s'était troublé.

— Non, je ne vois pas vraiment d'intérêt à ce que tu te coupes de tes amis et de ta famille, qui t'aiment et pourront t'aider à élever le bébé.

Mais pas lui ? L'inquiétude fit battre le cœur de Brittany à coups redoublés. Jean-Baptiste n'avait pas l'air bien.

— Et nous, demanda-t-elle. Où cela nous mène-t-il ?

— C'est toujours dangereux, cette fois, je ne te le cacherai pas. Nous devrons rester prudents, vigilants en ce qui concerne le bébé. Je ne sais pas ce qu'il y a de mieux – vivre à Vegas où tes amis peuvent te protéger ou repartir de zéro ailleurs, là où personne ne fera attention à toi.

— Si ce n'est pas net, j'aime autant rester à Vegas. Dans un endroit où je ne connais personne, avec un bébé, je me sentirais seule.

Et, comme il n'indiquait pas s'il allait l'accompagner ou non, elle ne pouvait pas présumer qu'il l'aiderait.

— Je comprends. Et je veillerai sur toi, bien sûr. Je te défendrai si c'est nécessaire.

Il passa le doigt sur sa cuisse. C'était un drôle de geste, comme s'il avait envie de la toucher mais n'osait pas le faire vraiment.

— Après la naissance, suggéra-t-il en traçant un motif du bout de l'index sur son genou, je pourrais te transformer. Ainsi, nous pourrions être ensemble. Tous. Pour toujours.

— Jean-Baptiste !

Elle ne s'attendait pas à cela, sachant ce qu'il pensait de l'immortalité. Toutefois, sur le moment, c'était tentant. Une carotte agitée sous son nez. Pour l'éternité avec son enfant et l'homme de sa vie… Le bonheur. Sauf que la réalité ne tarda pas à reprendre le dessus. Ce qu'il proposait n'était pas bon, pas naturel. Vu sa tête, il le savait aussi. Ce n'était pas une façon d'élever un enfant.

— Tu sais que nous ne pouvons pas faire cela, même si rien ne me rendrait plus heureuse que d'être avec toi pour l'éternité, même si cela me fait mal de te dire non.

Elle posa la main sur la sienne. Elle avait besoin de le toucher pour adoucir et ce qu'elle disait et la souffrance qui lui tenaillait le cœur.

— Nous devons faire ce qui est le mieux pour le bébé, rappela-t-elle. À nous deux, toi immortel et moi mortelle, nous pourrons faire en sorte qu'il soit en sécurité la nuit et élevé normalement pendant la journée.

— Parce que tu trouves qu'être vampire, c'est anormal ? Tu estimes que nous ne ferons pas de bons parents si nous sommes immortels ? s'exclama-t-il d'un ton indigné.

Brittany ravala la boule qu'elle avait dans la gorge.

— Tu sais bien ce que je veux dire, plaida-t-elle. Tous les vampires que je connais ont été élevés par des parents mortels, le jour. Ils allaient à l'école, ils avaient des amis, ils étaient invités à des goûters d'anniversaire. Tu imagines, être élevé la nuit, dans un monde peuplé uniquement d'adultes qui ne mangent pas normalement et peuvent sauter des immeubles ? Pas d'autres enfants. Pas de copains. Pas de promenades au soleil dans le parc. Cela n'a rien à voir avec nous ni avec le genre de parents que nous pourrons être. Seulement, il me semble que nous n'avons pas le droit de forcer notre enfant à vivre cette vie-là, anormale, isolée.

Rien qu'à l'idée d'élever un enfant dans le noir, elle avait envie de pleurer. Certes, cela impliquait qu'elle devrait se séparer de Jean-Baptiste, au moins pendant la journée, mais elle était prête à faire ce sacrifice pour son bébé.

— Si tu es immortel et moi mortelle, notre enfant profitera du meilleur des deux mondes.

— Sauf qu'elle ne verra pas ses parents ensemble, fit-il valoir d'un air sombre. Nous ne pourrons pas lui donner cela.

Les larmes qui lui montèrent aux yeux brouillèrent son image devant elle.

— Jean-Baptiste… ne dis pas cela. Nous pourrons être ensemble. Nous *allons* être ensemble. Nous en avons déjà parlé.

Nous allons acheter une maison et vivre ensemble.

— Bien sûr, concéda-t-il. Mais ce ne sera que le pâle reflet d'une vie normale. Cela, je ne pourrai jamais te l'offrir.

— La norme est relative. C'est ce que l'on en fait. Nous passerons autant de temps ensemble que bien des couples. Il y a des gens qui décalent leurs horaires de travail pour ne pas avoir à payer de garde dans la journée, des femmes dont le mari voyage... Ce sera la même chose.

Il hocha la tête, mais son regard restait morne, vaincu, triste.

— Tu as raison, admit-il. Bien sûr. Ce sera la même chose.

Sans prévenir, il saisit le drap et l'arracha, la découvrant d'un coup.

— Je te veux, dit-il.

C'était fou, cette capacité des hommes à muer toutes leurs émotions en pulsions sexuelles. Cela dit, Brittany aussi avait besoin qu'il la touche. Elle voulait le sentir en elle et ne plus penser à rien qu'à la promesse d'un avenir commun.

— Pour quoi ? demanda-t-elle.

— Pour tout, répondit-il en l'embrassant durement, presque agressivement sur les lèvres. Pour toujours.

— Je suis toute à toi, assura-t-elle en nouant les bras autour de son cou et en l'attirant à elle.

Elle adorait son odeur, son parfum d'homme riche, élégant, sophistiqué, sûr de lui. Et elle aimait plus encore que son contrôle de soi et sa politesse disparaissent dès qu'il était au lit avec elle.

En deux secondes, il lui eut ôté son débardeur. Les seins de Brittany pointèrent d'impatience sous la caresse de l'air frais. Elle dut aussitôt lever les fesses du matelas quand il tira sur sa petite culotte pour la lui enlever à son tour.

Il avait la bouche brûlante, impatiente. Il plongea la langue loin en elle tout en déboutonnant son pantalon. Elle se laissa retomber sur le lit en se retenant à ses bras musclés. Il détacha la bouche d'elle le temps de demander :

— Tu es bien, sur le dos ?

Il promenait ses mains, ces mains qui avaient déjà vécu deux cents ans et qui maniaient si bien l'épée, sur le ventre de Brittany, sur leur enfant.

La position ne lui était pas inconfortable et elle aimait le voir se dresser au-dessus d'elle, contempler son visage, son expression au moment où il la pénétrait.

— Oui, ça va.

Il ne lui en fallut pas davantage. D'un coup, il se débarrassa de son pantalon et plongea en elle en la couvrant de son corps. Il la prit de toute la force de son désir, de son désespoir, de son amour et elle poussa un petit cri de plaisir, toute au bonheur de l'intimité de ce lien, leur enfant entre eux.

Avant qu'elle ait pu épouser son rythme ou orienter ses hanches pour mieux l'accueillir, il se retourna et l'attira sur lui, les mains sur ses seins dont il titillait doucement les pointes. Elle empoigna les draps et se pencha en avant pour bouger sur lui. Elle voulait qu'il sente, qu'il sache, qu'il voie ce qu'elle ressentait pour lui. Qu'il comprenne que cela allait marcher, parce qu'ils s'aimaient et qu'ils voulaient vivre ensemble.

Tandis qu'elle allait et venait, la pression sur son clitoris lui imposait le plus délicieux des supplices. La façon dont il la regardait, dont il ouvrait de grands yeux enfiévrés par la fierté, comme s'il la trouvait merveilleusement sexy la poussèrent plus loin, plus fort. Quand elle n'y tint plus, quand les émotions et la passion submergèrent son corps, elle jouit dans un cri en le regardant dans les yeux.

— Oh, ma beauté..., fit-il en lui caressant la joue.

Elle voulut s'allonger sur son torse en reprenant son souffle, encore tremblante, mais il la fit rouler sur le côté et lui passa la jambe sur les siennes pour l'ouvrir totalement à lui. Les seins de Brittany frôlaient sa poitrine nue et il l'embrassa tout en entrant en elle. Ils étaient joints du front aux pieds, enlacés, unis dans une intimité primitive et fondamentale, si extrême que Brittany en eut les larmes aux yeux. Bientôt, il enfonça les ongles dans ses cuisses nues et explosa à son tour.

— Je t'aime, *ma chérie*. Je t'aime. Pour moi, il n'y a que toi.

Brittany tint bon, si émue qu'elle se sentait près de basculer, elle ne savait pas dans quoi.

— Moi aussi, je t'aime, murmura-t-elle en fermant les yeux.

Ce serait toujours comme cela, Jean-Baptiste le savait. Brittany s'était levée après qu'ils avaient fait l'amour tandis que lui s'était endormi quelques heures. Maintenant, elle était à nouveau couchée dans le grand lit de la chambre d'amis de Carrick tandis que lui, Jean-Baptiste, tournait en rond, prêt pour la nuit.

Il n'y avait rien à faire. Et il devrait être heureux de ce qu'ils avaient déjà. Même si ce n'était pas parfait, ils étaient ensemble. Il allait avoir une sorte de famille. Pourtant, ce qu'il éprouvait n'était pas de la reconnaissance. C'était de la tristesse, une espèce d'amertume larvée et débilitante qui s'insinuait dans son cœur et lui donnait envie de tout casser.

Au lieu de jeter par terre le vase d'Alexia posé sur une table basse dans le couloir, il se rendit dans le salon où Ethan travaillait sur son ordinateur portable. Il ôta sa montre, cette montre qui n'avait pas quitté son poignet depuis quarante ans, et la jeta sur le bureau devant Carrick.

— Je te la rends, déclara-t-il. Je considère que je suis arrivé au bout de ma peine, que j'ai payé ma dette à la Nation.

Ethan le regarda.

— Tu ne peux pas faire cela, lui rappela-t-il. Ce n'est pas à toi de décider si tu as purgé ta peine. C'est à moi, et au tribunal.

— J'ai injecté mon vaccin à Gregor, lui apprit Jean-Baptiste. Il va redevenir mortel, qu'il en ait conscience ou pas. Et je devine qu'il va essayer de le cacher – au moins jusqu'à ce que l'élection soit passée.

Ethan se leva si brusquement qu'il faillit faire tomber son ordinateur.

— Mais ça non plus, tu ne pouvais pas le faire !

— Si, je pouvais. Et je l'ai fait. Il menaçait mon enfant, et Brittany. Et la Nation. Tout notre mode de vie. J'ai neutralisé cette menace, et je ne le regrette pas. Simplement, il m'a semblé plus correct de te mettre au courant.

Jean-Baptiste tourna les talons et se dirigea vers la porte.

— Où vas-tu ? voulut savoir Carrick.

— À Paris.

Ou aussi près que c'était possible, dans le désert. Quand il fut en haut de la fausse tour Eiffel du Paris Hotel, il s'assit sur un barreau de métal illuminé et contempla le ciel de Vegas. Ses parents avaient vécu en exil en Angleterre pendant la Terreur. Il se rappelait encore combien la France manquait à sa mère qui pleurait en songeant à Paris et marquait de l'impatience à l'égard de tout ce qui n'était pas comme chez eux. Il la comprenait, maintenant. Il comprenait sa frustration. Il voulait être chez lui. À Paris. Au soleil. Avec sa famille.

Il voulait ce qu'il avait connu autrefois, ce qu'il pourrait avoir avec Brittany si les choses étaient différentes.

Il n'avait jamais demandé l'immortalité. Il n'en avait même jamais voulu. Il avait été transformé contre sa volonté et avait toujours regretté ce changement de son destin. Il ne voulait toujours pas de l'éternité. Ce qui lui manquait, c'était Paris. Le café et les baguettes. La chaleur du soleil sur ses bras, l'eau de la Seine lui éclaboussant le visage. Brittany et leur enfant, et une durée limitée pour profiter pleinement de l'existence sans plus jamais se retrouver face à un avenir interminable.

Bien sûr, ils pouvaient réussir à être heureux dans l'état actuel des choses. Ils feraient en sorte que ça marche. Mais l'idée de ne jamais assister à un spectacle de l'école, de ne jamais voir sa fille sur un terrain de football, de ne jamais voir ses petites jambes potelées courir dans la cour à midi ni ses joues rosies par la chaleur lui brisait le cœur. Il passerait deux heures par jour avec elle, au mieux. Pendant qu'il vivrait la nuit, elle serait au lit, elle ne le verrait pas.

Jean-Baptiste voulait s'enfoncer dans l'anonymat, devenir un simple numéro dans la foule de l'humanité, qui ne compterait que pour sa femme et son bébé. Ce n'était pas son destin. Sa vie était différente et il la vivrait.

Mais selon ses propres conditions.

— Et si je te disais…, commença Jean-Baptiste en se penchant sur la balustrade sans achever sa phrase.

— Quoi donc ? demanda Brittany assise dans un fauteuil de jardin sur le balcon d'Alexia en résistant à l'envie de se lever pour le rejoindre.

Il se conduisait bizarrement. Il était rentré dans l'appartement comme un ouragan en demandant à lui parler tout de suite. Alexia lui aurait dit que, s'agissant de lui, il ne fallait s'étonner de rien, mais elle le connaissait. Quelque chose le tracassait. C'était pour cela qu'il était à cran et brusque – mais différemment de la veille au soir.

Elle aurait voulu le serrer dans ses bras, le réconforter, mais elle ne voulait pas le distraire de ce qu'il avait à dire. Il ne fallait plus qu'il lui cache une information importante.

Il se tourna légèrement et la regarda droit dans les yeux.

— Et si je te disais que je pouvais redevenir mortel ?

Cette fois, elle n'y tint plus. Elle sauta sur ses pieds si vite qu'elle faillit tomber du balcon.

— Quoi !

— Si je te disais que, si tu le souhaitais, je pourrais te donner cette vie normale, avec une jolie maison et un mari qui rentre dîner tous les soirs et qui assiste à tous les matchs de foot ?

— Le vaccin ? demanda-t-elle en portant la main à son cœur qui battait à tout rompre.

Il hocha la tête.

— Oui. Il est au point. Et testé. Sur Gregor Chechikov.

— Ah, c'est *comme ça* que tu t'es occupé de lui ?

Ça alors !

— Oui, confirma-t-il avec un petit air satisfait. J'ai ma conscience pour moi. J'ai protégé ma famille et la Nation vampire, mais sans le tuer.

— Seigneur. Et tu es sûr qu'il est mortel, maintenant ?

Jean-Baptiste hocha la tête.

— Je l'ai vu. Apparemment, il préférait cacher ce secret à toute la population vampire, mais il est en convalescence suite aux blessures qu'il s'est faites dans sa chute. Sa femme s'occupe de lui. Il est très, très en colère et tout ce qu'il y a de plus mortel. Elle lui donnait du bouillon de poulet pendant qu'il l'injuriait, conclut-il avec un sourire narquois.

— Mon Dieu... tu as réussi. Tu peux guérir le vampirisme.

Elle essuya d'un geste impatient les larmes qui lui montaient aux yeux avant de demander :

— Que vas-tu faire du vaccin ? Et comment sais-tu que Gregor ne va pas pouvoir se faire à nouveau transformer ?

Il lui fit face, adossé à la balustrade, les chevilles croisées. Comme à son habitude, il était très élégant avec ses chaussures de cuir italien, son pantalon bien repassé et sa chemise sur mesure.

— Même si quelqu'un était assez bête pour transformer Gregor et lui donner son sang, je suis certain que le résultat ne serait pas le même. Et j'ai détruit mon laboratoire. Comme nous nous en sommes rendu compte, ce sont des informations dangereuses pour risquer de les laisser tomber entre de mauvaises mains. Mais..., ajouta-t-il en tapotant la poche de sa veste, je n'ai pas tout utilisé pour Gregor. La formule est encodée sur une clé USB, où elle va rester pour l'instant, jusqu'à ce que j'aie pu déterminer ce qu'il y avait de mieux à en faire. Cependant, il m'en reste assez pour me faire redevenir mortel.

— C'est bien ce que tu veux ?

Il ne fallait pas qu'il le fasse pour elle ni pour le bébé. Il fallait que ce soit son choix à lui, même si elle avait bien du mal à se retenir de sauter dans tous les sens en poussant des cris de joie à l'idée qu'il allait pouvoir être avec elle tous les jours, toute la journée, qu'il vieillirait avec elle et qu'ils partageraient tous ces moments de fierté, d'inquiétude et de joie qui accompagnaient l'éducation d'un enfant.

Toutefois, elle ne voulait pas l'influencer. Elle voulait qu'il soit certain de faire ce geste pour les bonnes raisons, et pour lui-même. Le fait qu'il puisse le faire pour elle et le bébé en disait long sur la force de son caractère, sa générosité, sa compassion, mais elle n'avait pas le droit de s'en servir à son avantage.

— Oh, oui, c'est bien ce que je veux, assura-t-il avec un petit rire. *Ma chérie*, je n'ai jamais voulu que cela. Je veux être mortel. Je veux voir mon enfant grandir. Je te veux, toi. Je veux même mourir un jour, vieux, sachant que j'aurai vécu chaque jour comme un cadeau, chaque instant comme un trésor.

Alors, il mit un genou à terre.

— Veux-tu me faire l'honneur d'être ma femme, dans le bonheur et dans les épreuves, dans la santé et dans la maladie, jusqu'à ce que la mort nous sépare ? Pas pour notre enfant, mais pour nous. Pour notre amour, et notre amitié.

Brittany en resta médusée. Elle balbutiait, le visage baigné de larmes. Tout ce qu'elle parvint à articuler fut un ridicule « Oh, Jean-Baptiste » étranglé, mais rien de plus.

Il l'étreignit un peu plus fort.

— C'est un oui ?

Elle hocha la tête et laissa échapper un petit rire tremblant.

— Oui, je veux t'épouser.

Alors, il se releva élégamment et esquissa un salut.

— *Ma chérie*, tu fais de moi le plus heureux des hommes.

Il était si craquant, quand il sortait le grand jeu XIXe...

— Et moi, je suis la fille la plus chanceuse de Vegas, déclara-t-elle. Mais il faut que je te pose une question. Y a-t-il des effets secondaires au vaccin ?

— Pas que je sache, assura-t-il en la prenant dans ses bras. Pourquoi ? Tu ne voudrais plus de moi si je me mettais à avoir plein de poils dans le nez ou si mon teint virait au blanc crayeux ?

En riant, elle se blottit contre son torse.

— Ne sois pas ridicule, protesta-t-elle. Ce que je voulais dire, c'est qu'il ne faudrait pas qu'il t'arrive quoi que ce soit. Ni que tu souffres. Et encore moins que le vaccin te tue. S'il y a le moindre risque, le jeu n'en vaut pas la chandelle.

— Je suis convaincu que le produit annihile le virus, et c'est tout. Des effets secondaires bénins sont toujours possibles, bien sûr, mais rien de grave.

Euphorique, Brittany le serra fort dans ses bras.

— Et ton sperme ? le taquina-t-elle.

— Je suis sûr que j'ai tout ce qu'il faut pour t'occuper pendant des années, promit-il en l'embrassant sur la bouche.

Brittany se détacha dans un soupir.

— Oh, là, là...

Elle lui donna une tape sur le bras et le secoua doucement.

— Promets-moi de bien y réfléchir, quand même. Sois sûr de ta décision. En ce qui concerne la mortalité, évidemment. Pour le mariage, maintenant que tu as fait ta demande, tu ne peux plus reculer. En revanche, le choix de la mortalité t'appartient totalement.

— C'est tout réfléchi.

— Attends au moins que le bébé soit né. Pour être tout à fait certain.

Elle ne voulait surtout pas qu'il ait des regrets.

— C'est un choix entre la vie et la mort, lui rappela-t-elle. Ce ne doit pas être une décision facile.

— Toi, tu n'as eu aucun mal à la prendre, fit-il valoir. Quand je t'ai proposé de te transformer, tu as refusé sur-le-champ.

— Ce n'était pas la même chose. Je ne renonçais à rien. Toi, tu renonceras à l'immortalité.

Il secoua la tête.

— Non, je ne renonce pas à l'immortalité. Toi et moi, notre amour, nous vivrons éternellement à travers notre enfant, rappela-t-il en lui caressant le ventre.

De nouveau, elle eut les larmes aux yeux. C'était une véritable fontaine, aujourd'hui.

— Qu'adviendra-t-il de notre enfant, s'il est immortel et que nous mourons, tous les deux ? Si tu restes vampire, tu seras toujours avec lui.

Elle vit sa mâchoire se crisper.

— Tous les enfants vivent plus longtemps que leurs parents. C'est dans l'ordre des choses. Cependant, notre fille aura Alexia et Ethan pour l'accompagner dans l'éternité.

— On dirait que ta décision est prise, en effet.

Il haussa les épaules.

— Je vais tout de même y réfléchir encore, attendre un peu. Ce qui ne peut pas attendre, en revanche, c'est notre mariage. Je veux que tu sois Mme Jean-Baptiste Corbin le plus vite possible.

— Je suis dentiste, lui rappela-t-elle. Je serai le Dr Corbin.

— En théorie, j'ai droit à ce titre, moi aussi, puisque j'ai fait des études de médecine dans les années 1860. Nous serons tous les deux Dr Corbin. Mais ce sera toi la plus jolie.

— Et toi le plus poilu.

Étourdie de joie, elle se sentait capable de toutes les gamineries, de tous les délires. Elle l'embrassa sur la joue, dans le cou.

— Je ne suis pas poilu ! se défendit-il.

— Fais voir, repartit-elle en tirant sur sa chemise et sur la boucle de sa ceinture.

— Ici ? Tout de suite ?

— Oui.

Alors c'est ce qu'il fit.

Dix-sept

— Pourquoi noir et or ? demanda Alexia à Ethan en se déchaussant avant de se laisser tomber dans le canapé de daim rose que Jean-Baptiste et Brittany avaient choisi pour leur nouvelle maison.

La conjonction de leurs goûts en matière de décoration donnait un mélange entre Bombay et la campagne anglaise, avec une note du clinquant de Vegas. Atroce au goût de certains, mais parfait pour eux.

— Pourquoi pas violet et or ? insista Alexia.

— Parce que ce sont les couleurs du mardi gras à La Nouvelle-Orléans, répliqua Ethan pince-sans-rire.

— Alors violet et noir ? Vert et noir ? Non, tiens : jaune et chartreuse. Le noir, c'est trop morbide. Même pour un bal d'inauguration chez les vampires.

Assis de l'autre côté de la table basse, Jean-Baptiste n'écoutait la conversation que d'une oreille distraite. Il était trop occupé à contempler sa fille qu'il trouvait étonnamment parfaite, du sommet de son petit crâne duveteux aux minuscules orteils encore rouges et plissés.

— C'est noir et or, un point c'est tout, déclara Ethan en se penchant sur l'épaule de Jean-Baptiste pour chatouiller les tout petits doigts d'Ava.

— Coucou, ma beauté. Tu es restée réveillée pour assister au triomphe d'oncle Ethan ? Tout le monde doit m'appeler M. le président ou président Carrick, mais, toi, tu auras le droit de m'appeler oncle Ethan. Qu'est-ce que tu en dis ?

— Elle est réveillée parce que Jean-Baptiste ne veut pas la poser, intervint Brittany en bâillant. À quatre jours, elle le mène déjà par le bout du nez.

— Elle n'a pas sommeil, protesta Jean-Baptiste en tenant Ava sur ses genoux. Elle a les yeux grands ouverts et elle me regarde. Des yeux magnifiques. Comme ceux de sa maman. Pas vrai, ma beauté ?

Il enveloppa sa fille d'un regard tendre et, comme pour lui répondre, elle battit des paupières et fronça le nez. Il sentit son cœur se serrer d'émotion comme il le faisait régulièrement depuis le premier instant où il avait posé les yeux sur son bébé dans la salle d'accouchement. Ava Coco Renée Corbin était venue au monde en hurlant, écarlate, et il avait su dès cet instant qu'elle pourrait bien lui cracher au visage, faire des scènes, démolir sa voiture à seize ans : il ne ferait jamais rien que l'adorer.

C'était extraordinaire, effrayant, merveilleux.

— Si tu veux dormir, Brittany, vas-y, ma chérie. Je vais rester avec elle.

— Ce n'est pas une mauvaise idée, reconnut sa femme en bâillant. Ce petit monstre va avoir faim dans deux heures, de toute façon. J'ai intérêt à dormir pendant que je peux.

— Ce n'est pas un petit monstre, hein, ma chérie ? demanda-t-il à Ava qui battait de ses cils à peine visibles. Tu as faim, c'est tout, et maman est fatiguée. On va la laisser faire dodo et tenir compagnie à ton oncle et ta tante. Oui, oui, oui. Tu es parfaite, tu sais, conclut-il en passant le pouce sur la peau douce de sa joue.

— Mon Dieu, fit Alexia en souriant. Si tu t'entendais. Je suis d'accord, elle te mène par le bout du nez. Et qu'est-ce qui est écrit, sur son pyjama ? *Papa boit parce que je pleure*. Hm. Un peu tordu, mais marrant. Cela dit, je ne vous vois pas acheter ça ni l'un ni l'autre.

Jean-Baptiste fit la grimace.

— En effet, confirma Brittany en riant. C'est un cadeau de Travis, le copain de Jean-Baptiste. Les élèves d'Objectif bébé sont passés nous faire une visite tout à l'heure.

— Et Brittany a pensé qu'il serait gentil de mettre à Ava le pyjama que Travis avait envoyé à la maternité.

Pour sa part, Jean-Baptiste aurait préféré le brûler.

— Sympa, fit Ethan.

— Bon, je vais me coucher, déclara Brittany en bâillant encore. Bonne nuit. Salut, bébé. Elle caressa la tête d'Ava avant de leur faire un signe de main à tous. Encore bravo, Ethan. Je savais que tu gagnerais l'élection.

Quand la porte de la chambre se fut refermée derrière elle, Alexia haussa les sourcils.

— Dis donc, Jean-Baptiste, Brittany tangue comme si elle était ivre.

— Cela fait quatre jours que nous n'avons pratiquement pas fermé l'œil. À peine quelques heures chacun. Et tu sais comme l'accouchement a été difficile.

Pendant ce temps, il s'était senti terriblement impuissant. Idiot. Mais mortel. Merveilleusement vulnérable et faible. Mortel. C'était incroyable.

Ensuite, c'est en marchant fièrement à côté du fauteuil roulant qui transportait sa femme et sa fille qu'il était sorti de la maternité dans le soleil du printemps. Ç'avait été le plus beau jour de sa longue vie.

— Si vous voulez qu'on la garde la nuit, n'hésitez pas, proposa Alexia en souriant. On fera ça très bien – et on sera réveillés, de toute façon. Ça vous permettra de faire une bonne nuit de sommeil et de récupérer un peu.

— Merci. Dans un jour ou deux, peut-être.

Pour l'instant, il se sentait prêt à rester debout à regarder Ava jusqu'à ne plus pouvoir garder les yeux ouverts. Mais il allait bien falloir qu'il dorme un peu à un moment ou un autre.

— Et la réception ? demanda-t-il à Alexia. Ça c'est bien passé ? Il y avait du monde ?

— Un monde fou. C'est à croire que tous les vampires de l'hémisphère Nord étaient venus présenter leurs félicitations. Tout le monde, sauf Gregor, bien sûr. Il a beau s'efforcer de le cacher à la Nation, ce n'est plus vraiment un vampire. Il a fait son discours après la proclamation des résultats et, depuis, il se terre au Bellagio. Je ne sais vraiment pas ce que nous aurions fait s'il avait gagné.

— Il ne pouvait pas gagner, affirma Jean-Baptiste avec assurance.

Ethan leva les yeux au ciel.

— Je n'ai que du mépris pour lui. Quel connard – pardon, Ava. Il va falloir que je surveille mon langage, maintenant. Évidemment, reprit-il, il y avait aussi Donatelli, qui se pavanait. Très énervant, putain. Merde, encore un gros mot. Très énervant.

— Ce qui t'énerve, c'est qu'il ait dansé avec Gwenna.

— Oui. Figure-toi que c'est vrai. Elle n'avait absolument pas à valser dans toute la salle avec lui. Dans ses bras.

— Tu vas te détendre, oui ? Elle a accepté uniquement parce qu'il l'a coincée et qu'elle ne voulait pas faire une scène. Eh, on devrait peut-être lui faire rencontrer un de tes amis ?

— Pas question !

— Pourquoi ? Elle aurait bien besoin d'un petit ami.

— Non.

— Si. Je crois au contraire que c'est une excellente idée.

Jean-Baptiste interrompit leur chamaillerie bon enfant pour souligner :

— Je lui suis très reconnaissant d'avoir été aussi gentille avec Brittany et de l'avoir rassurée sur l'avenir d'Ava. Elles sont devenues très bonnes amies.

— Ça a fait beaucoup de bien à Gwenna aussi. Je crois que cela l'aide à surmonter sa peine. Et elle a besoin d'amies comme Brittany bien plus que d'un petit ami.

Alexia s'étrangla de rire.

— Arrête de faire le grand frère, le morigéna-t-elle.

Jean-Baptiste les laissa reprendre le cours de leur petite dispute et s'absorba dans la contemplation d'Ava. Trois kilos huit à la naissance. Dix au score d'APGAR. Prise du sein au premier essai. Oui, elle était parfaite.

C'était cela, le bonheur, passé, présent et à venir, fugace et permanent, une goutte d'eau dans la mer du temps mais éternel en même temps. Immortel.

La porte de la chambre s'ouvrit et Brittany revint.

— Qu'est-ce qu'il y a ? lui demanda-t-il.

Elle avait l'air presque assoupie. La lumière la faisait cligner des yeux.

Elle haussa les épaules et lui sourit.

— J'ai oublié de faire quelque chose.

Elle se pencha et l'embrassa sur les lèvres avant de dire :

— Je t'aime.

— Moi aussi, je t'aime.

— Ce qu'ils sont mignons, lança Alexia à Ethan.

— Nous encore plus, mon cœur, assura-t-il en la renversant en arrière pour lui donner un baiser enthousiaste.

— Je te cache les yeux, Ava, annonça Jean-Baptiste à sa fille tandis que Brittany s'appuyait contre lui. Ton oncle et ta tante se tiennent très mal.

— Eh ! protesta Alexia en détachant sa bouche de celle d'Ethan. Sans notre passion, elle n'existerait pas. Tu n'aurais pas connu Brittany si je n'avais pas vécu à l'Ava.

— Faux. J'ai d'abord rencontré Brittany, rappela Ethan. Donc c'est grâce à moi que Jean-Baptiste l'a connue, pas grâce à ta passion pour moi.

Alors qu'Alexia lui donnait une tape sur le bras, il regarda Jean-Baptiste et Brittany en fronçant les sourcils.

— Je n'en reviens toujours pas que vous ayez donné le nom d'un casino à ma nièce, leur reprocha-t-il.

— *Ton* casino, précisa Brittany. C'est mieux, non ?

— Tu crois qu'il faut qu'on leur dise pourquoi on l'a appelée Ava ? fit Jean-Baptiste en lui souriant.

— Si vous comptez m'annoncer qu'elle a été conçue dans mon casino, c'est une information dont je peux me passer.

— Ce n'est pas aussi scandaleux que ça. On l'a appelée Ava parce qu'on ne tombait d'accord sur rien d'autre, parce que c'est joli et parce qu'on s'est effectivement rencontré à l'Ava. Et, pour ton information, elle a été conçue dans le fauteuil dans lequel tu es assis, lui révéla Brittany.

— Seigneur ! s'écria Ethan en bondissant sur ses pieds.

Jean-Baptiste éclata de rire.

— C'est une blague, Carrick.

N'empêche qu'on a fait des trucs assez coquins dans ce fauteuil, observa Brittany.

— Mouais, enfin on n'est pas obligé de le dire à tout le monde, *ma chérie*, répliqua Jean-Baptiste un peu surpris.

— Quoi donc ? demanda-t-elle.

— Ce que tu viens de dire.

— Mais je n'ai rien dit.

— Si.

— Non.

Lâche l'affaire.

— Pardon ? Lâche l'affaire ? C'est un peu dur, quand même.

Brittany se redressa.

— Je ne l'ai pas dit tout haut, assura-t-elle.

Tu en es sûre ?

Absolument.

Jean-Baptiste la regarda, stupéfait.

— J'arrive à nouveau à lire dans tes pensées !

— Et moi dans les tiennes.

Les larmes aux yeux, Brittany renifla.

— Tout va bien, alors ?

Sa fille toujours dans les bras, Jean-Baptiste embrassa sa femme.

— Oh, oui. Tout va bien. Tout va très, très bien.